SÉRIE BEST-SELLERS

LE CANISSIMIUS

LE CANISSIMIUS

PIERRE DESROCHERS   ROMAN

UNE IDÉE ORIGINALE DE DAN BRAZEAU

QUÉBEC/AMÉRIQUE

425, RUE ST-JEAN-BAPTISTE, MONTRÉAL, QUÉBEC H2Y 2Z7 (514) 393-1450

Données de catalogage avant publication (Canada)

Desrochers, Pierre

    Le Canissimius

    (Collection Deux continents).

    ISBN 2-89037-518-8

    I. Titre.   II. Collection

PS8557.E87C36 1990   C843'.54   C90-096591-6
PS9557.E87C36 1990
PQ3919.2.D47C36 1990

Dépôt légal :
4e trimestre 1990
Bibliothèque nationale du Québec
Bibliothèque nationale du Canada

Montage :
Édiscript enr.

À Jacques Ratthé,
sans qui ce projet
n'aurait jamais vu le jour
sous sa forme actuelle.

Remerciements

J'ai écrit ce roman à partir d'une idée originale de Daniel Brazeau, idée qui a fait l'objet, entre 1983 et 1990, de six versions de scénarios. J'espère que la dernière, à laquelle j'ai humblement collaboré, sera la bonne. Je tiens à le remercier de sa confiance et de son appui tout au long de l'écriture du présent roman.

Je tiens également à remercier Bruno Paquin, qui a su investir au bon moment temps et argent dans la réalisation de ce projet; Alain Brazeau, pour la création animale; et François Deschênes, Josée Lachaine, Robin Reeves, Jean Archambault, Louise Arbique, Adèle Brazeau et Lucien Hamelin.

Un merci tout particulier au docteur Michel Pothier, chercheur généticien à l'hôpital Sainte-Justine de Montréal; au docteur Nadeau ainsi qu'à l'équipe de recherche cardio-vasculaire de l'hôpital du Sacré-Cœur de Montréal; et à la docteure vétérinaire Ramona Slodovnik de l'hôpital vétérinaire Baker de Montréal.

Chapitre 1

Le bureau baignait dans une demi-obscurité. Seule la lampe du bureau répandait une chiche lumière derrière laquelle se dessinait la silhouette d'une jeune femme.

Luce s'était abandonnée à la plus triste mélancolie. Devant elle était posée une lettre rédigée de manière compendieuse : quelques phrases mal composées, expédiées à la va-vite par une quelconque secrétaire sans talent pour la syntaxe et sans respect pour la grammaire. Luce y avait repéré trois fautes d'orthographe dans les trois dernières lignes.

Elle avait eu le temps de les compter, ces coquilles ! Dix fois au moins, elle avait relu chacune des douze lignes que contenait cette lettre.

Luce avait résisté à l'envie de la déchirer et de la foutre à la poubelle. Elle s'était plutôt soumise au plaisir d'en lisser chaque coin, chaque pli, l'avait soigneusement étalée devant elle et l'admirait depuis.

Sans abandonner la lettre des yeux, elle se cala au fond du large fauteuil et laissa percer un rire caustique.

– IRGA ! bafouilla-t-elle avec dérision. Quelle prétention que ce nom-là pour un tout petit centre universitaire de recherche !

Il y avait huit ans maintenant qu'était né l'Institut de recherche en génétique appliquée. Affilié à l'Université de Montréal, le centre était installé dans l'aile principale d'une école désaffectée cédée aux promoteurs du projet par la commission scolaire qui s'était réservé le gymnase pour y entreposer un surplus de matériel causé par la fermeture d'écoles qu'une dénatalité persistante avait rendue nécessaire.

Par une légère pression du pied, Luce fit tourner le siège de son fauteuil. Elle jeta un coup d'œil à l'extérieur. Un ciel bas avait déversé une pluie fine pendant toute la journée. Au travers des clartés halogènes, jetées de quelques réverbères, elle aperçut les pancartes abandonnées par les manifestants dans les mailles de métal de la clôture. Le vieux Dan, comme chaque soir, patiemment et bien vainement, les arrachait.

Ces manifestations inquiétaient Luce. Elles arrivaient à un moment où la survie même de l'Institut était en jeu. Ces dénonciations répétées et lancées sans discernement contre tout ce qui était associé de près ou de loin à la génétique avaient sans doute pesé lourdement dans la décision du ministre de couper les vivres au centre. En bon politicien, il savait se laisser guider par l'humeur de l'électorat.

Luce ne se faisait pas tellement d'illusions non plus quant au résultat de l'entretien avec le recteur, qu'elle avait réussi à obtenir pour le lendemain.

Elle fit pivoter son fauteuil et de nouveau se retrouva devant la désolante missive. Elle eut un long soupir d'exaspération. Comme elle s'en voulait d'avoir accepté le titre de directrice et avec quelle facilité elle se récuserait, aujourd'hui, pour le simple plaisir de retourner à son laboratoire.

C'est Paul qui l'avait le plus incitée à accepter ce poste quand le succès des dernières années avait contraint l'IRGA à se doter d'un organigramme plus officiel. Paul hérita du titre de directeur des recherches et Francis, celui de directeur de la logistique et des approvisionnements.

À l'époque où ces nominations eurent lieu, trois ministères étaient rattachés à l'IRGA : ceux de l'Agriculture, de l'Environnement et celui des Sciences et de la Technologie, le dernier devant se dissocier de l'Institut par le biais d'une lettre de douze lignes.

Luce maugréa. Son regard croisa une éprouvette qui traînait sur le coin de son bureau. La fiole contenait un liquide rougeâtre sur lequel flottait une pellicule de sérum.

– Ils n'ont même pas l'intelligence de marquer les éprouvettes qu'ils sortent. Tout est à l'abandon ici.

Elle se versa un doigt de Grand Marnier, qu'elle vida, d'une gorgée. Elle resta inerte le temps que s'éteignent les flammes que la liqueur avait allumées dans son gosier. Un calme singulier s'installa en elle. Elle eut même un ricanement en apercevant la photo la représentant à cheval sur les épaules de Paul. Le cadre trônait sur le classeur au milieu des dossiers et de la paperasse.

Depuis combien de temps était-elle amoureuse de cet homme? Elle ne savait plus. D'abord camarade d'école, Paul s'était lentement mué en compagnon de faculté, en ami, en confident, puis en amant. Peu à peu, les choses s'étaient accomplies; le temps que la poussière s'accumule sur le cadre. C'est ainsi qu'elle s'était éprise de ce fils de mécanicien, de cette tête brûlée, de ce petit génie, fort en gueule, qui avait su s'introduire à l'intérieur des sphères étanches de la vénérable faculté de médecine de l'Université de Montréal.

Paul avait des opinions arrêtées sur bien des sujets, opinions qu'il savait défendre avec âpreté.

Ainsi, à un doyen de faculté qui s'était improvisé orateur au milieu d'une assemblée étudiante pour soutenir une opinon contraire à la sienne, Luce se souvenait d'avoir vu Paul lui arracher le micro des mains et lancer cette cinglante réplique:

– Monsieur, je ne suis peut-être qu'un étudiant, mais je ne suis pas un parfait imbécile. Pas besoin d'un doctorat pour imaginer les conséquences désastreuses qu'aurait la présence des firmes pharmaceutiques dans les laboratoires universitaires. Cependant, peut-être en faut-il un pour comprendre ce que vient faire un avocat à la tête de la faculté de médecine. A-t-on déjà vu un médecin président du Barreau du Québec?

Cette réplique avait été servie au cours d'un virulent débat où s'étaient affrontés les pro- et les anti-interventionnistes de firmes privées dans le milieu de la recherche universitaire. Cette prise de position de Paul lui aurait certes mérité le renvoi sans la médiation de quelques professeurs.

Ce doyen était devenu, depuis, recteur de l'université, et c'est lui, demain, qu'elle devrait implorer afin d'obtenir la maigre subvention dont elle avait absolument besoin.

Les premières difficultés de l'IRGA avaient surgi il y a quelques années, après qu'on eut imposé à l'Institut un programme de génétique animale qui n'avait produit aucun résultat et avait ralenti le rythme des expérimentations en génétique végétale desquelles l'IRGA avait tiré sa notoriété et ses plus beaux succès. Paul avait manifesté peu d'intérêt et développé, à mesure que s'accumulèrent les difficultés, une véritable intolérance à l'égard de ce programme imposé par les autorités universitaires.

Tout cela avait en effet joué sur son caractère. Il était devenu irascible et impatient. Hier après-midi, après un incident au laboratoire dû au mauvais fonctionnement du stérilisateur, il était monté directement au bureau de Luce pour l'engueuler et exiger du matériel, des médicaments, une table de chirurgie, des suppléments vitaminiques, des seringues et le reste. Il lui avait reproché le laisser-aller qui régnait dans l'administration de l'Institut puis avait claqué la porte en abandonnant sur le coin du bureau une fiole de spécimen sanguin.

Luce reprit un dossier qui traînait près de la lettre et y jeta un coup d'œil rapide. Décidément, cette journée était à marquer d'une croix.

Les fonctionnaires provinciaux, assistés d'un représentant de la Société protectrice des animaux, s'étaient présentés inopinément à ses bureaux au milieu de l'avant-midi. Elle avait été contrainte de les accompagner dans la visite des lieux, avait dû s'expliquer sur chaque protocole, sur l'absence de compléments vitaminiques dans les réserves alimentaires, sur les déficiences apparentes dans l'entretien des cages, plus spécialement celles des singes. Le représentant de la SPA avait trouvé un brin caduque l'allure de Roméo, un chimpanzé nouvellement arrivé. Celui-ci était un sujet amorphe, sans grandes capacités mentales et légèrement étourdi.

Le rapport qui résulta de cette interminable visite n'était guère flatteur pour le centre. C'était la première fois en douze ans que l'IRGA était ainsi pris à partie par la SPA.

Si les conclusions et recommandations exigeaient des interventions mineures, elles impliquaient néanmoins l'injection de nouvelles sommes que l'IRGA ne possédait pas.

Déjà la moitié des salaires de Luce, Paul et Francis allait à l'achat de nourriture pour les bêtes et de matériel de première nécessité.

Luce contourna son bureau. La colère montait en elle. Elle déposa rudement son verre qui se renversa et roula. Elle voulut le rattraper et, dans sa précipitation, heurta l'éprouvette, qui se fracassa.

Elle regarda un long moment les morceaux de verre qui jonchaient le sol. Elle se pencha, ramassa les plus gros puis, après être allée chercher un torchon et un ramasse-poussière, épongea les dégâts.

— Il va encore chercher sa maudite éprouvette ! grognait-elle tout en faisant glisser sur les tuiles sa guenille humide. C'est

14

– Il va encore chercher sa maudite éprouvette! grognait-elle tout en faisant glisser sur les tuiles sa guenille humide. C'est moi qui vais devoir subir les foudres de sa mauvaise humeur pour l'avoir brisée. Ah non, mon beau Paul! Pas cette fois! Tu la chercheras, ta fiole! Je ne suis quand même pas responsable des conséquences de chacune de tes distractions. Tu n'avais qu'à ne pas la laisser traîner!

Un éclat de verre lui déchira alors le revers de la main. La douleur lui arracha un petit cri. Dans un réflexe, elle leva la main et regarda l'entaille d'où jaillissait un peu de sang autour du minuscule morceau de verre resté prisonnier entre les chairs. Elle retira l'écharde puis nettoya grossièrement la blessure avec son linge taché de sang. Elle termina sa besogne en s'assurant d'avoir bien récupéré les derniers morceaux de verre brisé.

La porte du bureau s'ouvrit pendant qu'elle finissait de ramasser les dégâts.

– On frappe avant d'entrer. Ta mère t'a jamais appris les règles du savoir-vivre?

Luce venait de se relever avec le porte poussière dans une main et son linge sale dans l'autre.

– Le rapport de la SPA était si négatif que cela? lui lança Paul au milieu d'un gloussement sarcastique. Tu sais, tu n'es pas obligée de faire le nettoyage ce soir.

– Pas le goût de rire.

– Qu'est-ce que tu as à la main?

– Rien! Juste une petite coupure que je me suis faite en ramassant les morceaux de verre de Grand Marnier que j'ai brisé.

– Laisse voir!

– Non! maugréa-t-elle avec une pointe d'impatience. Ce n'est rien! Ne commence pas à jouer les alarmistes.

Elle se dégagea, se rendit à la salle de bains où elle nettoya la plaie avec un peu de savon.

– Tu n'as pas l'air de très bonne humeur, risqua Paul.

– Si tu avais vécu la journée que j'ai passée, tu n'aurais sans doute pas le goût de rigoler. Que veux-tu?

– Je croyais que nous avions rendez-vous pour souper. Non? Il fait noir ici!

– Besoin de calme, trancha-t-elle d'une voix sans fard. Besoin de me concentrer. De recueillement. De paix!

Un soupir se détacha de ses lèvres et de nouveau des larmes noyèrent ses yeux. Elle s'appuya sur le classeur.

— Rien ne va mieux, simplement.

Elle ferma brusquement le tiroir et se rendit à son bureau pour mettre un peu d'ordre dans la paperasse. Paul, derrière elle, avait glissé un œil distrait par la fenêtre où filtrait la pâle lumière de fin du jour.

— Cher Dan! Toujours fidèle à son poste! On devrait lui dire de ménager ses forces plutôt que de s'éreinter inutilement à arracher ces pancartes. Même le mauvais temps ne les décourage pas, ces satanés manifestants!

— Ils grouillaient comme de la vermine malgré la pluie.

— Peut-on leur en vouloir? À leur place...

— Justement, Paul, tu n'es pas à leur place. Je te ferai remarquer que tu es membre du conseil d'administration du centre et directeur de la recherche.

— J'ai simplement voulu dire qu'à leur place...

— Je sais très bien ce que tu as voulu dire! Et je te reproche de le dire, et même de le penser. Tu es de quel côté à la fin?

— Du côté de l'homme! répondit-il sèchement.

Luce se tourna brusquement vers lui, les mains plantées sur ses hanches.

— Bien sûr, j'oublais! Monsieur a le monopole de la vérité et de la sagesse! Et moi, de quel côté me places-tu? Du côté des manipulatrices qui font joujou avec tout ce qui s'appelle «mutation» afin d'en tirer gloire et fortune? Qu'as-tu à me regarder de la sorte avec tes yeux de chien battu? Est-ce que du poil se serait mis à me pousser sous le nez à la suite d'une erreur de manipulation génétique? De quel droit juges-tu tout le monde? Pour qui te prends-tu?

— Mais qu'est-ce que tu as? J'étais simplement venu te chercher pour qu'on aille souper ensemble tel que convenu. Et voilà que tu...

— Ce que j'ai? coupa-t-elle avec raideur. Tu veux savoir ce que j'ai? Je suis fatiguée, je suis épuisée de recevoir tous les coups, d'absorber tes colères, de régler les problèmes de tout le monde, d'être l'épaule consolatrice, l'oreille discrète. Je suis épuisée d'avoir chaque jour à assumer seule la défense de l'IRGA auprès des ministères, de la SPA, des services gouvernementaux, des manifestants et de ce maudit journaliste...

— Il était encore là?

— Fidèle comme un bouledogue mon cher, et de plus en plus fouineur. Alors, je te le dis: faudra vous mouiller aussi, Francis et

16

toi. J'en ai marre d'être la seule à assumer cette responsabilité. Je suis généticienne, pas administratrice! Tiens, prends hier! Ta petite colère pour un manque de suppléments vitaminiques...

– Eh bien quoi? J'avais raison! Nous manquons de tout!

– Tu ne vas quand même pas m'en tenir rigueur? Nous manquons de tout parce que nous n'avons plus d'argent. Nous n'avons obtenu aucun résultat significatif depuis plus de quatre ans. Comment veux-tu qu'on nous prenne au sérieux? Comment veux-tu que je puisse défendre un tel dossier devant les autorités?

Un lourd silence s'établit. Le visage rivé à la fenêtre, Paul semblait ébranlé. Il savait ce à quoi Luce faisait allusion quand elle lui rappelait l'absence de résultats. Il se tourna doucement vers elle, un sourire meurtri pointant sur ses lèvres. Il arracha de sous son bras les dossiers qu'il avait traînés avec lui.

– Tu as raison, fit-il simplement.

Il déposa les quatre chemises aux couleurs différentes qui renfermaient chacune un résumé des expériences en cours.

– Je t'ai apporté les dossiers que tu m'as demandés ce matin. Tu as raison. Rien! Aucun résultat positif... De la merde, tout cela! Nous n'avons plus les moyens de nous taper des recherches ruineuses et parfaitement inutiles. Ni toi, ni Francis, ni moi n'avions d'expertise sérieuse en génétique animale.

– Je sais, admit Luce dans un long soupir. Je sais!

Paul s'approcha de la jeune femme, posa ses bras sur ses frêles épaules et appuya son front contre le sien. Ainsi abandonné, il sentait sa chaleur se confondre avec celle de cet être qu'il désirait plus que tout au monde.

Paul aimait Luce. Luce aimait Paul. Cela au moins était simple.

– Le laboratoire me manque, Paul. Mes recherches me manquent. Je ne manipule plus que des chiffres et des absences.

Paul la serra très fort dans ses bras, l'obligea à joindre ses lèvres aux siennes, puis tous deux s'étourdirent dans un long baiser. Luce fut la première à desserrer l'étreinte. Le temps n'était pas à l'amour, mais à la tendresse, à la cohésion simplement. Elle jeta un regard sur les quatre dossiers que Paul avait laissés sur son bureau.

– Pas brillants, les résultats?

– Non, pas brillants! Zéro partout! Nul!

– Et le dossier rouge?

– Le CANISSIMIUS?

Paul eut un large sourire espiègle. Luce savait qu'il ne croyait aucunement à cette folle expérience de croisement génétique et qu'il s'y était soumis de mauvaise grâce.

– Je t'ai apporté le rapport. Mais, à mon avis, il serait préférable que tu tiennes ça mort. On rirait de nous si on savait que nous nous activons autour de telles gamineries.

Luce eut une moue amusée puis jeta un coup d'œil au dossier. Paul avait fait le tour du bureau et pris place dans un fauteuil qui occupait un coin de la pièce.

– Dis-moi, tu n'aurais pas aperçu une éprouvette, par hasard ?

– Une éprouvette ? questionna Luce qui, cachant mal un sourire de satisfaction, feignait de s'intéresser au contenu de la chemise rouge.

– Oui, un spécimen sanguin !

– Pourquoi aurais-je vu une éprouvette contenant un spécimen sanguin ? Ici, ce n'est pas l'endroit où conserver les échantillons et les éprouvettes.

– Pourtant, s'étonna Paul, j'étais persuadé de l'avoir laissée ici, hier.

Luce ferma le dossier qu'elle compulsait négligemment et s'approcha de Paul en se dandinant d'aise.

– Hier ? marmonna-t-elle non sans un certain persiflage. Je ne me rappelle pas t'avoir vu entrer avec une éprouvette. Et pourtant, je n'ai rien oublié du moment sublime que nous avons passé ensemble !

Paul préféra ne pas insister.

– Tant pis ! Je dirai à Francis de faire une autre prise de sang ce soir. Mais tu es certaine de ne pas l'avoir vue ?

– Si tu ne laissais pas traîner toutes tes affaires, il y aurait moins d'affaires qui traîneraient.

Paul saisit la main de Luce et obligea celle-ci à s'asseoir sur ses genoux, un rire moqueur sur les lèvres.

– La Palice n'eût pas mieux dit ! Ce que j'ai toujours aimé chez toi, c'est ton côté logique, très logique.

– Du genre parfaite, très parfaite ?

– Du genre certain, certainement !

Ils éclatèrent d'un rire franc. Luce joignit ses bras dans le dos de Paul et se blottit contre lui.

– J'ai faim, monsieur le généticien !

– Alors, on va au restaurant ou chez moi ?

Chapitre 2

Paul gara soigneusement sa vieille BMW décapotable 1983 dans un coin du stationnement où il était virtuellement impossible qu'on se livrât sur elle à quelque cruelle agression. Cette pièce de collection revêtait une exceptionnelle valeur à ses yeux. C'était une sorte de bijou de famille que son père et lui avaient bricolé, démonté et remonté, nettoyé, réparé, débosselé, peint et ciré dans le vieil atelier familial.

Paul gardait de ces heures passées en tête-à-tête avec ce père silencieux à l'humour capricieux le plus vivace de ses souvenirs de jeunesse. Sur cette BMW décapotable s'étaient cristallisés tout l'amour, toute l'affection d'un fils pour un père décédé mais si vivant à travers ces tôles renforcées et l'éclat des garnitures de chrome.

Le garçon leur présenta le menu, pendant qu'un jeune serveur leur versait de l'eau dans des verres givrés. Ils commandèrent une assiette de bœuf, accompagnée d'une petite salade d'artichaut et d'un jeune Bordeaux sans consistance. Paul s'y connaissait mal en vins, mais Luce ne s'en plaignait pas. Elle ne s'offusqua donc pas du petit Château Redon qu'il venait d'annoncer. Le repas fut pris lentement. Le temps se déroula en propos anodins sur des projets de vacances ou sur les aménagements que Paul voulait apporter à son chalet d'Orford.

Paul détestait la ville. Il avait grandi à la campagne du côté de Saint-Luc sur la route qui mène à Saint-Jean-sur-Richelieu, loin des montagnes bien sûr, mais à l'abri de la cuvette urbaine fade et polluée que représentaient Montréal et son agglomération métropolitaine. Il ne s'était jamais habitué à cet exil forcé en cette tentaculaire et dispendieuse cité.

Cette ville était, à ses yeux, un lieu désagréable où subsistaient heureusement quelques coins délicieux, comme cette partie est du quartier Ahuntsic qui avait retrouvé son ancien nom: le Sault-au-Récollet. On pouvait y trouver certaines tables parmi les meilleures de la ville, principalement un lieu gastronomique réputé: *Le Cassoulet*. C'est là que Luce et lui aimaient se retrouver quand, d'aventure, leurs recherches leur laissaient quelques loisirs. Et c'est ce lieu qu'ils venaient de quitter.

La soirée était douce. Les nuages de la journée s'étaient fait balayer par une brise tiède, et dans ce ciel noir de juin brillait une lune aux éclats échancrés par des restes de stratus.

Luce et Paul longèrent la petite rue du Moulin, jetèrent un regard discret sur les vieux bâtiments de planches, puis sur les ruines pierreuses des anciens moulins, fourchèrent à droite pour longer la rivière sur la rive nord de l'île de la Visitation.

Ils arrivèrent bientôt à l'édicule surplombant la grande digue. Ils s'y installèrent. L'air était embaumé par les fleurs nouvellement écloses et par l'eau qui montait des écluses. Elles étaient loin, pourtant, ces bouches écumeuses, mais le vent en ramenait de vagues odeurs qui donnaient à ce lieu une étrange douceur. Partout sur l'eau, les petites pointes cassaient les éclats de lune et retroussaient les lueurs provenant des édifices situés plus loin sur les rives. On aurait dit un étalage de lampes votives piquées en ce lieu magique pour plaire à quelque gracieuse sylphide.

– Quelle nuit magnifique! lança le jeune homme après s'être empli les poumons d'une grande bouffée d'air frais.

– Oui, admit Luce un peu confondue par la douceur de cette heure tardive. C'est étonnant une soirée si confortable après une journée si pénible.

– La journée fut à ce point difficile?

– Plus que tu ne saurais le croire. Et celle de demain ne s'annonce pas plus agréable.

– J'ai vu la lettre sur le bureau.

– Je sais, et je te remercie de ne pas m'en avoir parlé durant le souper. Je préfère oublier tout cela pour l'instant.

Paul étendit son bras, enlaça les épaules de Luce qui en profita pour se blottir contre lui. Un léger frisson la traversa. Elle secoua sa longue chevelure, remonta son châle de laine fine sur ses épaules et pointa le nez vers la grosse lune beige qui se dandinait derrière un petit amas de nuages.

– J'aimerais tant retrouver le petit bonhomme que j'y voyais quand j'étais fillette. Tout était si simple alors. Tu te souviens quand nous étions dans les champs de fleurs et que nous imaginions toutes sortes de personnages à partir de la forme des nuages. Nous avions quel âge à l'époque ? Dix ans peut-être ?

Elle tourna vers Paul un regard nimbé d'inquiétude.

— Pourquoi devient-on adulte ? demanda-t-elle d'une voix étrange.

De nouveau, elle se blottit entre les bras de Paul et n'en bougea plus durant un long moment.

— Pourquoi ne viens-tu pas me rejoindre au chalet cette fin de semaine ? Nous y serions si bien ! Il faut te reposer. Nous avons besoin de retrouver un peu de notre intimité.

Doucement, Luce s'arracha à son étreinte et s'avança jusqu'à la clôture qui la protégeait de la longue nappe de liquide noir.

— Je t'en prie, Paul, n'insiste pas.

— J'ai besoin de toi. J'ai tellement besoin de toi.

— Et moi, j'ai tellement besoin qu'on n'ait plus besoin de moi. Je suis fatiguée, Paul !

Sa voix s'était étirée en une longue plainte murmurée, qui glissait à la surface des eaux et que le vent charriait maintenant, l'amenant sans doute très haut dans les airs, jusqu'au ciel, jusqu'au petit bonhomme de la lune. L'eau s'échappait de ses yeux ouverts comme des écluses et les larmes roulaient sur les joues fanées.

— J'aime pas te savoir seule dans ton appartement quand tu es dans cet état.

— Et moi, j'aime me retrouver seule dans mon appartement quand je suis dans cet état. C'est la triste image de notre étonnante liaison, Paul ! De n'être jamais en accord sur nos besoins réciproques.

— Pourquoi t'acharnes-tu à fuir le bonheur et la paix ? Je ne te comprends pas.

— Je ne fuis pas le bonheur, Paul ! C'est faux ! J'ai simplement besoin que rien ne bouge autour de nous. Tu me parles de vie commune, de partage d'appartement; tu me demandes qu'on ait des enfants; mais je ne suis pas prête à cela.

— Quand le seras-tu, bon Dieu ! Voilà plus de quinze ans que nous avons mis du sérieux à notre relation et nous en sommes toujours à notre rôle d'amants.

— C'est un rôle qui me convient parfaitement ! Je n'ai pas besoin de partager avec toi la même cuisine pour savoir que je t'aime. Je n'ai pas besoin de me faire pousser un gros ventre pour avoir l'impression d'être ta femme. Nous passons plus d'heures ensemble que la moyenne des couples mariés.

– Ce n'est pas le nombre qui compte mais la qualité !

– Oh ! Paul, je t'en prie, ne joue pas les psychologues avec moi.

– Mais si nous voulons des enfants...

– Rectification ! Si *tu* veux des enfants. J'ai toujours été claire sur ce point : je n'ai jamais désiré d'enfants.

– Et je n'ai jamais compris pourquoi !

– Parce que je veux me consacrer à la génétique, simplement. D'ailleurs, sois logique ! Comment peut-on envisager d'avoir un enfant dans le contexte actuel ? L'IRGA exige toute notre attention. Laissons aux choses le temps de s'organiser et nous verrons plus tard.

– Ça fait plus de quatre ans que tu me chantes la même chanson.

– Paul, peux-tu seulement essayer de comprendre que j'ai besoin de toute ma tête pour régler les problèmes du quotidien ?

– Mais, bon Dieu ! avoir un enfant, ce n'est pas la fin du monde.

– Non ! C'est au contraire une grande et belle chose, j'en conviens ! Mais ça exige du temps et de l'énergie que je n'ai pas.

– Et vivre ensemble dans un même appartement, tu ne vas quand même pas me dire que ça exige plus de temps ? Ça nous éviterait, au contraire, de nous courir après partout.

– Paul ! Tu exiges que nous passions ensemble vingt-quatre heures sur vingt-quatre alors que nous avons du mal actuellement à nous supporter plus de huit heures par jour.

– Tu es injuste.

– Ah oui ? Hier après-midi, quand tu t'es précipité comme un imbécile dans mon bureau pour m'abreuver d'injures, exigeant ceci et cela, et tout à la fois, sans égard pour rien ni personne, t'es-tu seulement arrêté un instant pour regarder à qui tu t'adressais ?

– À ce moment-là, j'étais énervé et ce n'était pas à toi que je parlais, mais à la directrice.

– Cette directrice a un corps, un cœur, un cerveau, du sang et des chairs. Ce n'est pas une abstraction, Paul.

– Tu mêles tout !

– Peut-être, admit-elle sans agressivité, mais c'est que tout est emmêlé. Paul, je t'en prie, regarde les choses comme elles sont ! Le monde est en train de nous glisser sous les pieds et tu me parles d'amour sous un clair de lune.

— À quoi servent les clairs de lune s'ils ne permettent plus aux amants de s'épouser ?

— Ou de rompre, trancha Luce avec impatience.

— Que veux-tu dire ? Tu ne parles pas sérieusement !

— Non ! Pas tout à fait, mais j'ai besoin que rien ne bouge autour de moi. J'ai besoin que tu n'ébranles pas inutilement les liens qui nous unissent. Tu sais pourtant que je t'aime. Mais, tous ces problèmes qui assaillent l'IRGA ont ébranlé notre couple. Nos rêves volent très bas, à hauteur de nos illusions perdues. Et les jours qui viennent risquent d'être rudes. Ce serait une erreur de chercher à tout bousculer. Et puis, je sens un grand trou entre nous, comme si l'affection et la tendresse avaient foutu le camp. Ce n'est sans doute qu'une impression, mais j'ai quand même besoin d'un peu de distance pour donner du relief aux choses.

Paul tourna vers elle un visage amer.

— Il y a un autre homme ?

Elle lui sourit avec une grande douceur et posa sa main sur la joue chaude de son amant.

— Mais non ! répondit-elle avant de faire silence.

Cette dernière question entrouvrait la porte sur ses propres interrogations. Il n'y avait pas d'autre homme. Il n'y avait jamais eu un autre homme. C'était précisément une réalité qui la préoccupait depuis un certain temps. Des ailes semblaient lui avoir poussé qui la rendaient prompte à prendre son envol pour aller voir ailleurs, pour constater, comparer. Question de se rassurer sans doute. Elle n'en savait rien.

— Tu te rends compte, Paul, que ni toi ni moi n'avons jamais connu d'autres expériences, d'autres amours, d'autres passions que nous-mêmes ?

— Et ça te manque ? répliqua-t-il rudement.

— Je ne sais pas, eut-elle la franchise de répondre. La seule chose que je sache, c'est que je t'ai aimé très fort.

— Et maintenant, je suppose que tu vas me dire que tu ne m'aimes plus ?

— Je t'aime ! Enfin, je crois ! Mais d'une si étrange manière que je ne me reconnais plus. J'ai seulement besoin de mettre un peu de certitude dans mes croyances. Toi-même, tu t'es rendu compte que notre couple ne fonctionnait plus aussi bien. Tu as trouvé ta solution en voulant un enfant, en recréant, autour de nous, de nouveaux lieux, en dessinant de nouveaux horizons. Tout comme toi, je veux sauver notre union. Ma solution est différente, simplement. Elle exige un détour et plus de temps...

– Et plus d'amants, railla Paul.

– Tu es ridicule.

Il déposa un regard étriqué sur les flots noirs où naviguaient des morceaux de lune.

– Tu connais cette légende gauloise ? demanda-t-il.

– Quelle légende ?

– Les vieux Gaulois, à l'époque druidique, prétendaient qu'en s'enduisant la plante des pieds de la résine du cyprès, l'homme pouvait marcher sur les flots !

Luce émit un petit rire incrédule.

– Ils croyaient vraiment n'importe quoi, ces Français !

– Et pourtant, voilà qui me serait bien utile aujourd'hui.

Comme lestées de plomb, ces paroles semblaient s'enfoncer dans l'eau aussi sûrement qu'une pierre.

– Je pourrais peut-être alors te rejoindre, là-bas, sur l'autre rive, car il me semble que tu n'as jamais été plus loin de moi qu'en cet instant; comme si l'océan désormais nous séparait.

Luce comprit son désarroi et laissa sa tête retomber sur l'épaule affaissée de son amant. Elle n'aimait pas le voir triste.

– Je t'aime, Paul ! Je t'aime ! Nous sommes bien ensemble. Pourquoi vouloir faire autrement des choses qui nous conviennent parfaitement telles qu'elles sont ?

– Parce qu'elles ne me conviennent plus ! répondit-il.

Il la regarda un long moment, sans rien ajouter, sinon un sourire maussade et déconcertant. Il lui prit la main et la tira vers lui. Il caressa ses cheveux, laissa ses doigts glisser sur son visage, contourna les lèvres avec douceur, puis se redressa, retira sa veste et en couvrit les épaules de Luce qu'un frisson venait de parcourir.

– Viens ! Retournons au *Cassoulet*. Je t'offre un digestif avant de rentrer.

Luce résista imperceptiblement puis joignit ses pas à ceux de Paul.

– Je crois que c'est préférable que je rentre. Demain, j'ai une rencontre très difficile avec le recteur.

Paul s'arrêta net et se tourna vers elle.

– Tu ne vas quand même pas aller quémander auprès de cet imbécile ?

– Ce n'est pas un imbécile.

– Mais tu sais très bien que nous n'avons aucune possibilité d'être secouru par un borné pareil qui n'a pas la plus petite notion de science ni la moindre logique. Il a été placé à ce poste grâce au pistonnage de certains bureaucrates qui croyaient tirer profit de cette nomination. Tu sais très bien qu'il nous a imposé le programme animal pour se venger de moi.

– Je sais quelles sont ses motivations. Mais nous n'avons plus le choix.

– Il doit bien y avoir une autre solution, ragea-t-il.

– Il est notre dernière chance.

– Je n'en crois rien !

– Eh bien, propose autre chose !

– Mais bon Dieu, Luce, c'est ton boulot ! C'est quand même toi, la directrice, non ?

– Ah ! Je n'aurais jamais cru que tu aurais l'audace de me jeter ça à la figure. Pourquoi ne l'as-tu pas accepté, ce poste de merde ? Aie au moins la décence d'avouer que c'est à toi qu'on l'avait d'abord proposé. Tu as tout fait pour m'obliger à l'accepter. Ça t'arrangeait bien, à l'époque ! Ça t'évitait de te préoccuper de choses trop « discutables ». Tu préférais laisser aux autres le sale boulot pour pouvoir garder les mains propres. Et tu t'arrogeais alors le droit de leur reprocher de sentir mauvais... Tu voulais savoir pourquoi je ne voulais pas vivre avec toi ? Eh bien, tu l'as, ta réponse !

Elle arracha la veste que Paul avait placée sur ses épaules et gagna sa voiture qu'elle fit démarrer aussitôt. Paul laissa passer un juron entre ses lèvres puis rentra au bar du *Cassoulet*. Il se commanda un double dry martini. Le barman le servit puis s'éloigna à l'autre extrémité du comptoir où un bonhomme à l'allure négligée venait de lui demander un whisky avec beaucoup de glace.

Ce dernier n'avait pas quitté Paul des yeux. Une fois servi, il vint s'installer sur le tabouret, à sa droite. Importuné par cette présence, Paul leva les yeux et fit une grimace de dégoût.

– Ah non ! Pas vous ici ! Laissez-moi la paix ! Je n'ai pas le goût de perdre mon temps en votre compagnie.

Paul se leva brusquement et se dirigea vers une table pas très loin de la piste où s'animait sur un écran la silhouette légèrement empesée de Céline Dion. Elle interprétait son grand succès international *Let him go*. Paul s'installa à cet endroit, espérant y retrouver son intimité, qui fut hélas vite troublée par le gros bonhomme au verre de whisky toujours intact et déjà décoloré par la glace à moitié fondue.

— Alors, des petits problèmes avec madame la directrice ?

— Écoutez-moi bien : allez jouer ailleurs ! C'est une affaire personnelle.

— Dans ce cas, je n'insiste pas. J'obéis à la politique éditoriale de mon journal, qui ne se vautre pas dans les aventures amoureuses des gens, comme aiment le faire trop de nos concurrents.

— Non ! Vous, vous faites dans la manchette merdique.

— Vous êtes grossier, docteur !

Paul adressa au journaliste un sourire moqueur.

— Vous êtes petit et vous faites un petit métier.

— C'est pas gentil pour ma profession !

— Votre profession a sa noblesse ! C'est vous qui la salissez avec vos articles. Nos recherches font l'objet de rapports réguliers dans les revues scientifiques et sont traitées à l'intérieur des cours que je donne. Vous pourriez vérifier vos informations avant de les publier !

— Ben justement, je m'y suis présenté à l'un de vos cours, et si je me rappelle bien, vous m'avez foutu à la porte.

— Oui ! Et je vous avertis que si vous vous y présentez encore, je ferai preuve de moins d'élégance, et c'est à coups de pied au cul que je vous sortirai.

— Vous ne voulez vraiment pas de ma collaboration ? Vous en êtes certain ?

— Certain ! Vous dénaturez et grossissez les faits et vous alarmez inutilement la population.

— Inutilement ! Vous dites inutilement ? Après ce qui s'est produit à Cleveland, dans un centre de manipulations génétiques...

— C'était un accident regrettable rendu inévitable par l'audace de chercheurs sans aucun scrupule.

— Et qui a permis le déversement dans l'aqueduc de la ville de bactéries manipulées, entraînant la mort de trois cent vingt-quatre enfants. Et vous persistez à dire que j'alarme inutilement la population ! Quelle garantie avons-nous que vous ne ferez pas preuve du même laxisme ? Pourquoi devrions-nous vous croire ? N'avez-vous pas accepté de vous faire imposer, malgré votre opposition, un programme de manipulations génétiques animales pour lequel vous n'aviez aucune expertise ?

26

Paul bondit de sa chaise et agrippa le journaliste par le collet.

– Écoutez-moi bien ! Que je ne revoie plus jamais, dans votre journal, vos petits dessins laissant croire que l'IRGA est une fabrique de monstres, sinon je ne me gênerai plus pour vous traîner en cour, vous et votre immonde feuille de chou, après vous avoir bien sûr fait avaler votre article. Maintenant, faites de l'air !

Paul se dirigea vers le téléphone. Après quelques coups, une voix d'homme se fit entendre à l'autre bout du fil.

– Allô, Francis ? Alors comment va le chimpanzé ? Pas mieux ! C'est ennuyeux. Tu as vérifié les données physiologiques ? Pas de tonus, somnolence... aucune fièvre ? Bon ! Oui, étrange... Non ! Laisse-le se reposer. Le vétérinaire est passé ? Et alors ? Un coryza ? L'imbécile !... De l'aspirine !... Oui ! Comment, une piqûre antibiotique ?... Il craignait une bronchite ? Bon... Le mieux, c'est de laisser Roméo se reposer quelques jours... Demain nous effectuerons des tests sanguins... Non, demain ! Va dormir. C'est un ordre !

Paul raccrocha. Sur son visage traînait une certaine lassitude. Un coryza ! Vraiment ? Peut-être n'était-ce que cela. Demain, il faudrait communiquer avec le Centre de recherches vétérinaires de Trois-Rivières, qui leur avait refilé cette bête, afin d'obtenir des précisions.

Ce soir-là, comme tant d'autres, Paul rentra seul dans son appartement.

27

Chapitre 3

Le gros homme semblait nerveux et plutôt mal disposé. Ses doigts tapotaient la pile de dossiers que Luce avait placée devant ses yeux. Cet entretien qu'on lui avait arraché s'étirait inutilement et risquait de compromettre un dîner important. Il se leva, contourna son bureau de chêne et s'appuya négligemment sur le coin, bien en face de Luce, croisa ses mains sur sa large panse et fit tous les efforts nécessaires pour rester courtois.

Luce s'interrompit.

Depuis plus d'une demi-heure, sans laisser le temps au recteur de placer un seul mot, elle avait déballé tout son baratin, d'une traite, sans couture, comme les mailles serrées d'un filet. Mais, en aucun moment, elle ne vit apparaître la moindre réaction sur ce visage de lune.

Le recteur était un homme de pouvoir qui aimait se faire déjouer par des détours flatteurs. Le compliment avait sur lui des effets imprévisibles. Mais Luce n'avait pas le ton aux cajoleries.

Le gros recteur aux lèvres pulpeuses avait posé ses petits yeux sur ses mains qu'il massait lentement. Il fut incapable de soutenir le regard de la femme assise devant lui.

— Madame...

— Mademoiselle, rectifia poliment Luce de son sourire étincelant mais faux comme un nez de clown.

— Mademoiselle, consentit le recteur avec amabilité, vos arguments sont fort convaincants et soyez sûre qu'ils ne me laissent pas indifférent. Cependant...

Luce ne lui laissa pas le loisir de continuer.

— Nos projets de recherche en génétique animale, comme vous avez pu le constater, sont sur la bonne voie et c'est vous qui nous avez ouvert cette porte. Je vous avoue qu'au départ, l'équipe de l'IRGA n'était pas très enthousiaste. Mais nous avons vite compris combien cette nouvelle orientation offrait de défis exaltants. Vous aviez reconnu à l'époque que c'était là des projets de longue haleine et qu'on ne pouvait en attendre de résultats immédiats.

— Oui, je comprends tout cela, Mlle Pelletier, et croyez bien que je compatis à vos difficultés actuelles. Mais admettez qu'aucun résultat intéressant après trois années, c'est quelque peu, disons, inconfortable.

— Nous avons quand même eu certains succès en ce qui concerne l'utilisation des enzymes restrictifs et les anticorps purifiés, des études menées conjointement avec le Centre universitaire de Paris.

— J'en conviens ! Mais les données ont changé. Actuellement, les rumeurs les plus lamentables circulent au sujet de l'IRGA.

— Monsieur, vous êtes un homme trop sérieux pour accorder du crédit à de tels ragots.

— Vous devez comprendre, mademoiselle, que l'Université traverse une période d'austérité. Nous devons couper partout. Vous n'êtes pas le seul centre à subir de telles compressions budgétaires.

— L'IRGA est le seul centre où ces coupures entraînent automatiquement son démantèlement !

— Eh bien, je n'y peux rien ! Que voulez-vous ? Il faut faire avec ce qu'on a. Maintenant excusez-moi, je suis en retard à un dîner important.

Le recteur prit son chapeau, s'en coiffa d'un geste précis, ouvrit la porte et invita Luce à le précéder. Elle ramassa nonchalamment les trois dossiers et les fourra dans sa serviette. Puis, elle leva vers le gros homme un regard où se lisait le dépit tout autant que la colère.

— Monsieur le recteur, ayez donc la droiture d'admettre simplement que votre décision de ne pas m'accorder les fonds demandés n'a strictement rien à voir avec l'état des recherches à l'IRGA, mais relève du seul désir de vous venger d'une ancienne blessure que Paul vous a faite voilà plus de dix ans !

— Mlle Pelletier, si vous désirez passer l'heure du dîner dans ce bureau, grand bien vous fasse ! Je dois malheureusement vous quitter. Vous êtes une jeune personne charmante. Je suis certain que vous n'aurez aucun mal à vous trouver un poste ailleurs plus en conformité avec votre immense talent. Si vous le désirez, je peux vous présenter certaines connaissances qui n'hésiteront pas à employer au mieux vos irréfutables capacités professionnelles.

Le recteur sortit, s'arrêta au bureau de sa secrétaire, qui tourna un regard irrité vers Luce. Cette dernière eut un long soupir et sortit à son tour du bureau rectoral. Puis, mue par une dernière illusion, elle courut rejoindre le gros homme qui attendait devant les portes cuivrées de l'ascenseur.

— Et si on abandonnait purement et simplement les recherches animales pour s'en tenir aux végétaux ? Nous y avons obtenu des succès remarquables. Nous en étions au stade expérimental d'une bactérie mutante contenant un gène non réactif aux froids qui pouvait résister à des températures allant jusqu'à moins dix. Un an ! Assurez-nous les fonds de recherche pour la prochaine année : nous ferons alors aboutir cette expérimentation, et je vous jure que les ministères feront de nouveau le pied de grue devant l'IRGA pour y investir. Et vous passerez pour un homme au flair indiscutable.

— Mademoiselle, mon flair me dicte précisément le contraire. Je n'ai vu, dans les dossiers que vous m'avez présentés ce matin, matière à aucun optimisme quant aux résultats à attendre des travaux en cours. Alors permettez-moi ce conseil : si vous voulez mon avis, quittez le bateau avant qu'il ne sombre.

Les portes de l'ascenseur s'ouvrirent et le recteur s'y précipita.

— Votre seule possibilité de survie, mademoiselle, conclut-il, le doigt bien appuyé sur le bouton commandant l'ouverture des portes, c'est de vous associer à une entreprise privée.

L'homme retira son doigt du bouton et les portes se refermèrent. Luce resta un long moment inerte, le front cloué aux portes glacées d'un ascenseur muet.

Chapitre 4

L'immense amphithéâtre baignait dans une lumière approximative quand Paul termina la projection d'un film relatant les étapes de la production d'acides aminés par des protéines réactives.

Il se tourna vers la salle où se confondait une multitude de corps vissés à leurs sièges. Quelques ombres ondoyaient mollement comme si elles s'extirpaient d'un sommeil récent. Comme d'habitude, il n'y eut aucune question.

Paul eut un soupir de lassitude. Il ordonna qu'on rouvrit les rideaux, et c'est alors qu'une question jaillit enfin de la bouche déficelée d'une charmante blondinette au sourire équivoque.

— Est-ce vrai, monsieur, que l'IRGA doit fermer ses portes ?

Paul resta interdit. Il détectait dans cette question un brin de sarcasme. Il leva les yeux vers les tuiles du plafond, prit une grande inspiration puis répondit avec retenue.

— L'IRGA traverse en effet une phase difficile. Mais puisque vous avez eu la générosité de vous alarmer pour cette affaire, j'en conclus que la génétique est pour vous un sujet quotidien de préoccupation. Alors pourriez-vous résumer, en vos propres mots, ce qu'est la génétique ? En fait, j'aimerais savoir pourquoi vous vous êtes inscrite à ce cours.

Il y eut un profond malaise dans l'amphithéâtre. Des corps, plus tôt étendus, reprirent une posture plus adéquate, des visages, voilà un instant à peine réjouis et railleurs, devinrent impassibles ou sombres.

— Vous, le petit monsieur à lunettes, qui semblez absorbé dans le silence opaque et combien significatif de votre camarade, sans doute serez-vous en mesure de voler à son secours ? Pourquoi vous êtes-vous inscrit à ce cours sur la génétique ?

— La génétique, monsieur, répondit spontanément le jeune homme, est une science à la fine pointe du progrès qui pourrait bien faire sortir l'humanité des sentiers de la famine, de la misère et de la souffrance.

Un soulagement perceptible parcourut l'assemblée. Paul en eut un frisson.

– Vous avez bien assimilé les discours de Watson et Cohen. Je vous ferai remarquer cependant que ces textes sont âgés de près de quarante ans. La génétique a beaucoup évolué depuis cette époque. Je conviens cependant que vous savez lire! Mais savez-vous penser? La génétique est une science qui a cette exigence, mon petit monsieur! La génétique est un miroir aux alouettes. Il faut la sagesse de dépasser les illusions premières pour s'interroger sur les responsabilités qui accompagnent invariablement l'utilisation de son pouvoir. C'est pour cette raison qu'on ne fait pas de génétique avec la même insouciance qu'on résout un problème d'algèbre. Vous aurez un jour, entre les mains, une arme terrible, et, d'ici à ce que vous appreniez à vous en servir, d'autres avant vous l'auront perfectionnée. Jusqu'à maintenant, on ne peut pas se vanter que la génétique ait véritablement servi les meilleurs intérêts de l'humanité: guerres bactériologiques, expérimentations catastrophiques approchant le développement de véritables monstres, déstabilisation du donné naturel. Espérons que la deuxième génération, que je représente et à laquelle vous participerez peut-être, saura profiter des leçons que nous ont laissées nos prédécesseurs. Vouloir rendre la nature artificielle à tout prix, c'est ultimement mettre entre les mains des humains une arme qu'ils pourraient ne pas hésiter à retourner contre eux-mêmes. Pour terminer ce petit laïus impromptu, je vous citerai de mémoire une pensée très révélatrice de Chargaff, un autre grand maître des débuts de l'ère de la génétique qui ne partageait pas l'optimisme de Cohen. Il disait: «On peut arrêter les centrales nucléaires; on peut arrêter la conquête de l'espace; on peut même empêcher que se déclenche l'holocauste nucléaire. Mais on ne pourra jamais rappeler à l'inexistence une nouvelle forme de vie.» Et il ajoutait: «Une seule chose paraît certaine en génétique; cela est même sa seule certitude: aucun génie ne pourra jamais défaire ce qu'un crétin aura créé!»

Paul laissa durer le silence un long moment puis empila lentement ses cahiers, enfouit ses livres dans son sac de cuir et sortit de la salle. Arrivé au premier étage, il téléphona à l'IRGA. Après une dizaine de coups, il raccrocha.

Un long couloir le mena à la cafétéria, où il se servit une portion de pâté chinois, puis il rejoignit Luce qui était installée au fond de la grande salle. Il déposa son plateau sur la table et adressa à la jeune femme son sourire le plus charmant.

– Je ne m'habituerai jamais aux voix qu'on entend ici. On dirait une fricassée de notes échappées d'une mauvaise chaîne stéréo.

Il observa Luce qui semblait se dissoudre dans une humeur massacrante.

– Je n'ai pas besoin de te demander comment s'est déroulé ton entretien avec le grand manitou.

Luce ne fit aucun écho aux propos de Paul. Elle ramena une cigarette à demi consumée à sa bouche, tira une bouffée que rejetèrent ses lèvres mi-closes. Paul sourit.

– Te rends-tu compte à quel point tu pollues ce haut lieu de basse gastronomie ? Le pâté chinois est immangeable... C'est vrai, tu sais ! Il y a quinze ans à peine, tu te serais fait coller une contra-vention. Mais nous vivons dans une société poreuse, molle et permissive.

De nouveau, Luce leva la main, tendit vers ses lèvres le cylindre de tabac et aspira une longue bouffée.

– Fallait bien s'y attendre, Luce ! Ce salaud n'a jamais rien compris à la génétique, ni rien à grand-chose, d'ailleurs. Il a le cerveau de la grosseur d'un bec d'éprouvette !

– C'est tout sauf un con, répliqua-t-elle en écrasant les restes de sa cigarette. C'est un être boulimique, prétentieux, arrogant et despotique, mais ce n'est pas un con !

Paul se raidit. Il lança à la dérobée un coup d'œil aux alentours, ajusta sa veste d'un geste instinctif, puis avala une longue gorgée de lait. Luce n'avait toujours pas bougé.

– Je m'excuse pour hier. Ce n'était vraiment pas mon intention...

– Il m'a proprement éjecté de son bureau, coupa la jeune femme d'une voix éteinte. Rien ! Aucune subvention ! Nous n'avons plus un sou pour continuer nos recherches et nous n'avons rien à attendre ni des gouvernements, ni de l'univer-sité. La caisse est à sec et moi je suis à bout. Fini l'IRGA !

– Les salauds ! tonna Paul après avoir frappé la table de son poing. Ce n'est qu'une vengeance pour l'humiliation que...

– Je sais, admit Luce, sans déroger au calme malsain qui la contraignait à l'économie des gestes et des mots. Tout sim-plement une petite guerre personnelle entre un recteur qui peut tout et un petit chercheur qui ne peut rien.

Elle ne bougea pas. Seul un sourire amer se confondit avec l'immobilité de ses traits.

— Très bien ! J'irai le voir ! Je me prosternerai s'il le faut ! Ça te convient ?

Une nouvelle fois, un silence tranchant accueillit cette proposition. Paul ne savait plus comment se tenir sur cette chaise qui ressemblait de plus en plus à une sellette.

— Je ne peux pas croire qu'il n'y ait aucun moyen, conclut-il.

— Il y en a un, et tu le connais. Mais je ne crois pas qu'il vaille la peine d'en discuter.

Paul saisit l'allusion contenue dans cette dernière phrase de Luce.

— Ça, jamais ! Il n'est pas question de revenir sur le sujet.

Cette fois, Luce fut incapable de conserver sa belle impassibilité, comme si un petit choc innervait maintenant chaque parcelle de son corps.

— Et pourquoi n'en parlerions-nous pas, M. Paul, le pur, M. Marchand, le droit, le fier, l'intègre ? Pourquoi refuser de nous associer à une firme pharmaceutique ?

— Simplement parce que l'IRGA sera soumis à des impératifs qui, tôt ou tard, feront dévier toutes nos recherches vers leurs seuls objectifs de commercialisation.

— Mais il n'y a aucun mal à mettre sur le marché des produits de plus en plus efficaces. Quel mal y a-t-il à ce que l'humain cherche une amélioration de son état ? N'a-t-il pas été placé sur terre pour assujettir la nature et gouverner les bêtes et les plantes ?

— Mais, voyons, Luce ! Nous ne faisons pas que gouverner: nous manipulons ! Nous nous donnons le droit d'inverser les lois naturelles, de les muter sans vergogne, sans avoir la sagesse d'étudier d'abord toutes les conséquences de nos actes. Je suis exaspéré par certains généticiens qui se prennent pour le bon Dieu en cherchant à recréer le monde à leur image et leur ressemblance.

— Parce que tu crois sans doute que Dieu agissait autrement ? Qu'il savait où sa création le mènerait ? Mais, pour l'amour du ciel, Paul, ouvre-toi les yeux ! Il y a partout la misère, la violence, la famine. Nous sommes plus de six milliards d'êtres humains sur terre et la moitié d'entre eux crève de faim. La désertification s'accentue et la déforestation fait des ravages. Alors, ne viens pas me dire qu'en créant le monde, Dieu a agi différemment de nous aujourd'hui. Manifestement, il ne savait pas plus que nous ce qu'il faisait. Comme nous, il n'avait, je suppose, que de bonnes intentions.

Paul sembla déconcerté par le discours que lui servait Luce. Il en resta un instant confondu et silencieux.

— Tu as raison sur un point. Il n'y a aucun mal à rechercher le mieux-être des humains. Mais ce sont les moyens pour y arriver qui sont discutables, et tu le sais très bien. Les firmes pharmaceutiques ne s'encombrent pas d'un protocole et, si elles le peuvent, contournent la loi et déjouent les comités d'éthique et de surveillance. Tu le sais très bien ! Nous en avons discuté mille fois.

— Alors que faut-il faire ? Laisser mourir l'IRGA ?

Lentement, la cafétéria s'était vidée. Seuls quelques petits groupes occupaient des tables. Paul et Luce achevèrent l'un son café, l'autre son verre de lait.

— J'ai fait un détour par l'IRGA avant de me rendre chez le recteur. J'ai préféré ne pas franchir les grilles. Ça me déprimait trop. Je te signale qu'il y avait une manifestation.

— Rien de surprenant. Les manifestants sont là depuis le début de mai. Ça fait plus d'un mois !

— Peut-être, mais ils étaient plus d'une centaine cette fois, et la police était sur place. Tu as lu le dernier article de Daigneault ?

— Tu sais très bien que je ne sais pas lire.

— Très drôle ! Mais ce n'est pas avec ce genre d'argument que nous allons rétablir la crédibilité de l'IRGA.

Luce déplia le journal, l'ouvrit à la page où se trouvait l'article coupable. Paul lut sans intérêt les premières lignes, puis repoussa le journal comme s'il s'agissait d'un plat d'excréments.

— J'ai toujours admiré son imagination.

— Il nous traîne dans la boue et c'est tout ce que tu trouves à dire ?

— Et que veux-tu que nous lui répondions ? Nous n'avons rien ! Pas l'ombre de la moindre source de la plus petite illusion d'un semblant d'embryon de succès qui puisse faire les manchettes et rétablir notre crédibilité. C'est il y a quelques années que nous aurions eu de quoi lui répondre, au moment où nous nous consacrions exclusivement à la génétique végétale.

— Tu ne vas pas revenir là-dessus ?

— Et pourquoi pas ?

37

— Parce que nous n'avons rien obtenu de tangible, même à l'époque des expériences végétales, s'obstina Luce. Rien ! Du vent, tout cela ! Rien n'existe !

— On a réussi à faire pousser un plant de céleri dans la serre froide par une température de moins dix.

— Et le résultat ? Un céleri blanc, avec un apport vitaminique plus faible de moitié, et une exigence calorique deux fois plus grande que la normale pour la fertilisation du sol... Et puis, on ne va pas revenir mille ans sur ce foutu programme animal. On nous l'a imposé.

— Oui, je sais ! claironna Paul avec aigreur. Pour appuyer la formation des étudiants du niveau doctoral et postdoctoral ! Tu peux me dire combien d'étudiants de doctorat se sont inscrits dans les programmes de l'IRGA au dernier semestre ? Aucun ! Nil ! Zéro ! Et seulement deux petits morveux de première année de maîtrise ! C'est tout !

— Ce n'est pas surprenant ! Tu n'arrêtais pas de les bloquer dans leurs initiatives. Tu leur mettais des bâtons dans les roues.

— Si on les avait laissé faire, ils nous auraient fabriqué un petit zoo du genre musée des horreurs. Aucune éthique !

— C'était des filles et des gars sérieux !

— Oui, comme tous ces charlatans de trafiqueurs de gènes de la première époque.

— Ces trafiqueurs de gènes ont quand même produit de grandes choses !

— Grandes ? Oh ! ça oui ! Monstrueusement grandes ! Énormément gigantesques !

— Je te rappelle qu'un superlatif ne se qualifie pas !

— Merde pour la grammaire ! Quand on relit les discours et les ouvrages de cette époque, on en vient à croire que toutes les vaches auraient dû ressembler à des éléphants, avec des derrières larges comme une autoroute, simplement parce que leurs contemporains adoraient se payer une tranche de fesse de ruminant. Le problème, c'est que nos étudiants continuent à croire les mêmes conneries.

— Oui, mais ces trafiqueurs de gènes ont quand même réussi à les inventer, leurs fameuses vaches, pendant que nous nous contentons de faire du vent avec des discours prétentieux.

— Oh oui, ils y sont parvenus ! Quelle bêtise ! Ces pauvres bêtes étaient si grosses que la charpente osseuse, le cœur et les poumons ne parvenaient pas à supporter cette masse six fois supérieure à la normale. Fallait les retenir par des câbles et les nourrir par intraveineuse car la quantité de nourriture pour entretenir ces monstres était incapable de tenir dans leur estomac.

Luce préféra se taire : elle jeta un regard aux alentours et d'un geste vif arracha de son étui une cigarette qu'elle s'empressa d'allumer.

— Alors, qu'est-ce que le petit génie a à offrir comme solution ?

— Il faudra en parler à Francis, réfléchir soigneusement aux avenues qui se présentent.

— Et pendant que nous réfléchirons, l'IRGA aura eu le temps de crever. Tu sais très bien qu'il n'y a pas d'autres possibilités que de nous associer à des fonds privés. Il y a des entreprises parfaitement honnêtes.

— Nomme-m'en une.

Luce continua d'une voix tranchante.

— De toute façon nous n'en serions pas à notre première compromission. Faut-il te rappeler que nous nous sommes payé le luxe d'une recherche sur une cellule animale hybride ?

— L'expérience CANISSIMIUS n'a aucune chance d'aboutir ! rétorqua Paul.

— Tu as raison, admit Luce. Aucune de ces manipulations n'a jamais réussi.

— Alors tout s'éteindra le plus naturellement du monde. D'ailleurs, je te rappellerai que cette expérience a été amorcée par tes soins et ceux de Francis, et ce à mon insu. Mais je dois avouer que l'idée était géniale : unir l'appareillage génétique de deux races animales distinctes dans une symbiose complète à l'intérieur d'une même cellule, fallait y penser ! Mais il y aura rejet de chacune des moitiés non compatibles. Et probablement une dégénérescence cellulaire !

— Alors mettons fin au plus coupant à l'expérience CANISSIMIUS !

— Rassure-toi ! J'ai laissé quarante-huit heures à Francis pour qu'il procède à l'enregistrement sur ordinateur des données fournies par cette étrange cellule qui persiste à survivre sans activité apparente après trois semaines. C'est déjà prodigieux.

— Raison de plus pour en finir avant que cette expérience malheureuse ne trouve écho dans les journaux. Ce serait catastrophique !

– Mais non ! Ce serait l'occasion d'une belle conférence de presse. On parlerait de nous dans tous les journaux du monde. Rien de mieux que la « notoriété » quand on se cherche un nouvel emploi.

Luce ne put résister à l'envie de rire. La situation était si désespérée qu'il n'y avait que le sarcasme pour en amoindrir la portée. Et Paul avait toujours su la faire rire aux moments les plus pénibles.

Après avoir jeté un coup d'œil à sa montre, Paul se leva, s'approcha de Luce et lui fit une bise sur le front.

– T'inquiète pas, chérie ! On trouvera bien un moyen de sauver l'IRGA et le monde avec.

Chapitre 5

Luce ne s'était pas trompée. En arrivant près de l'entrée de l'IRGA, par ce bel après-midi du début de juin, Paul put constater quelle ampleur la manifestation avait prise. Ils étaient plus d'une centaine d'opposants à défiler, non plus dans le silence, mais en scandant des slogans des plus révélateurs sur les intentions qui soutenaient leur action. Trois voitures de police, garées de l'autre côté de la rue, témoignaient de l'importance que les autorités attribuaient à l'affaire. Quand Paul voulut franchir les grilles, son véhicule fut intercepté par les manifestants qui emplirent son pare-brise de pancartes au langage outrancier. Deux agents durent intervenir pour lui donner accès à la longue allée ombragée qui menait au bâtiment de l'IRGA. Au passage, il fut assailli de questions par Marc Daigneault et quelques autres journalistes de la presse écrite et électronique, mais à défaut d'une entrevue, Paul leur accorda son plus aimable sourire.

Il atteignit le stationnement, descendit de sa BMW et prit le temps de vérifier que celle-ci n'avait pas trop souffert des assauts de ces fanatiques.

Au loin, Marc Daigneault ne manquait rien de la scène. Il vit s'ouvrir toutes grandes les portes centrales de l'IRGA et en sortir un homme apparemment fort inquiet.

— Bon Dieu, où étais-tu, Paul ? J'ai cherché à te joindre tout l'avant-midi. J'ai laissé trois messages à ton bureau de l'université. T'aurais pu rappeler.

— Je ne suis pas passé par mon bureau et j'ai cherché à te joindre par téléphone, mais ça ne répondait pas.

— Je n'avais pas le temps de répondre. Ici, nous sommes débordés.

— Seigneur, Francis, calme-toi ! Les journalistes sont aux grilles. Ils vont croire que nous frôlons la catastrophe.

– Et ils n'auraient pas tort !

– Raison de plus pour ne pas nous offrir en spectacle. Entrons ! Tu m'expliqueras tout à l'intérieur.

Le journaliste prit quelques notes puis s'éloigna. Les deux généticiens pénétrèrent dans le laboratoire où l'on avait étendu Roméo sur une table d'observation.

– Son état a empiré à une vitesse fulgurante. Cette nuit, j'ai observé une violente fièvre suivie d'une chute brutale des apports kinesthésiques. Ses battements cardiaques ont ralenti de même que sa respiration. Les glandes salivaires surproduisaient. Puis tout à coup, au début de la matinée, il a été pris d'une agressivité incontrôlable. J'ai pu le calmer grâce aux gaz paralysants. Depuis dix heures trente, Roméo est entré dans le coma. Les signes vitaux ont dégénéré et se maintiennent au plus bas grâce aux appareils respiratoires et au défibrillateur; car pour couronner le tout il nous a fait un infarctus. L'oreillette droite est complètement morte. J'ai peur que le cerveau n'ait aussi subi des dommages par manque d'apport oxygénique. Bref, on va le perdre. Ce n'était pas un petit coryza, Paul ! C'est plus grave. Infiniment plus grave.

– Que veux-tu dire ?

Francis attira son ami à l'écart des deux jeunes assistants qui s'activaient autour de Roméo. Il l'entraîna dans la petite salle d'observation, l'obligea à se pencher sur l'un des deux microscopes.

– Bon Dieu, Francis, qu'est-ce que c'est que ça ?

La voix de Paul était empreinte d'incrédulité. Ce qu'il observait là, il ne l'avait jamais vu, et cela ne lui ramenait en mémoire aucune configuration bactérienne connue.

– J'ai procédé à l'examen d'un échantillon sanguin de Roméo. Nous aurions dû le faire bien avant, Paul.

Francis lui braqua une feuille de papier sous le nez.

– Regarde ! Ce sont les résultats de l'analyse sanguine.

– Merde ! Qu'est-ce que tout cela veut dire ?

– J'ai passé plus de deux heures à chercher la cause d'une pareille déformation. L'hyperactivité des lymphocytes B m'avait bien indiqué qu'il y avait une attaque virale d'envergure, mais rien sur l'ordinateur ne semblait l'indiquer. Finalement, j'ai pu observer l'apparition du corps étranger grâce à une sonde d'ADN. Paul, ce virus est complètement inconnu. J'ai cherché partout un voisinage viral l'approchant. Rien ! Absolument rien ! Nous sommes en face d'un nouveau virus apparemment très nocif...

Chapitre 6

Luce avait décidé de ne pas entrer à l'Institut cet après-midi-là et de profiter de ce superbe soleil pour se prélasser dans un caprice auquel elle cédait rarement, tout accaparée qu'elle était, depuis des mois, par la résolution de l'écheveau de problèmes que représentait l'IRGA.

Le copieux dîner qu'elle avait avalé à la cafétéria de l'université lui avait redonné quelque entrain et l'avait convaincue que le magasinage ranimerait son enthousiasme déclinant. Rarement elle avait la chance de baguenauder dans le centre-ville refait à neuf et qui ressemblait fort peu à celui qu'elle avait connu dans sa jeunesse. On avait creusé dans toute la partie est de la rue Sainte-Catherine, du boulevard Saint-Laurent jusqu'à la rue Papineau, et fait une brèche béante dans ce qui s'appelait alors le Village gai, où musardaient, à l'époque, les plus équivoques personnages au sexe vagabond et des prostitués de tous genres dans des clubs de nuit aux activités louches et encombrantes. On avait installé cette douteuse industrie dans quelques quartiers reculés de la cité.

Luce dévalisa les magasins de chaussures, s'enhardit dans une boutique de sous-vêtements érotiques, dénicha ailleurs un maillot de bain au corsage provocant puis s'offrit le luxe suprême d'une glace vanillée arrosée d'un sirop de prunelle et coiffée d'une crème fouettée aromatisée au Grand Marnier.

Elle avait oublié le recteur, la lettre du ministre, l'IRGA.

La vie n'était plus que douceur. La directrice qu'elle était s'était dissoute sous les ardeurs de la femme aux caprices solitaires. Seul Paul n'avait pas tout à fait échappé à cette détente un brin délictueuse.

Cet homme imprégnait chaque moment de sa vie d'une présence indélébile. Elle ne savait pas pourquoi elle l'aimait, ni depuis quand. Il lui semblait que toute sa vie avait été chargée de ce poids qu'elle traînait comme une passion inévitable, qui la laissait vulnérable et si démunie, même quand il était absent. Peut-être était-il temps de mettre fin à une relation qui la dépassait ? Ce questionnement n'aurait pas eu de suite si les derniers événements et leurs discussions qui avaient suivi n'avaient pas si bien témoigné de leurs différences. Il ne s'agissait plus de détails, ou de simples traits de caractère, mais de convictions profondes qui les rattachaient, pensait-elle, à des univers complètement isolés. Les controverses n'allaient pas tarir facilement entre eux, et risquaient bien au contraire de prendre de l'importance avec le temps. Cela l'inquiétait. C'était la première fois que Luce prenait conscience de ce qui la séparait de Paul, et bien qu'elle cherchât à réduire la portée des faits à leur seule dimension professionnelle, il lui était de plus en plus difficile de ne pas y associer des horizons plus intimes. Qu'allait-il advenir de leur couple si l'IRGA sombrait, ou s'il survivait à l'encontre des principes de l'un ou de l'autre ?

Et surtout, il y avait les exigences de Paul qui espérait depuis longtemps emménager avec elle, qui souhaitait avec plus d'acharnement encore donner un enfant à leur union. Cette réalité, plus que tout autre, la disposait défavorablement envers tout le reste. Il disait ne pas comprendre les raisons qu'elle invoquait pour s'opposer à la grossesse, et pour cause. Les raisons profondes, elle les avait toujours gardées pour elle.

Il y avait une peur indicible nouée à ce refus. Une peur aux multiples visages : la peur d'être grosse, la peur d'avoir mal, de mettre au monde un enfant handicapé ou difforme comme sa mère qui avait commis l'injure d'accoucher d'un enfant mort-né. Cette douleur, Luce ne voulait pas la vivre, jamais. Elle ne voulait pas ressembler à cette femme désarticulée qui, pendant toute l'enfance de sa fille, lui avait parlé de ce fils décédé, ce frère inexistant qui avait mis pourtant un cadenas sur le cœur de sa mère. À la suite de cette naissance, l'époux en avait profité pour plier bagage. Jamais cette femme ne s'était remise de ce double abandon et jamais Luce n'avait pu oublier les douleurs de l'enfantement. Sa mère les lui avait gravées dans le cœur avec ses mots et ses pleurs.

Aucun homme n'était en mesure d'appréhender une telle vérité. Pas plus Paul qu'un autre. Alors Luce gardait son secret qui lui rongeait le corps tel un poison.

Elle secoua la tête et s'arracha à ses pensées maussades. Elle refit discrètement son maquillage avec un petit miroir tiré de son sac. C'est à ce moment qu'elle discerna le visage d'un jeune homme qui la prenait pour cible depuis le fond du petit café. Luce tourna les yeux et lui adressa un sourire discret. L'inconnu lui répondit timidement. Il était très beau, grand, assez costaud, le torse glabre, sous une chemise blanche légèrement cintrée. Il devait avoir, au plus, vingt ans. Le teint ambré, la lèvre charnue, les yeux d'un bleu d'acier, froid et pourtant si troublant, il avait l'allure sensuelle d'un éphèbe.

Ce soir-là, elle rentra chez elle fourbue et honteuse de s'être si naïvement laissé séduire par cet amour éphémère, sans consistance, entre les bras d'un jouvenceau malhabile qui aurait eu avantage à ne pas ouvrir la bouche pour ne rien gâcher de ce moment. Luce avait succombé. Pourquoi ? Sans doute par bravade et parce que le moment se prêtait bien à ce genre d'abandon. Ce plat caudataire lui avait seriné les plus navrants compliments, tenu les plus déconcertants discours, avait composé sur elle une gymnastique amoureuse consternante, des tentatives de séduction aussi puériles qu'inutiles avant de se perdre dans une éjaculation d'une précocité bruyante. Et avec une audace qui n'avait plus rien à voir avec l'ingénuité du novice, à la grande surprise de Luce, ce béjaune avait exigé, avant de la quitter, les cent dollars requis pour services rendus.

— Faut vivre, avait-il ajouté en plaquant un bisou distrait sur le visage interloqué de Luce.

Elle avait fermé la porte et s'était écrasée dans un large fauteuil.

Lentement, son corps se décrispa, sa nuque nonchalante reposa sur le fin tissu des coussins et elle put enfin retrouver une certaine paix. Le répondeur téléphonique avait enregistré douze messages, et comme l'indiquait les numéros de téléphone apparaissant dans la petite fenêtre prévue à cet effet au milieu du boîtier, ils provenaient tous de l'IRGA, sauf un qu'elle ne connaissait pas. C'était le huitième message. Un instant, mue par la curiosité, elle voulut presser le numéro huit, mais elle se ravisa, conclut qu'une soirée de calme n'avait aucune parenté avec l'utilisation de cet appareil diabolique, se déshabilla et se laissa glisser dans l'eau parfumée de sa baignoire.

Bien sûr, c'est alors qu'on frappa à la porte.

— Ouvre, Luce ! Je sais que tu es là. J'ai vu ta voiture en bas. Ouvre, pour l'amour du ciel ! C'est urgent !

— Paul ? Paul, c'est toi ? Tu aurais quand même pu t'annoncer !

— Dix coups de téléphone ne sont donc pas suffisants ? Qu'est-ce qu'il te faut, bon Dieu ?

— Mais entre ! Je suis dans mon bain !

— Je n'ai pas mes clés, je les ai oubliées au labo. D'ailleurs, je n'ai pas le temps d'entrer. Je t'attends en bas. Je te laisse cinq minutes. Pas une de plus !

La voix de Paul laissait percer un soupçon de panique qu'il ne parvenait pas à camoufler.

Luce le retrouva en bas, deux minutes plus tard, le corps enduit de mousse et la jupe à peine boutonnée. Elle finit de se coiffer dans la décapotable.

— Où étais-tu ? demanda sèchement Paul après avoir roulé à toute vitesse sur quelques kilomètres.

— Je n'aime pas tellement ce ton que tu prends avec moi. Je suis libre d'occuper mes journées comme bon me semble. Après tout, nous ne sommes pas mariés.

— Ça, je le sais ! Et ne crains rien, je n'ai pas l'intention de renouveler ma demande en mariage. J'ai pour principe de ne m'accorder qu'une journée de folie par mois, où je laisse mon ridicule s'exprimer. Cette journée était hier, le 3 juin de l'an de grâce 2015. De toute façon, pour l'instant, c'est de la directrice de l'IRGA dont nous avons besoin.

Les portes de l'Institut n'étaient pas verrouillées comme il était coutume qu'elles le soient et les laboratoires largement éclairés témoignaient d'une activité inhabituelle. Ils étaient entrés.

Paul avait saisi Luce par la main et l'entraînait maintenant dans l'escalier menant au petit entrepôt situé au niveau des laboratoires.

D'un geste brutal, il ouvrit la porte de la réserve devant laquelle il venait de s'arrêter et leva l'interrupteur.

— J'aimerais savoir par quel miracle nous avons pu obtenir tout ce matériel avec cette simple note.

Il tendit une carte que Luce lut à haute voix.

– « De quelqu'un qui vous veut du bien ! »

Elle laissa retomber le billet. Il y avait quelques caisses contenant des bassins, du matériel d'observation, des pipettes, des contenants, des bocaux, des éprouvettes, une pleine boîte de seringues, un stérilisateur, des contenants de bandes stérilisées, de produits aseptisants, des caisses de nourriture hautement protéinée, des capteurs optiques, des catalyseurs, un agitateur, des séparateurs à basse fréquence et, suprême jouissance, un analyseur ultra-sensible à haute révolution...

– Alors, je voudrais savoir ce que tu entendais hier par cette petite phrase : « Je suis prête à tout pour avoir mes subventions. »

– Paul Marchand, je te défends, tu m'entends, de juger mes comportements et surtout de t'imaginer que j'aie pu m'abaisser...

– Tu me défends ? C'est la meilleure ! Et cette carte, hein ? Cette carte ? « Quelqu'un qui vous veut du bien ! » Il y a longtemps, ma petite, que je ne crois plus au père Noël.

– Ne m'appelle pas « ma petite ». Je ne suis la « petite » de personne.

– Très bien ! clama Paul. Alors, ma petite qui n'est plus la petite de personne, comment expliques-tu que cette étonnante cargaison nous soit tombée dessus au moment précis où nous en avions besoin et justement, quel heureux hasard, après que tu t'es jetée aux pieds de cette grosse amibe de recteur ? Et, coïncidence, tout cela se produit le jour même où, pour la première fois, tu t'absentes du centre toute la journée sans avertir personne et sans même prendre le temps de répondre aux messages que Francis et moi avons laissés sur ton répondeur.

– Je n'ai pas passé la journée avec le recteur, si c'est ce que tu veux savoir.

– Est-ce que, toujours par hasard, tu n'aurais pas déjà entrepris, à mon insu et à l'insu de Francis, des démarches auprès d'une quelconque firme pharmaceutique ?

Luce reçut cette question comme une véritable gifle. Elle regarda Paul d'une pitoyable façon et se demanda comment elle pouvait aimer un homme qui lui manifestait si peu de confiance.

– Non, balbutia-t-elle d'une voix tendue par l'humiliation. Tout à coup, elle se rappela ce fameux numéro de téléphone qui

47

avait clignoté sur son répondeur. Peut-être y avait-il entre cette cargaison et cet appel un lien qui pourrait tout expliquer.

Elle quitta Paul et remonta à son bureau. Elle composa son numéro de téléphone, puis le code d'accès à son répondeur suivi du chiffre huit. Une voix d'homme se fit entendre aussitôt, une voix ronde et posée, qui articula soigneusement un très court message: «Nous espérons que notre petit cadeau vous aidera à passer le cap critique.» Puis on raccrocha sans plus de détails.

Luce prit en note le numéro de téléphone laissé sur son récepteur et le composa aussitôt. Un déclic se fit entendre après le deuxième coup de la sonnerie. Une petite voix d'enfant rieuse ânonna avec une parfaite correction le boniment d'usage, qui se concluait ainsi: «Mon papa vous rappellera dans les plus brefs délais».

Luce resta perplexe un moment. Elle raccrocha sans laisser de message. Elle se leva de son fauteuil et s'apprêtait à quitter son bureau quand le téléphone résonna. C'était une voix d'homme. Elle la reconnut aussitôt.

— C'est vous, monsieur le recteur?

— Oui, c'est moi! Je m'excuse de vous déranger à pareille heure. J'ai essayé de vous joindre à votre domicile, mais je suis tombé sur cet imbécile de répondeur automatique.

— Ah! C'est vous qui...

— Je suis incapable de laisser des messages sur ces appareils anonymes. Vous m'excuserez.

Ce n'était donc pas le recteur qui avait envoyé le petit cadeau, ni lui qui avait laissé ces phrases étranges sur son répondeur. D'ailleurs, ce dernier n'avait pas de fils.

— Vous m'écoutez, Mlle Pelletier?

— Mais oui, monsieur le recteur.

— Alors, demain matin, dix heures, à mon bureau. Je crois que vous ne regretterez pas ce dérangement. Je ne suis pas l'ogre que vous imaginez. Je ne vous en dis pas plus.

Il y eut un déclic suivi du terne signal sonore qui témoignait du fait que la communication venait d'être coupée. Luce descendit au labo et raconta à ses deux camarades les derniers développements. Paul ne put résister à l'envie de persifler.

— Un fantôme et un simple d'esprit dans le même quart d'heure? Ma chère Luce, aurais-tu des talents médiumniques?

— Paul, je t'en prie! coupa Francis un peu exaspéré par l'humour acidulé de son ami. Si vous voulez, nous allons terminer les examens et nous discuterons de cela ailleurs. Nous avons ici des problèmes autrement plus urgents.

— De quoi s'agit-il ? insista Luce de plus en plus inquiétée par la tournure que prenaient les événements et surtout ennuyée de voir Roméo attaché à une table. Je n'aime pas beaucoup qu'on utilise ces méthodes de coercition contre les animaux.

— À ce que je vois, Paul ne t'a rien expliqué de ce qui se passe ici !

Il jeta sur le directeur de la recherche un regard sombre et fit à Luce un compte rendu précis des dernières vingt-quatre heures. Accompagné de ses deux amis, il se rendit à l'extrémité ouest du rez-de-chaussée, dans la salle réservée initialement aux gros spécimens végétaux qu'on avait dû placer à une certaine hauteur pour laisser la place aux cages des chimpanzés et à celle aménagée pour Toddy, cette chienne sympathique qui avait vieilli avec l'IRGA puisqu'on l'avait accueillie ici dès l'ouverture de l'Institut. Pour le moment, elle était étendue dans le fond de sa cage, l'air penaud, le museau sec et chaud. Elle ne bougeait pas. Son regard triste n'eut même pas la force de s'animer au moment où Luce s'approcha d'elle pour la flatter.

Tout près, Éloïse, cette guenon enjouée n'en menait pas plus large. C'est à peine si elle bougea les doigts pour répondre, par des signes empruntés au langage des sourds-muets, au salut que lui adressa Luce.

— Mais que se passe-t-il ici ? Répondez-moi ! s'impatienta-t-elle.

— Nous avons fait des analyses sanguines à tous les animaux du laboratoire, hases et souris incluses. Ces dernières ne sont pas atteintes du virus. Par mesure de sécurité, nous avons préféré les mettre en quarantaine. D'ailleurs, on n'a constaté sur ces bêtes aucun symptôme s'apparentant à ceux observés chez Roméo. Par contre, les échantillons sanguins d'Éloïse et de Toddy...

— ... ont révélé la présence d'un virus inconnu, compléta Luce.

— Exactement ! Sans doute a-t-il été transmis par des seringues qu'on n'avait pas convenablement stérilisées. C'est la seule explication, précisa Francis.

Il s'ensuivit un long silence. Luce se pencha au-dessus des cages et regarda les deux bêtes qui languissaient, silencieuses et hagardes. Elle leva sur Francis un regard où se lisaient le découragement et l'impuissance.

– Que pouvons-nous faire ?

– Pas grand-chose, j'en ai peur. Il faudrait le temps de produire un vaccin, et je n'ai pas besoin de te dire combien cela peut être long. Nous ne savons rien de ce virus.

Un long soupir s'échappa de Luce. Elle ne savait plus quoi dire ni quoi faire. Décidément, l'IRGA subissait l'assaut conjugué de tous les malheurs.

– Peut-on savoir s'il s'agit d'une bactérie manipulée ou naturelle ?

– Impossible pour l'instant ! Mais vu sa nocivité, je doute fort qu'elle soit d'origine naturelle.

– Dans ce cas, Roméo aurait servi à des expérimentations génétiques ?

Jusque-là en retrait, Paul s'était approché des plantes suspendues au-dessus de la cage de Toddy.

– Francis, dit Luce d'un ton péremptoire mais sans emportement, il faut retrouver la fiche technique de Roméo.

– Je l'ai. Elle contient les informations de base : nom, âge, sexe, poids, lieu d'origine, vaccination, sceau de quarantaine. Rien de plus. Nous l'avons reçu il y a trois semaines. Roméo est un sujet nerveux, peu attentif. Il a montré dernièrement des signes d'asociabilité et un manque de concentration. Mais nous n'avons procédé sur lui à aucun test poussé qui aurait pu nous en apprendre davantage.

On entendit jurer Paul.

– Jésus-Christ ! Bon Dieu de merde de saint nom de... Mais elle a bouffé la moitié de mon anémone hybride à floraison précoce. Un de mes plus beaux spécimens.

– Qui ? Quoi ? Qu'est-ce que t'as ? s'exclama Francis en écho aux hurlements de Paul.

– Toddy ! La gueuse, elle a ravagé la moitié de mon plant d'anémone hybride ! Une plante que j'ai mis deux années à produire et qui s'apprêtait à fleurir pour la première fois.

Un peu plus et le pauvre Paul aurait éclaté en sanglots. Luce s'approcha de la cage pour calmer Toddy. La colère de Paul l'avait excitée ; elle s'était recroquevillée dans un coin. Luce voulut ouvrir la porte de la cage, mais Francis s'y opposa.

– Vaut mieux, pour l'instant, ne pas avoir de contact direct avec les bêtes infectées. Désormais, il faudra les approcher avec des combinaisons de sécurité. Ce sera plus prudent. Je te rappelle que nous ne connaissons rien du virus. Il faut les laisser dormir.

Luce et Francis se retirèrent pendant que Paul transportait la plante blessée dans son bureau. À l'aide de ciseaux, il s'activa à nettoyer les branches atteintes par l'appétit déréglé d'une chienne malade. Luce arriva sur l'entrefaite.

S'approchant de Paul, Luce posa ses mains sur ses épaules rendues plus humaines par le poids de tant de contradictions. Il ne bougea pas, laissa les doigts de Luce lui masser le cou et apporter un peu de chaleur à son corps froid dévasté par le doute. Des larmes coulèrent de ses yeux.

— Qu'est-ce qui nous arrive ?

Chapitre 7

À dix heures tapantes, Luce se présenta au bureau du recteur. La secrétaire la reçut avec une courtoisie inhabituelle.

– Ces messieurs vous attendent, mademoiselle. Je vais vous annoncer, déclara la vieille dame qui occupait ce poste depuis plus de vingt ans et qui avait vite appris le protocole à respecter selon les personnes et à moduler ses humeurs selon celles de ses patrons.

« Ces messieurs ! » Luce jeta un coup d'œil à la penderie où quatre manteaux étaient suspendus.

Elle s'inquiéta et se rappela les appréhensions de Paul qui voyait dans toutes ces démarches une véritable reddition, un piège à éviter. Absorbée dans ses pensées, elle sursauta quand, d'une voix emmiellée, la vieille dame l'invita à entrer. Luce en profita pour ajuster la jupe de son tailleur et lisser les plis de sa veste.

Quatre hommes faisaient cercle autour du bureau du recteur. Ils étaient vêtus de costumes sombres coupés à la dernière mode, sauf le ministre de la Science et de la Technologie dont la tenue vestimentaire avait toujours trahi un goût déplorable.

– Monsieur le Ministre ! fit-elle froidement, se rappelant trop bien la courte lettre que ce dernier lui avait fait parvenir.

Le recteur lui présenta les deux autres personnages qui s'étaient levés dès son entrée et avaient obligé le ministre à se soumettre au même cérémonial.

– Permettez, chère Luce, que je fasse les présentations : MM. Laurent Dolbec et Étienne Pakazian.

– D'origine hongroise, mais Québécois de père en fils, annonça ce dernier avec un brin de fatuité. Vous pouvez m'appeler Étienne. Entre confrères...

– Bien sûr, M. Pakazian, ronronna Luce.

Elle en conclut que, des quatre hommes, celui-ci était sans doute l'accessoire. Elle salua poliment les deux hommes et le recteur avec une amabilité un peu affectée. Ce dernier la pria de s'asseoir.

— Ma chère Luce...

«Chère» se répéta la jeune femme avec étonnement. Un tel faste langagier la plaçait sur ses gardes.

— ... vous devez vous demander ce qui motive cette rencontre improvisée, surtout après notre entretien... disons un peu décousu, d'hier matin.

— Mais est-elle improvisée? s'enquit Luce dans un grand sourire.

— Pardon? toussota le recteur.

— Oui! Cette rencontre est-elle vraiment improvisée? Vous me permettrez d'en douter. Alors, si nous cessions toutes ces simagrées pour en arriver à l'essentiel. Je doute, messieurs, que vous ayez plus que moi du temps à perdre.

Le malaise qui suivit fut brisé par l'intervention d'un homme au début de la cinquantaine, vêtu comme un prince, les tempes zébrées de raies blanches qui lui donnaient une allure tout ce qu'il y a de correct. C'était l'homme qu'on avait présenté sous le nom de Laurent Dolbec.

— J'aime les personnes qui savent se priver du superflu, Mlle Pelletier. Je représente ici les intérêts d'une firme pharmaceutique, les laboratoires Lorrentz. Cette société fait partie d'un immense consortium...

— Nous connaissons très bien l'importance de la Lorrentz dans le milieu biotechnologique. Ce qui m'intéresse, monsieur, c'est votre offre si intéressante, ironisa-t-elle.

— Veuillez croire, mademoiselle, que l'offre que nous nous préparons à vous faire est très honnête!

— Dans ce cas, pourquoi vous mettre à quatre pour m'en convaincre?

La franchise de Luce eut l'heur de plaire à cet homme, qui semblait plus habile à discuter de choses présentées sans détour. Devant la tournure que prenait la conversation, le recteur crut de son devoir d'intervenir.

— Mlle Pelletier, ces messieurs sont ici dans votre intérêt, je vous assure. Le ton agressif que vous employez n'aidera en rien les négociations qui s'amorcent.

— Monsieur, j'aimerais savoir quel ton je suis censée prendre. Celui de la soumission? Je vous rappellerai qu'il ne s'agit pas de *mes* intérêts mais de ceux de l'IRGA et que je n'ai jamais eu l'outrecuidance de les confondre au point de me privilégier aux dépens de l'Institut que je sers. Je vous ferai remarquer, en outre, que ces négociations, comme vous appelez ce marchandage, sont la conséquence directe de votre incompétence et de la volonté que vous avez mise, depuis quelques années, à causer notre perte, à court-circuiter nos efforts et à déstabiliser nos plans de recherches par une intrusion inappropriée. L'abandon de l'IRGA par les différents ministères est le résultat d'un travail de sape qui provient tout droit de ce bureau et aussi de l'ignorance de certains ministres à qui on a confié des fonctions qu'ils n'ont ni le mérite ni la compétence de remplir efficacement.

L'indignation gagna le recteur et le ministre qui s'apprêtaient l'un à sortir, l'autre à indiquer à Luce le chemin de la porte. Laurent Dolbec, un léger sourire au coin des lèvres, éleva la voix et imposa le silence.

— Mlle Pelletier, disons pour abréger le débat que nous ne nous intéressons pas au passé, mais à l'avenir de l'IRGA auquel nous voulons nous associer. Ce ne sont pas vos déboires qui nous préoccupent, ce sont vos compétences, votre expertise.

Il fit une pause. Jugeant que ses paroles avaient calmé les esprits, il décida qu'il était temps de se lever. Il se dirigea en silence vers la fenêtre derrière le bureau du recteur et posa un instant son regard devant celle-ci. Laurent Dolbec ne faisait jamais un geste sans calcul. Il savait parfaitement manipuler à son avantage n'importe quelle situation, n'importe quel personnage. Il savait aussi reconnaître le courage, le talent.

Il avait aimé la fougue de Luce, appréciait sa droiture et sa capacité de juger rapidement les faits. Il se tourna vers la jeune femme, que l'attente ne semblait pas impressionner outre mesure.

— Je vous aime beaucoup, mademoiselle !

— On m'a dit cela dernièrement et ça m'a coûté cent dollars. Je me méfie des gens qui aiment trop : ça les rend gourmands.

Un soupir parcourut la petite assemblée, qu'interrompit le rire du directeur conquis.

— Nous vous offrons l'aide technique, le matériel de laboratoire...

— Dites-moi, monsieur... Monsieur comment déjà ?

— Laurent Dolbec, lui rappela ce dernier, le visage allumé par le plaisir de se mêler à un jeu si ravissant.

– Laurent, c'est cela, oui ! Dites-moi, Laurent, serait-ce vous, par hasard, qui avez fait décharger dans nos caves un matériel varié et coûteux ?

– En effet ! Vous me voyez confus si ma libéralité a pu vous déplaire.

– Nullement ! Ces petites choses seront de quelque utilité. Pourvu que ce ne soit pas la verroterie du conquérant pour impressionner les indigènes ! ajouta-t-elle.

– Pas du tout ! Décidément vous avez le don de faire des images.

– Je n'ai aucun mérite, c'est naturel. En passant, la voix de votre jeune garçon est tout à fait charmante au téléphone. Quel âge a-t-il ?

Cette fois, Laurent sembla contrarié par cette allusion à son fils. Son visage se rembrunit. Sa voix aussi avait changé quand il reprit la parole. Elle était plus impérative.

– Nous désirons nous associer à l'IRGA. Vous y trouverez votre avantage, croyez-moi. Nous sommes prêts à investir les sommes qu'il faudra pour moderniser l'équipement, et à procéder au réaménagement des lieux, évaluer vos besoins, fournir les ressources humaines, financières et le soutien logistique afin de relancer l'IRGA. Bien sûr, vous conserverez votre poste de directrice et vos camarades garderont les leurs. Vous serez toujours les dirigeants de la boîte. Et nous pouvons vous garantir que vous aurez carte blanche dans la poursuite de vos expériences, et votre accord sera nécessaire avant la mise en œuvre de tout nouveau plan de recherche. De plus, vous aurez le loisir de vous retirer en tout temps de quelque expérimentation que que soit et même de mettre fin à notre collaboration après une durée déterminée.

– Laquelle ?

– Dix ans.

– Trop long ! trancha Luce d'une voix qui marquait la plus ferme détermination. Dans le domaine de la génétique, monsieur, dix ans, ce sont les six jours de la création : une éternité ! Mes camarades s'y refuseront à coup sûr.

– C'est à prendre ou à laisser, articula le directeur d'un ton où se détachait un début d'impatience.

– Alors je suis désolée de vous avoir fait perdre votre temps.

Elle se leva et tendit la main à Laurent Dolbec, qui la saisit sans délicatesse.

– Vous laissez filer une belle occasion.

– La seule, précisa le ministre qui, pour la première fois, osait s'immiscer dans la conversation. Mon ministère est prêt à appuyer cette démarche...

– Votre ministère, monsieur, m'a fait parvenir une petite lettre de douze lignes pour m'informer qu'on nous coupait les vivres. Je ne mets pas votre parole en doute, sachez-le. Cependant, permettez-moi d'entretenir un certain scepticisme quant aux intentions volatiles de vos fonctionnaires et celles de votre gouvernement.

Cette réplique déclencha de nouveau le rire sonore du directeur.

– Vous êtes vraiment d'un caractère...

– De chien, conclut-elle sans pudeur. Je crois que cet entretien n'a plus sa raison d'être. Messieurs, je vous remercie !

Elle se dirigea vers la porte.

– Très bien, convenons donc de cinq ans ! lui lança Laurent de son fauteuil.

– Et pour une telle générosité, qu'aurons-nous à céder ?

– Vous devrez nous faire une place entre vos murs... trois ou quatre chercheurs sous la direction d'Étienne, mon adjoint.

– Leur rôle ?

– Vous assister.

– Nous assister ou nous contrôler ?

– Collaborer serait le mot juste. Bien sûr, vous devrez nous donner accès à vos dossiers, vos recherches, vos résultats. Nous devrons convenir d'un protocole sur le type de recherches et, comme je vous l'assurais tout à l'heure, votre consentement sera nécessaire pour la mise sur pied de toute nouvelle expérimentation. Enfin, pour des raisons de sécurité, puisque nous travaillons dans un domaine scientifique hautement concurrentiel, nous devrons être vigilants et plus sélectifs quant à la diffusion des objectifs de certaines recherches spécifiques.

– Qu'entendez-vous par là ?

– Que l'IRGA devra faire preuve de discrétion quant à la diffusion du contenu expérimental.

– Soutenez-vous que nous serons soumis à une forme de censure ?

– Tout au plus exigerons-nous une certaine retenue et plus de discipline.

– Vous avez employé l'expression « recherches spécifiques ». Qu'entendez-vous par là ? Je vous préviens que Paul, Francis et moi, nous nous sommes imposé une éthique très stricte concernant les manipulations génétiques. Il n'est pas question que cette collaboration vienne y faire obstacle. En un mot, je veux avoir l'assurance que l'intégrité de l'IRGA sera sauvegardée.

— Bien que je sache que vous avez pris quelque liberté avec cette éthique...

— Que voulez-vous insinuer ?

— CANISSIMIUS ! évoqua le directeur avec la satisfaction de voir quelques couleurs s'ajouter au charmant visage de son interlocutrice. Nous sommes au courant de cette petite, disons, distraction. Mais ce n'est pas tellement ce projet qui nous intéresse.

— Lesquels alors ?

— Les prochains, Mlle Pelletier ! Les prochains ! Pour en revenir à vos exigences, je vous donne l'assurance que vous pourrez continuer à fournir à l'université les mêmes services qu'auparavant et d'une meilleure qualité, sans vouloir vous offenser.

— Et vous êtes prêt à mettre tout cela par écrit ?

— Bien sûr ! Tout cela fera l'objet d'un contrat que vous aurez tout le loisir d'examiner. Notre intérêt dans l'affaire est de participer à la relance de la recherche universitaire, d'utiliser votre expertise pour certaines recherches et de permettre ainsi l'éclosion du génie génétique québécois. La formation d'une main-d'œuvre hautement spécialisée et efficace est essentielle à notre développement.

— Et quel domaine de la génétique vous intéresse plus particulièrement ?

— Tous ! Mais la génétique animale nous préoccupe au plus haut point.

Luce resta un long moment pensive. Elle n'avait pas tellement le choix d'accepter cette offre. Pourtant, il restait assez de points sombres au tableau pour que la situation mérite quelque réflexion.

— Bien sûr, conclut-elle, vous comprendrez que je ne puisse vous donner une réponse immédiatement.

— Sans vous presser outre mesure, nous aimerions connaître votre décision avant jeudi prochain. Vous avez six jours. N'hésitez pas à m'appeler. Voici ma carte, avec le numéro de téléphone du bureau. Il vous sera plus facile de m'y joindre qu'à la maison.

Luce salua les deux autres, tendit la main au directeur qui la reçut cette fois avec une énergie où filtrait le respect.

— En espérant, mademoiselle, une réponse affirmative et l'établissement d'une collaboration fructueuse entre nous. Il est rare de voir une telle intelligence s'allier à un charme aussi captivant.

Luce retira sa main avec précipitation car ce genre de civilités la mettait toujours mal à l'aise. Et puis elle n'appréciait pas ces exagérations qui, quoique flatteuses, avaient quelque chose de soudoyant.

Chapitre 8

Quand elle arriva à l'IRGA, Luce observa que toutes les toiles du rez-de-chaussée avaient été tirées et que toutes les fenêtres étaient fermées, même celles de l'étage administratif. Quand elle voulut ouvrir la porte, celle-ci résista. On avait verrouillé tous les accès au centre. Manifestement, quelque chose de grave s'était produit. Elle activa anxieusement la sonnerie de l'entrée. Mimi vint lui ouvrir. Elle semblait très nerveuse et accueillit sa patronne d'une voix défaite.

— Vite, madame ! M. Marchand vous attend au laboratoire. Cela semble très grave.

— Mais que se passe-t-il, Mimi ?

— Je n'en sais rien, madame. Quand je suis entrée ce matin à neuf heures, tout était sens dessus dessous. Paul et Francis ont empêché les étudiants de poursuivre leurs recherches.

Luce remit à la jeune secrétaire son sac, sa veste et son attaché-case.

— Un certain Daigneault a appelé à plusieurs reprises.

— Marc Daigneault ?

— C'est cela !

— Que désirait-il ?

— Il voulait savoir ce qui se passait au centre. Il disait avoir remarqué une certaine agitation.

— S'il rappelle, demande-lui un numéro de téléphone où je pourrai le joindre.

Luce frappa de manière convenue à la porte de verre qui donnait sur le laboratoire. Paul vint lui ouvrir, vêtu de sa combinaison sécuritaire. Il sortit et retira son masque.

— Que se passe-t-il ? questionna Luce en apercevant le visage sombre de son amant.

— Nous avons perdu Roméo ce matin.

– Quand ?

– Vers neuf heures trente. Une crise cardiaque.

– Où est-il ?

– J'ai téléphoné au Centre universitaire de recherches vété-rinaires, et l'on a accepté de pratiquer l'autopsie. Francis a transporté le corps de Roméo que nous avions enfermé dans un sac de polyéthylène. C'est ce qui a dû mettre la puce à l'oreille de Daignault qui fouinait autour du centre.

– Je suis au courant. Mimi m'a expliqué. Paul, je crois que nous serons forcés de fournir à ce gentil monsieur une explica-tion qui le satisfasse.

– Oui, je sais ! soupira Paul en se frottant les yeux. On lui dira qu'on a transféré du matériel sophistiqué. Ça le calmera. Enfin, j'espère. Mais pour l'instant, nous avons d'autres préoc-cupations. Viens que je te montre. Oh ! Tu dois mettre une combinaison de sécurité. On procède à l'aseptisation des lieux.

Luce s'enfouit sous une longue jaquette protectrice et se coiffa d'un casque étanche. Elle et Paul poussèrent ensuite la porte vitrée qui les séparait du laboratoire.

– J'ai isolé Éloïse et Toddy dans la salle de quarantaine après le départ de Roméo.

– Comment vont-ils ?

– Ils semblent faibles, mais leur état est stable. Ce qui m'in-quiète, pour l'instant, ce sont les résultats obtenus aux tests physiologiques effectués hier sur Roméo. Regarde !

Paul activa l'écran d'un des ordinateurs, où s'affichèrent des données numériques, puis une série de graphiques aux courbes sinueuses, suivies d'une cartographie du cerveau accompagnée de petites strates correspondant à l'activité enregistrée dans certains centres nerveux.

– Si tu observes bien les stratifications, tu verras, ici, là et là une activité anormalement élevée des centres nerveux de l'équi-libre, de la vue et de l'odorat, alors qu'on perçoit nettement sur les strates inférieures, aux niveaux g, p et r, une dégénérescence des structures régissant la mémoire, l'appétit et l'activité sexuelle. On a remarqué aussi que les spermatozoïdes de cet animal possédaient une malformation qui les rend incapables de se frayer un chemin jusqu'à l'ovule. Au Centre de recherches vété-rinaires, on nous assure n'avoir procédé à aucune expérimentation sur Roméo. Sa fiche indique le Gabon comme lieu d'origine avec le nom du pourvoyeur : la firme Anilab. Rien d'autre.

– Et si c'était le virus qui était responsable de ce chambardement physiologique ?

– C'est la deuxième question. Quelle responsabilité le virus a-t-il dans tout ce dérèglement des fonctions corticales et physiologiques ? Même en admettant que le virus soit directement responsable de la mort de Roméo, ce dont je ne doute plus, cela n'explique pas la présence de colibacilles manipulés que nous avons trouvés dans ses intestins. Non, Luce, on nous a refilé, volontairement ou non, un animal malade. Dans quel but ? Qui en est responsable ? Ça, nous ne le saurons peut-être jamais. Tout ce que nous avons comme indice est cette signature au bas de la carte de quarantaine qui laisse entendre que Roméo vient du Gabon. Or, j'ai appelé à l'ambassade. Elle n'a, dans son annuaire officiel, aucune firme du nom d'Anilab autorisée à faire le trafic d'animaux destinés aux laboratoires.

Paul entraîna Luce jusqu'à la salle d'isolation où se trouvaient Éloïse et Toddy. Ils retirèrent leurs scaphandres protecteurs et caressèrent les deux bêtes. Luce s'assit près de Toddy. La vieille chienne gémit doucement, puis reposa sa grosse tête sympathique sur ses pattes avant. Plus alerte, Éloïse s'accrocha au cou de Paul et se laissa conduire jusqu'à une table où se trouvait un disque. C'était un de ces vieux jouets électroniques qu'on vendait encore et qui incitait le manipulateur à reproduire une séquence sonore en pesant sur de larges touches de couleurs qui s'allumaient tout en émettant des sons distinctifs.

– Toddy semble beaucoup plus affectée qu'Éloïse, observa Luce.

– Je voudrais te montrer quelque chose, fit Paul sans porter attention aux préoccupations de Luce pour la chienne. J'ai constaté ce phénomène ce matin en essayant de distraire Éloïse qui était angoissée en raison de l'effervescence qui régnait ici. Regarde, Luce !

Celle-ci était restée au fond de la pièce à caresser Toddy, indifférente aux propos de Paul. Lentement, son attention fut attirée par une incongruité; quelque chose d'anormal se produisait. Éloïse ne parvenait plus à répéter correctement une séquence de trois couleurs, alors que, depuis belle lurette, elle avait l'habitude de reproduire des séquences de sept ou huit éléments visuels ou auditifs.

Paul laissa traîner sur le chimpanzé un regard de désespoir. Éloïse s'acharnait sur la boîte lumineuse à répéter des séquences inappropriées. Paul croisa le regard de Luce. Elle semblait bouleversée

Il s'approcha d'elle et passa doucement ses doigts dans sa longue chevelure d'ébène.

— Tu crois que c'est une conséquence du virus ? demanda Luce.

— Je le crois en effet !

— Alors, Toddy risque le même sort ?

— Il faudra procéder à des tests pour s'en assurer.

— Si Toddy meurt, c'est un peu de nous-mêmes que cette chienne emportera.

— C'est vrai, admit Paul dans un chuchotement.

— Je ne veux pas qu'elle souffre, Paul ! Je ne veux pas.

Il acccentua la pression de ses doigts sur la tête de Luce qui versa sur le côté et s'appuya ainsi sur les cuisses de son amant. Les larmes s'effilaient au creux de ses joues et mouillaient son menton. L'avant-midi avait été rude et le désespoir de devoir se séparer de Toddy l'avait habitée. Elle reposa ainsi un long moment, s'abandonnant à sa peine. La chienne lui faisait écho par de petites plaintes. Paul entoura les épaules de Luce et lui jura d'épargner aux animaux toutes souffrances inutiles.

— Tu es sûre de ne pas vouloir m'accompagner au chalet en fin de semaine ? Ça te ferait le plus grand bien. J'y amènerai Éloïse. Je serai mieux en mesure de surveiller l'évolution de la maladie. J'ai demandé à Francis de me préparer une trousse de produits de base et les données de Roméo enregistrées sur disquette. Je pourrai ainsi les analyser et les comparer à celles fournies par Éloïse.

Luce haussa les épaules et se dégagea.

— Et qui s'occupera de Toddy ?

— Francis et les deux assistants se relaieront. Tu vois, rien ne t'empêche de venir goûter au bon air frais d'Orford.

— Non, fit-elle après un moment d'hésitation. C'est moi qui resterai.

— Mais, Luce, enfin, ce n'est...

— Paul ! Tu n'as pas à me dicter ma conduite. Tu n'as pas remarqué les yeux rougis et cernés de Francis ? Il a le teint vert.

— Oui, mais, Luce, bon sang, tu n'es pas en meilleur état. Regarde-toi : tu es tendue, nerveuse. Nous avons besoin, toi et moi, de passer une fin de semaine ensemble.

Luce hocha la tête comme si rien ne la ferait changer d'avis.

– Très bien, je resterai ici avec toi, à l'IRGA. Tu as raison, Francis a besoin de repos...

Un long rire accompagna la proposition de Paul, un rire plaintif, presque un hoquet.

– Paul, tu n'as rien compris ! J'ai besoin d'être seule dans ce laboratoire, besoin de retrouver l'instinct du chercheur, les odeurs acides de ces lieux... mais sans toi !

Chapitre 9

En ce lundi matin, le trio était réuni dans la petite salle de conférences. Paul résumait ses activités de la fin de semaine et les observations qu'il avait faites sur Éloïse.

– Son état n'a pas empiré, mais il ne s'est pas amélioré non plus. J'ai pu observer une activité constante de l'hémoglobine. Plein d'anticorps, mais rien d'actif sur le virus qui prend toujours de l'expansion. J'ai aussi remarqué une légère mutation des disques d'hémoglobine.

– Anémie falciforme ? demanda Francis.

– J'en doute ! Il y a effectivement mutation d'acides aminés, mais pour l'instant j'ignore quelle en est la cause.

– Bref, on n'en sait guère plus, souligna Francis un peu déçu des résultats. Avant même qu'on ne réussisse à séquencier les nucléotides des gènes affectés, qu'on établisse les protéines actives du virus, qu'on induise les sondes d'ADN requises, qu'on étudie les résultantes et les métabolismes chimiques, Éloïse sera morte et Toddy aussi. De mon côté, je n'ai pas eu plus de succès. Je n'ai trouvé aucune famille virale répertoriée pouvant s'apparenter à ce maudit virus.

– Et pourtant, c'est un gène mutant. Donc appareillé à un gène naturel.

– Ou artificiel, compléta Francis. Tu sais très bien qu'il peut y avoir mutation d'un gène déjà transformé. Il est possible que ce dernier ait une configuration génétique tout à fait différente de la cellule sauvage. Si on ne connaît pas le cheminement suivi par les mutations successives et qu'on tombe sur ce genre de gène accidentellement, il sera très difficile d'en établir la parenté.

– Travaillons au génotype du virus. Peut-être qu'avec un peu de chance...

Paul et Francis lancèrent un regard inquisiteur en direction de Luce qui n'était pas encore intervenue. Elle semblait absorbée dans ses pensées.

– Il y a quelque chose qui ne va pas ? demanda Francis.

Luce se leva, fit quelques pas nerveux dans le fond de la salle, puis elle se tourna vers les deux hommes. Elle ne savait trop par quel bout commencer.

Elle posa sur Paul un regard à la fois doux et résolu. Elle avait pris sa décision en sortant de chez le recteur le vendredi précédent. Cette fin de semaine passée dans la solitude du laboratoire n'avait fait que fortifier sa détermination.

– Jusqu'à maintenant, commença-t-elle avec hésitation, nous avons fonctionné à l'IRGA par consensus. Cela a parfois donné lieu à de vifs échanges, notamment quand nous avons dû accepter le programme animal. Le respect que nous nous portons n'a jamais fait défaut, même en cette heure de crise, et nous sommes toujours sortis unis des situations difficiles.

Luce fit une pause, frotta ses mains l'une contre l'autre comme chaque fois que quelque chose la contrariait.

– Eh bien ! aujourd'hui, conclut-elle, nous faisons face à une situation qui exigera de nous la même ouverture d'esprit, la même maturité et le même respect.

De nouveau, un silence pesa sur la salle de conférences avant que Paul n'intervienne.

– Qu'est-ce qui se passe de si dramatique ?

– Rien de dramatique ! répondit Luce nerveusement. Ce serait plutôt, d'une certaine façon, une excellente nouvelle.

Elle se tourna vers la fenêtre et articula d'une voix cassée:

– La Lorrentz nous offre sa collaboration, et je suis d'avis que nous devrions l'accepter.

Elle commenta la réunion dans le bureau du recteur, présenta les détails de l'offre, fit une analyse de leur situation et résuma en courtes phrases les avenues qui se présentaient à eux.

Comme elle l'avait prévu, Francis déborda d'enthousiasme, insistant néanmoins sur la nécessité d'asservir toutes ces belles promesses à un contrat et de s'entendre sur un protocole d'éthique.

Paul n'avait pas soufflé mot. Luce appréhendait sa réaction, mais elle s'y était préparée toute la fin de semaine et aucun de ses arguments ne la désarçonnerait. Elle avait tout prévu sauf ce qui arriva.

Paul rangea ses dossiers, les remit à Francis, détacha les clés de l'IRGA de son trousseau, les jeta violemment sur la table, se leva et sortit, laissant Francis incrédule et Luce éberluée. Elle le suivit jusqu'à sa voiture, insistant pour qu'il donne son avis, qu'il parle. Paul resta aussi fermé qu'une huître.

– C'est du chantage! vociférait Luce. Au lieu de présenter tes arguments comme un adulte, tu préfères aller te cacher pour ruminer ta rage et revenir plus tard me lancer ton venin au visage. Je le sais parce que tu as toujours utilisé cette méthode. Mais ça ne prend plus. Il faut rendre notre décision mercredi au plus tard. Et c'est en haut, dans la salle de conférences, que nous devons débattre de la question, pas ailleurs, ni à aucun autre moment.

La BMW recula puis s'immobilisa tout près de Luce.

– Votre décision est prise? lui lança-t-il. Alors, il faudra l'assumer. C'en est fini pour moi de toutes ces compromissions.

La voiture démarra en trombe, dépassa les grilles puis disparut dans la circulation.

Francis ne s'étonnait pas de la tournure des événements. Paul, sans aucun ménagement, s'était toujours opposé à tout apport de fonds privés dans la recherche universitaire, surtout dans un domaine aussi névralgique que la génétique animale. L'histoire controversée de cette science au pouvoir démesuré lui donnait en partie raison.

L'eugénisme, qui avait retrouvé sa noblesse après l'électrochoc nazi des années 40, n'avait pas hésité à associer la génétique à la pureté raciale, l'uniformisation sociale à la hiérarchisation des classes au moyen d'une sélection génétique efficace. Des banques de sperme humain, telle la banque Nobel, provenant de ceux que l'on considérait à la fin du siècle comme les individus au génie représentatif, n'avaient-elles pas donné une assise solide aux pires appréhensions et soumis la génétique à de graves remises en question? Les firmes pharmaceutiques, par leur insouciance face à la possibilité de gains faciles, avaient depuis longtemps prouvé qu'elles savaient faire abstraction de toute éthique, contourner les lois et règlements quand la recherche du profit exigeait qu'on prenne certains raccourcis. Voilà en quoi consistait l'argumentation de Paul. Voilà aussi ce qui expliquait la tenue de manifestations devant l'IRGA depuis qu'avait couru la rumeur qu'on y faisait des expériences animales. Rumeur qui n'était pas sans fondement depuis qu'à l'insu de Paul, Luce et Francis avaient évidé une cellule d'Éloïse pour remplacer le noyau par deux demi-noyaux rendus compatibles par une substance induite, la colmacitone, un acide aminé déduit des introns de certains gènes dont la découverte avait valu le prix Nobel au généticien allemand Arnold Berninger en 1998.

La colmacitone avait pour effet de métaboliser un gène étranger afin qu'il puisse correctement s'introduire dans une chaîne de nucléotides déterminée. Bien sûr, cela avait créé un bouleversement terrible dans la recherche en manipulation de gènes puisque avec la colmacitone il devenait possible, en théorie, de manipuler, au niveau de la cellule, le noyau de celle-ci en induisant directement des gènes de races animales complètement différentes. C'est ce qui avait permis la création de ces monstres tant décriés par la presse, relançant ainsi le débat autour de la manipulation de cellules animales.

Luce et Francis avaient eu l'idée de ne plus induire simplement certains gènes, mais de rattacher deux demi-noyaux et de les introduire, soudés par la colmacitone, à l'intérieur d'une membrane cytoplasmique évidée.

Mis au courant de la chose, Paul n'avait pas apprécié, mais il n'avait jamais osé mettre un terme à cette expérimentation. Sans doute était-ce un peu à sa propre faiblesse qu'il réagissait aujourd'hui avec un tel acharnement. Placé devant ses propres erreurs, il n'osait plus envisager la possibilité d'être une nouvelle fois engagé dans ce genre de problème avec une firme pharmaceutique sur le dos.

Francis en était à évaluer les dividendes à tirer de cette collaboration avec la Lorrentz quand Luce revint, encore sous le coup de la désertion de Paul. Les clés traînaient toujours sur la longue table.

— Le salaud ! fit-elle comme pour extirper la rage en elle.

— Tu es surprise de sa réaction ? Pas moi ! Et je me demande si nous avons bien évalué toutes les conséquences d'une telle association.

— Il aurait pu exprimer son désaccord ici, apporter ses arguments...

— Tu les aurais taillés en pièces, glissa Francis avec un petit sourire. Avoue que tu t'étais préparée toute la fin de semaine. Paul s'est senti piégé... Pour la deuxième fois...

— Et la première fois c'était quand ? grogna-t-elle.

— Le CANISSIMIUS, émit Francis en faisant une moue qui se voulait comique.

Cela ne souleva pas l'hilarité de Luce, qui se cabra.

— Il n'avait qu'à y mettre fin ! Après tout, c'est lui le directeur de la recherche.

— C'était ! corrigea Francis.

Il y eut un court silence. Luce s'écroula dans un fauteuil.

— Tu crois vraiment qu'il ne reviendra pas ?

— Il est humilié. Ça se guérit assez vite. Mais il est surtout malheureux, et ça, Luce, va savoir combien de temps il faut pour s'en sortir.

La jeune femme laissa retomber son regard sur les clés. Paul pourrait bien ne plus revenir. Il était de cette trempe. Elle le savait. Et elle se sentait responsable à double titre du dilemme devant lequel Paul était désormais placé : elle l'avait manipulé en le plaçant presque devant le fait accompli, et surtout, depuis quelque temps, elle ne l'avait pas ménagé sur le plan affectif. Francis avait raison. Et pourtant...

— L'IRGA sans Paul... soupira-t-elle.

— Il n'y a pas d'IRGA sans Paul, répliqua Francis.

— Que me conseilles-tu ?

— Nous appelons le directeur délégué, ton monsieur...

— Laurent Dolbec.

— C'est cela ! Nous l'avisons que nous voulons discuter de son offre et puis nous verrons ce qui découlera du protocole... Je suis certain que demain, après avoir calmement pesé le pour et le contre, Paul nous reviendra dans de meilleures dispositions... La prochaine fois, Luce, parle-nous avec moins d'arrogance et, si possible, avertis-nous du contenu de tes réunions afin qu'on ait le temps de s'y préparer aussi. Le rôle de despote ne te va pas du tout.

Francis sortit à son tour. Dans la solitude de la pièce, Luce se sentait accablée, nerveuse. Qu'est-ce qu'il y avait ? Elle frotta son ventre avec inquiétude. Même ses menstruations étaient en retard de trois jours... elle qui avait la régularité d'une horloge. Si ce retard s'allongeait encore, il lui faudrait voir un gynécologue. Peut-être aurait-elle alors une décision à prendre. Elle secoua la tête pour effacer la terrible image qui venait de lui traverser l'esprit.

Chapitre 10

Le lendemain, l'IRGA était une fois de plus assiégé par un petit groupe silencieux. Dans le laboratoire, on s'était affairés à l'aseptisation complète et définitive des lieux. L'état de santé des animaux ne s'était pas amélioré. Celui de Toddy était resté stable mais celui d'Éloïse se dégradait. Elle refusait toute nourriture et avait même fait voler le plat dans un coin de la pièce quand une assistante était venue pour la nourrir.

On avait mis sa colère sur le compte de l'absence de Paul, qui était son maître attitré. Sans doute était-ce là, selon Francis, l'expression d'un sentiment d'insécurité lié à un état dépressif.

La journée passa sans que Paul donne signe de vie. Luce s'en inquiétait.

— Si Paul ne revient pas sur sa décision, je ne signerai pas le protocole ! avait-elle lancé en sortant précipitamment du laboratoire.

Francis n'avait rien répondu mais s'était convaincu de la nécessité d'une ultime démarche. Sans prendre la peine d'en informer Luce, à la fin de la journée, il se dirigea vers Orford. Deux heures et demie plus tard, après avoir pesté contre la congestion exaspérante des ponts de la Rive-Sud, il débarquait chez Paul. Le chalet situé sur le versant ouest de la montagne était baigné par le soleil resplendissant de cette fin de journée.

Paul était sorti pour accueillir son ami.

— Entre, Francis ! Je me prépare des œufs et des fèves au lard. Si ça te convient, je t'invite !

— Parfaitement !

— Ce sont des fèves au lard Heinz !

— Je reconnais là tes grands talents culinaires. Mais ce soir, je dévorerais même la boîte de conserve. J'approche le point d'inanition ! Le pont Champlain, quelle plaie ! T'as une bière ?

Ils continuèrent à échanger des propos anodins autour du frugal repas pris sur la longue galerie où ils attendirent ensuite la tombée de la nuit. Finalement, voyant l'heure avancer, Francis crut bon d'orienter la conversation vers la raison véritable de sa venue.

— On s'inquiète de ton absence, à l'IRGA.

Paul eut un soupir et, sans détacher les yeux du coin boisé où se dégageait la surface d'un lac charmant, il trancha dans le vif.

— Si tu le veux bien, nous éviterons ce sujet.

— Paul, je t'assure que Luce n'avait pas l'intention...

— Mon bon Francis, Luce est parfaitement capable d'avoir l'intention, justement. Si c'est elle qui t'envoie...

— Non !

— Ça m'aurait étonné ! Ce n'est pas son genre d'ailleurs. Luce peut très bien prendre ses propres décisions et défendre ses opinions elle-même.

— Paul, l'IRGA, c'est Luce, c'est moi et c'est toi aussi.

— Francis, intervint Paul d'une voix nette, l'IRGA, ce n'est ni toi, ni moi, ni Luce, ni même nous trois réunis. C'est un institut de recherche en génétique qui nous dépasse et qui nous rapetisse.

— Luce et moi avons décidé que l'IRGA ne survivrait pas si cela devait entraîner le départ de l'un de nous trois.

— Alors l'IRGA va mourir. Ce serait une bêtise, mais c'est votre droit. Viens, j'aimerais te montrer quelque chose.

Les deux hommes se levèrent et, les mains collées au fond de leurs poches, ils s'avancèrent dans un sentier jusqu'au lac. Là, ils s'assirent sur des rochers et regardèrent le reflet de la lune sur l'onde assoupie qu'aucun vent n'agitait.

— Regarde, Francis, comme tout cela est beau ! Dans nos petits laboratoires, on a la prétention d'enfermer les secrets de la vie dans de mesquines éprouvettes. Dis-moi si, dans le secret de tes microscopes, tu as déjà vu quelque chose d'aussi harmonieux.

Ils demeurèrent longtemps silencieux, contemplant ce coin de paradis. Un sourire calme illuminait le visage de Paul. Francis convint que son ami vivait ici des moments et de paix qui donnaient à son regard une sérénité qu'il ne lui avait jamais vue à l'IRGA. Pourtant, il ne pouvait aussi facilement se dérober à ses responsabilités sous prétexte qu'il avait découvert ici toute la beauté du monde.

– Réfléchis, Paul ! Tu dois revenir. Nous avons besoin de toi. La science t'a trop donné pour que tu l'abandonnes.

– Qu'amertume et regrets, précisa Paul sans animosité. C'est le lot du chercheur.

– Et l'espoir, ajouta Francis. L'espoir !

Le mauvais temps avait défait les rangs des manifestants. Cinq ou six irréductibles tenaient bon sous l'averse, tenant des pancartes piteuses où bavaient des slogans rendus illisibles par la pluie.

Les hommes de la Lorrentz étaient arrivés très tôt le matin. Ils avaient débarqué avec armes et bagages sans éveiller les soupçons des manifestants. Ils vaquaient avec méthode et respect à l'établissement de l'inventaire, à la fixation des mesures des locaux, au relevé des appareils. Ils prenaient des notes sur tout.

Francis s'était adjoint Étienne Pakazian pour la tournée générale. Ce dernier ne témoigna guère de curiosité durant tout le temps que dura la visite. Les seules questions qu'il posa concernèrent l'appareillage et sa seule réaction fut de l'étonnement devant la vétusté des équipements. Son attention fut cependant attirée par un ordinateur sur lequel apparaissait le mot « CANISSIMIUS ».

– C'est donc ici que s'enregistrent les données de votre fameuse expérimentation génétique ? plaisanta Étienne.

– Une gaminerie sans conséquence, expliqua Francis avec empressement. D'ailleurs, ce projet sera désactivé prochainement.

Ils franchissaient la porte de la salle des microscopes quand Francis fut intrigué par un bruit qui semblait provenir de l'ordinateur CANISSIMIUS. Il jeta un coup d'œil à l'écran. Rien ! Sans doute s'était-il laissé distraire par une hallucination auditive, ou par des bruits parasites. Quoi qu'il en soit, constatant l'inertie de l'écran, il poursuivit sa ronde avec Pakazian et arriva devant la salle de quarantaine. Ils se contentèrent d'observer de l'extérieur la jeune Camille qui nourrissait l'imprévisible Éloïse.

– Cette bête semble nerveuse, constata Pakazian.

– Elle est malade, ainsi que Toddy, le berger allemand.

– C'est grave ?

– Non, un coryza sans doute, rien de plus, répondit Francis.

– N'aviez-vous pas un autre animal, ici ? On nous avait parlé d'un chimpanzé mâle.

– Nous avons dû hélas nous en défaire. Des problèmes de comportement nous ont empêché de le garder.

Pakazian ne mordit pas à l'hameçon mais ne laissa rien voir du scepticisme que suscitaient en lui les explications fumeuses de Francis. Ce dernier détestait mentir, mais mieux valait taire certaines vérités tant qu'un protocole ne serait pas intervenu entre les parties, assurant le caractère confidentiel des dossiers. Les deux dernières journées de cette longue semaine furent consacrées à l'inspection et à l'inventaire complet des laboratoires. À la fin de l'après-midi du vendredi, Francis et Luce se retrouvèrent au bistro *La Colombe* de la rue Saint-Denis. Cette rue n'avait guère changé depuis des décennies, figée dans son répertoire vieillot de début du dernier siècle. Seuls quelques arbres s'étaient ajoutés au panorama depuis qu'on en avait chassé toute circulation automobile.

Luce et Francis étaient affalés sur leurs chaises devant des bières bien froides. Francis avait retiré sa veste et dénoué sa cravate pendant que Luce, le visage relevé et les yeux mi-clos, prenait un bain de soleil qui agissait sur elle comme un véritable tranquillisant.

– Lundi, nous rencontrons Laurent Dolbec et Étienne Pakazian.

Ces paroles avaient coulé mollement de la bouche de Francis. Une deuxième bière n'avait pas réussi à calmer ses appréhensions des derniers jours : Paul n'était pas revenu à l'IRGA et il était possible qu'il ne revienne jamais.

– Que ferons-nous lundi ?

– Je n'aime pas beaucoup ce monsieur Pakazian, il me fait un drôle d'effet. Pas droit, ce bonhomme, pas franc ! Je n'aime pas, marmonna Luce, le visage tourné vers le ciel où s'accumulaient des nuages blancs qui ne représentaient cependant pas une menace.

– Moi non plus, admit Francis. Mais, il faut lui accorder qu'il est d'une efficacité redoutable et d'une grande intelligence.

– Hitler l'était tout autant !

Francis émit un ricanement.

– Qu'ai-je dit de si drôle ? questionna Luce toujours offerte à la lumière.

– Rien! J'ai cru entendre Paul.

Cette allusion à l'absent n'eut apparemment aucun effet sur la jeune femme. Francis s'en étonna.

– On dirait que ça ne te dérange pas que Paul ne soit pas revenu.

– Il reviendra, trancha Luce toujours immobile.

– Je ne crois pas, Luce. Et je ne signerai pas le protocole sans Paul. Nous nous étions entendus là-dessus: jamais nous ne sacrifierions l'un d'entre nous pour quelque projet que ce soit.

Cette fois, Luce s'était redressée, le visage dur et les lèvres blanchies par la colère.

– L'IRGA n'appartient pas à Paul! Il n'en a pas le monopole et ce ne sont pas ses enfantillages et son incapacité à voir la réalité en face et à assumer des responsabilités qui vont compromettre l'existence de l'IRGA! Et puis je te le dis: l'IRGA pourrait survivre aussi bien à ton départ qu'au mien. L'IRGA aura bientôt les moyens de cesser de dépendre des caprices de chacun. Et je ne laisserai la mesquinerie de personne intervenir dans ce dénouement que nous souhaitons depuis tant d'années.

Luce dégagea son visage et le replongea dans la lumière du soleil de fin d'après-midi. Ses traits se radoucirent. Francis était atterré par les propos de la jeune femme. Jamais il n'avait vu Luce aussi intraitable.

– Tu as changé, Luce!

– Oui, j'ai changé, Francis, admit-elle calmement. Ces événements nous ont tous changés, toi, Paul et moi. Et je trouve que nous nous préoccupons beaucoup des humeurs de Paul, alors que lui semble accorder bien peu de considération aux nôtres. La douleur, la souffrance et l'humiliation ne sont pas son seul lot. Nous y avons tous notre part et il m'apparaît que j'ai le droit d'être frustrée de son absence, de sa désertion, bien plus que lui peut l'être d'une signature au bas d'un contrat. Je n'ai pas honte, Francis, je n'ai que des regrets. Cela fait mal mais ne tue pas.

– Cela te rend amère.

Il se leva, vida sa bière d'un trait et déposa la bouteille sur la table avant d'ajouter:

– Tu me déçois, Luce! Beaucoup! Paul aussi, mais toi, bien davantage. Je suis capable de comprendre les motivations de Paul; en revanche je ne saisis pas les tiennes et je me demande s'il y en a vraiment, mis à part l'entêtement.

Il allait partir quand la voix très douce de Luce se fit entendre.

— Je ne signerai pas non plus sans Paul. Il n'a jamais été dans mes intentions de le faire, même si je lui en veux terriblement.

Francis se tourna vers elle. Le visage de la jeune femme semblait soudainement s'être empli d'ombres. Francis approcha sa main et caressa la joue de Luce.

— Repose-toi. Tu as l'air d'un cadavre ambulant. Tu es laide à faire peur.

Il l'embrassa sur les joues avant de la quitter. Luce le regarda s'effacer parmi les badauds indolents. Elle frotta son ventre. Il faudrait pourtant qu'elle affronte la réalité et trouve le courage d'aller passer un test de grossesse. L'idée d'être enceinte la fit se redresser. Le soleil était devenu brûlant. Le visage de sa mère se dessina devant ses yeux puis s'effaça aussitôt.

Chapitre 11

Quand elle était arrivée au chalet au début de l'avant-midi, Luce avait surpris Paul en train de travailler à la réfection du toit. Il l'avait accueillie sans dissimuler le plaisir que sa venue lui causait. Ils passèrent la journée du samedi à cueillir petits fruits et fleurs sauvages, respirant l'air pur dans la vieille verchère rapiécée à bord de laquelle il s'occupèrent à une pêche bien vaine. Ils se moquèrent de leurs déboires sportifs, s'étendirent au soleil sur une petite plage. Le soir, il s'enivrèrent de bons vins et s'emplirent l'estomac des délices culinaires conconctés par Paul. Puis, ils se livrèrent à des moments de tendresse qui achevèrent de les engourdir.

Ils passèrent l'avant-midi du dimanche à lire et à faire de la bicyclette. Ils se baignèrent dans le bassin naturel d'une cascade formé aux pieds d'une petite chute. Ils faisaient maintenant un pique-nique. L'heure et les lieux étaient charmants, mais Luce semblait songeuse. Le moment sonnait où elle devait avouer la raison qui l'avait amenée à Orford.

— Paul, j'ai quelque chose à te dire… à te demander… et ça m'est très difficile…

— Je sais !

— Qu'est-ce que tu sais ?

— Que ça t'est difficile.

— Comment sais-tu cela ?

— Parce que je sais ce que tu as à me dire. Je sais pourquoi tu es venue et je me doute un peu dans quel état tu vas de nouveau me quitter. La journée était si belle, pourtant !

Irritée, Luce se redressa.

— Ce que je déteste de toi, Paul Marchand…

— Ah non !

— Quoi, ah non ?

— Quand tu m'appelles par mon nom de famille, c'est qu'il y a de l'orage dans l'air.

— Très drôle ! Ça te va bien, ce petit air frais et dispos. Monsieur s'est prélassé toute une semaine pendant que Francis et moi, on se tapait tout le boulot à l'IRGA.

— Je sais, Luce, je sais quelle semaine vous avez dû vivre, Francis et toi. Mais je n'y peux rien ! Je pense que tu as raison de vouloir continuer. Enfin, je ne sais pas. Ici, en ce bas monde, tout est affaire de point de vue, et sans doute le mien n'est-il pas plus valable qu'un autre. Mais quand je suis ici, dans la nature, il me semble que je vois s'articuler les véritables lois de la vie. Et je me dis que l'être humain a tort de vouloir les détruire. Il y a ici un lien unique qui rattache la vie à la vie. Et cette vie a une loi que nous ne pourrons atteindre à moins de trancher le lien qui rattache l'humain à chaque chose. Quand ce lien sera rompu, le monde cessera d'être ce qu'il est et deviendra un enfer.

— Ou un paradis, suggéra Luce.

— Ceux qui ont découvert la fission de l'atome et dégagé les lois de l'énergie atomique avaient la même illusion. J'ai peur de la génétique parce qu'elle s'appuie sur des rêves autrement pernicieux et nourrit des prétentions eugénistes. Il y a une autre raison à ma décision, une raison plus importante que la première : jamais, je le sais et tu le sais, nous ne pourrons envisager une vie commune si nous continuons à travailler ensemble.

Luce se tut. Elle aurait préféré que Paul ne fasse pas allusion à cette dernière raison. Elle revêtit sa robe et prit sa serviette.

— Tu pars déjà ?

— Je veux rentrer avant la cohue du dimanche soir. Et je ne crois pas que nous ayons autre chose à nous dire.

— Tu m'en veux, n'est-ce pas ?

Luce ne répondit pas parce qu'elle ne savait pas quoi dire. Elle n'en voulait pas vraiment à Paul, mais une certaine rancœur sommeillait en elle qu'elle tenait à ne pas éveiller.

— Éloïse est très perturbée depuis ton départ; son état de santé ne s'est pas amélioré.

Paul garda le silence. Luce ramassa les victuailles qui traînaient sur la nappe à carreaux et les remit dans la glacière, pendant que son esprit abordait de graves considérations. Tout l'inquiétait : la mort de Roméo, la santé d'Éloïse, de Toddy, l'avenir de l'IRGA, l'arrogance de Pakazian, l'association avec la Lorrentz, sa vie, le retard de ses menstruations, l'exil de Paul, l'avenir du monde, la circulation, le pont à traverser, la pollution. Tout lui faisait peur.

Luce eut un étourdissement et dut s'asseoir au pied d'un gros chêne.

– Luce! Qu'est-ce que tu as?

Vite remise de ce malaise, Luce lui sourit sans entrain.

– Rien de grave, trop de soleil. Rentrons!

Elle passa la dernière heure à l'ombre du chalet, récupérant quelques forces avant de prendre la route. Elle monta dans la voiture, mit le moteur en marche et lança à cet homme qu'elle aimait malgré elle:

– Francis et moi avons décidé de ne pas signer avec la Lorrentz si tu ne signes pas aussi… Et puis, je crois que je suis enceinte. Et je n'aime pas ça.

Sur ces derniers mots qui laissèrent Paul abasourdi, elle démarra.

Ils étaient réunis tous les quatre, Pakazian, Dolbec, Francis et Luce, dans la salle de conférences. Le directeur venait d'éplucher le protocole d'entente entre l'IRGA et la société Lorrentz, qu'il représentait. Luce et Francis écoutèrent d'une oreille attentive mais sans faire le moindre commentaire, ce qui inquiéta Dolbec et Pakazian. Finalement, Luce prit la parole.

– M. Dolbec, je me vois dans l'obligation de vous informer que nous refusons de nous associer à la Lorrentz, ainsi qu'à toute autre firme privée. Notre collègue Paul Marchand s'y étant formellement objecté, vous comprendrez qu'en pareilles circonstances nous choisissions d'être solidaires de la décision de notre directeur de recherche.

Laurent Dolbec et Étienne Pakazian échangèrent un long regard. Puis, se tournant vers Luce, le directeur délégué lui demanda d'une voix enrouée par l'étonnement:

– Vous savez ce que cela signifie pour l'IRGA?

– Parfaitement! riposta la jeune femme. Nous allons mettre un terme à cette aventure de huit ans.

– Et vous abandonnez, comme ça, bêtement, sans remords, sans…

– Sans remords, insista Francis. Sans remords, mais pas sans tristesse. L'IRGA nous tient à cœur, croyez-nous.

– Et vous vous laissez guider par les caprices d'un individu qui vous a laissé tomber, fulmina Dolbec.

– Paul Marchand, rétorqua Luce, n'est pas un individu ! C'était, si vous me permettez l'image, l'âme de l'IRGA, son plus fidèle serviteur. Et je ne crois pas que vous puissiez chausser ses bottines.

Le lourd silence qui suivit fut interrompu par trois coups légers à la porte. Mimi entra et transmit un billet à Luce. Un sourire illumina son visage. Elle s'excusa auprès de ses hôtes et demanda à Francis de sortir un instant.

Ils arrivèrent dans le bureau de Luce où les attendait Paul. Il ne leur laissa pas le temps de parler.

– J'ai réfléchi. L'IRGA mérite de survivre ! Vous n'avez rien signé au moins ?

– Non, murmura Luce qui, en pleurant, se lança dans les bras de Paul.

Un long moment ils s'enlacèrent, puis Francis les rappela à la réalité.

– S'il faut signer quelque chose aujourd'hui, encore faut-il savoir quoi et négocier nos exigences. Ça ne se fera pas tout seul. Je compte sur vous. Quant à moi, je redescends au labo et je vous laisse vous débrouiller avec le contrat et toute la paperasse. Venez me chercher au moment de signer, j'ai trop à faire d'ici là.

Francis les abandonna et se réfugia au rez-de-chaussée, où l'on constatait une amélioration de l'état de santé de Toddy et une légère dégradation de celui d'Éloïse. Mais, étonnamment, ce ne fut pas vers la salle de quarantaine qu'il se dirigea.

Les négociations duraient depuis deux heures. Paul avait exigé de récrire presque toutes les clauses, si bien que Mimi s'était jointe à eux pour prendre en note les textes qu'on composait laborieusement.

L'avant-midi y passa. Il y eut des prises de bec entre Paul et Étienne sur des détails que Luce et Laurent arbitraient avec habileté. Mais la partie fut infiniment plus rude quand vinrent les délicates questions du partage des responsabilités et de l'orientation à donner aux recherches. Paul exigeait la continuation et même l'intensification des recherches végétales, notamment sur les plantes antigel, ainsi qu'un droit de veto en tant que directeur de la recherche sur tous les projets impliquant des manipulations génétiques.

Il fut décidé, après de difficiles négociations, qu'aux recherches végétales seraient affecté quarante pour cent de l'argent investi et qu'une équipe de recherche dirigée par Paul serait maintenue en place et soutenue par les fonds nécessaires. Quant aux expériences animales, elles seraient confiées à Étienne, sous la supervision de Paul, qui faisait désormais partie du Conseil de planification des recherches à l'IRGA, où siégeaient aussi Luce et Laurent Dolbec.

En pratique, cela conférait à chacun les rôles suivants: une codirection assumée par Luce et Dolbec; un directeur de la recherche, qui serait Paul; un directeur de la logistique et des approvisionnements et assistant aux recherches, poste occupé par Francis; enfin, un adjoint aux recherches animales, fonction confiée à Étienne Pakazian. Dans les faits, cela plaçait ce dernier sous la tutelle de Paul et Francis, mais il ne s'en émut point. Étienne était habitué à tirer profit des rôles de subalterne. Son expérience lui avait prouvé à maintes reprises que le pouvoir y était tout aussi réel et plus malléable parce qu'il était moins visible.

On en était à mettre au point les dernières clauses quand Francis se précipita dans la salle de conférences, interrompant sans vergogne les discussions en cours.

— Paul! fit-il d'une voix où filtrait l'excitation. Suis-moi au labo! C'est incroyable!

Il s'éclipsa sans attendre de réponse. Paul s'excusa auprès du trio qui restait. Il descendit deux à deux les marches de l'escalier qui menait au labo, traversa la salle, rejoignit Francis qui contemplait avec euphorie le graphique mouvant sur l'écran d'un moniteur.

— Ça bouge, Paul! Ça bouge! C'est fantastique!

Paul était bouche bée, le regard fixé sur cette chose qui ondoyait imperceptiblement sur l'écran.

— C'est... c'est...

Les mots lui manquèrent. Des sueurs lui vinrent au visage, ses mains se mirent à trembler d'émotion: là, sous ses yeux, s'activait une chose qui ne devait pas s'activer.

— Vous avez réussi! Enfin! Vous avez réussi! s'écria Étienne qui les avait suivis, ayant Luce et Laurent sur les talons. Regardez, le noyau s'est parfaitement... Mon Dieu, Paul... Regardez... le noyau s'est parfaitement soudé.

Paul n'avait pas besoin de cette vérification pour admettre l'évidence: l'expérience CANISSIMIUS avait réussi. Contre toute attente, cette cellule reproductrice était en voie de duplication.

Chapitre 12

Il était près de vingt-deux heures. Réunis autour de la table de cuisine chez Luce, Paul et Francis discutaient avec celle-ci du canissimius. Paul insista pour que l'existence de la cellule ne fasse l'objet d'aucun commentaire. Il fallait garder le secret absolu. Et cette expérience devait entièrement demeurer sous le contrôle de l'IRGA et échapper aux investigations intempestives de la Lorrentz.

Il faudrait établir le plus précisément possible toute la configuration génétique de cette cellule, séquencier les nucléotides et bien distinguer les gènes actifs des gènes passifs. En outre, il faudrait assurer un environnement propice à la survie et au développement du fœtus. Pour cela, on devrait obtenir tout le matériel nécessaire à la fabrication d'un utérus.

— Tu as donc l'intention de mener cette expérience jusqu'au bout ? demanda Luce.

— Oui !

— Nous avons créé une vie, intervint Francis. Il faut la protéger à tout prix.

— Cependant, je veux que nous nous engagions aujourd'hui à éliminer l'embryon si jamais nous constatons que l'individu en gestation s'avère monstrueux ou non viable d'une manière autonome, et ce à n'importe quelle étape de sa croissance. C'est la raison principale pour laquelle je veux garder secrète toute l'expérience entourant le canissimius.

Chacun convint de la sagesse de la chose.

— Qu'arrive-t-il des expériences végétales ? demanda Luce.

— On les interrompt pour le moment et on met l'accent sur le canissimius, répondit Paul. J'ai besoin qu'on isole d'une manière parfaitement étanche un endroit des labos qui ne soit accessible qu'à l'équipe responsable du canissimius. Il me faut ta collaboration étroite, Francis, et je dois compter sur trois assistants qui se relaieront pour qu'en tout temps quelqu'un surveille l'évolution et enregistre les moindres données fournies par les observations microscopiques. Qui est au courant de l'existence du canissimius ?

– Tout le monde, reconnut Luce. On ne parle que de cela dans tout l'IRGA. Même Mimi, d'habitude insensible à nos recherches, parlait de l'affaire. Mais le problème n'est pas là. Comment s'assurer que les hommes de la Lorrentz ne s'engageront pas ? Accepteront-ils de nous abandonner le canissimius de si bonne grâce ? Je vous rappelle que nous avons un contrat de collaboration. J'aurai des comptes et des explications à fournir à Dolbec.

– Nous avons un contrat, mais nous avons aussi un protocole, répliqua Paul. Je suis le directeur de la recherche et responsable de l'expérience avec Francis. Ça élimine une partie du problème.

– Oui, mais Pakazian est responsable des recherches animales, et le canissimius en fait partie. Il risque de nous mettre des bâtons dans les roues.

– Alors occupons-le, suggéra Francis. Chargeons Étienne et son équipe d'une expérimentation qui les tiendra en haleine ! Et je crois que j'ai une idée qui pourrait les séduire.

Luce et Paul regardèrent Francis avec étonnement.

– Voilà ! L'allégresse dans laquelle nous étions cet après-midi m'a fait oublier un détail important qui pourrait apporter une réponse à notre problème.

Francis fit une pause afin d'exciter la curiosité de ses camarades.

– Bon Dieu, Francis, continue !

– Eh bien ! il s'agit du virus.

De nouveau, Francis laissa une gorgée d'un délicieux Bordeaux lui parfumer le palais. Luce et Paul étaient littéralement suspendus à ses lèvres.

– J'ai trouvé, dans une prise de sang faite sur Toddy, la présence d'anticorps et un arrêt de la progression virale.

Paul se leva d'un bond.

– Et c'est maintenant que tu nous dit cela !

– Mais je viens seulement de m'en rappeler. J'étais comme vous : transporté de bonheur ! J'ai demandé à Robert de procéder au clonage de l'anticorps dans une culture de levure. Il doit être au laboratoire en ce moment. Je l'appelle ?

– Non! Inutile! Laisse-le faire. Mais dès demain, je place Pakazian sur ce projet. C'est en effet une grande nouvelle, Francis! J'espère que l'anticorps aura un effet positif sur Éloïse. Luce, tu en informes Dolbec. Tu lui diras aussi que je reprends Lyne, Robert et Camille pour le CANISSIMIUS. Toi, Francis, tu assisteras Pakazian: pour être plus précis, tu le surveilleras. Assure-toi qu'il respecte bien le protocole.

Paul se tut. Tout le monde se regarda d'un air satisfait. L'IRGA sortait d'un long tunnel et, devant lui, s'étendait un avenir chargé de promesses. Luce porta un toast.

– À l'IRGA et à nous trois!

Francis avait quitté les lieux. Paul éteignit et laissa à l'éclairage de l'aquarium le soin de répandre dans le petit salon sa lumière tamisée propice aux rapprochements. Luce s'était blottie entre ses bras et ils se reposaient tous deux sur la fourrure qui tapissait le plancher. L'homme laissa tomber sa main dans la noire crinière que Luce avait détachée. Puis, il la fit descendre sur le ventre plat de la jeune femme qu'il caressa.

– Tu es allée voir un gynécologue?

– Un gynécologue? Mon Dieu!

Soudain, Luce se dressa comme si une illumination l'avait frappée.

– J'ai complètement oublié. Pauvre Richard! Je me demande... Quelle heure est-il?

– Onze heures vingt! répondit Paul un peu déconcerté par l'attitude de Luce. Mais enfin, qui est ce Richard?

– Onze heures vingt! C'est trop tard! J'oublie tout depuis quelque temps. Tiens! Pas plus tard qu'hier, j'ai raté la sortie Côte-des-neiges et je me suis retrouvée sur la Métropolitaine en direction de l'est... C'est la deuxième fois que je lui fais le coup. Il ne me le pardonnera jamais.

– Mais qui ça, «il»? Qu'est-ce que c'est que ces rendez-vous manqués?

– Mardi dernier, il m'avait donné rendez-vous en soirée. Complètement oublié, et aujourd'hui encore.

Il y eut un court silence durant lequel Paul réprima une grimace.

– Vraiment, tu ne veux pas me dire qui est ce Richard?

Luce éclata de rire devant le ton mendiant de Paul.

– Richard est un vieux copain. C'est aussi mon gynécologue. Voilà, tu es content?

Paul se roula dans les bras de son amante, son visage au-
dessus du sien, il la regarda longuement. De ses yeux jaillissait
un bonheur que Luce n'y avait jamais lu auparavant. Une fierté
aussi, sans doute.

– Tu sais, mon amour, faudrait pas trop retarder. Je ne veux
pas que notre enfant, là dans ton petit ventre…

– Ça n'a plus d'importance, ricana Luce.

– Comment, ça n'a plus d'importance?

– Non! Je ne suis pas enceinte. J'ai eu mes menstruations,
expliqua-t-elle franchement mais avec douceur.

La main que Paul baladait sur le corps chaud de la femme
s'immobilisa. On aurait dit qu'un nuage passait dans ses yeux. Il
resta inerte un instant, puis se rassit, tournant le dos à Luce, les
yeux fixés sur l'aquarium.

– C'est arrivé quand? demanda-t-il sèchement.

– Hier! Enfin, cette nuit!

Luce n'aimait pas la raideur du ton que prenait son amant.

– Qu'est-ce qui me le prouve? balbutia ce dernier d'une
voix tremblante.

– Mais moi! Je te dis que j'ai eu mes menstruations la nuit
dernière. Elles ont commencé hier soir.

– Comme ça, soudainement?

– Où veux-tu en venir?

Paul resta silencieux. Sa tête reposait sur ses genoux. Puis,
lentement, comme l'eau d'une rivière après l'embâcle, les mots
jaillirent, impitoyables et féroces.

– Je me souviens d'une jeune femme entêtée qui m'avait
pourtant prévenue qu'elle était prête à tout pour sauver
l'IRGA. Mais jamais je n'aurais imaginé que tu te prêterais à
une machination pareille.

– Que veux-tu dire? s'exclama Luce.

– Que tu m'as bien eu! Du grand art! Tous les autres moyens
ayant échoué pour me convaincre de revenir, tu n'as pas hésité…

Il s'était levé et avait repris sa chemise qui traînait sur une
chaise. Luce le rejoignit.

– Je commence à voir où tu veux en venir.

– Je veux en venir à cette femme arrogante, petite-
bourgeoise et sans scrupule qui n'a pas hésité à me harponner
en me laissant croire qu'elle était enceinte.

— Mais j'étais sincère ! Hier midi, j'étais en retard de dix jours dans mes...

— Mon œil ! Toi, en retard dans tes menstruations ? Tu es aussi ponctuelle qu'une horloge !

— Eh bien ! Cette fois-ci...

— Trop facile, Luce ! Ça ne prend pas, trancha Paul.

— Alors, crois ce que tu voudras ! Tiens ! Reprends ton pantalon, tes souliers, tes bas.

Elle lui avait lancé ses vêtements et s'apprêtait à faire la même chose avec son attaché-case. Il le lui arracha des mains.

— Ne crains rien ! Je n'ai pas l'intention de rester ici plus longtemps.

— Je suppose que tu vas nous remettre ta démission demain matin ?

— Non ! lui lança-t-il sur le même ton. Je ne suis pas de ceux qui reviennent sur leur parole.

Il sortit en claquant la porte. Par la fenêtre, Luce regarda s'éloigner la vieille Buick décapotable. Quelque chose en elle venait de se briser et la colère noyait ses yeux d'une eau glacée.

Chapitre 13

La découverte de la viabilité du canissimius entraîna, dans les premiers jours, une fébrilité exceptionnelle à l'IRGA. Les réunions se succédèrent dans une atmosphère tendue où des opinions s'opposèrent. Après s'être assuré, de concert avec Luce, que l'existence de cette cellule hybride serait tenue secrète, contrairement à l'avis défendu avec acharnement par Étienne et soutenu par Laurent, Paul distribua les fonctions aux membres de l'équipe de recherche et se réserva la responsabilité directe de l'expérience CANISSIMIUS. Sous la supervision de Francis, Étienne et son équipe s'attaqueraient au virus désormais appelé Roméo. Étienne et Laurent parurent satisfaits de ce partage.

Francis n'avait pas tellement confiance en l'adjoint de Dolbec et se méfiait autant de sa curiosité que de son zèle. Mais, de façon surprenante, cet homme grassouillet mit dans son travail sur le virus Roméo une énergie que Paul ne lui soupçonnait pas.

Dès qu'il fut mis en contact avec la bactérie, par microscope interposé, son regard s'éclaira d'une étrange lueur que Francis n'eut aucun mal à définir: Pakazian était à la fois troublé et exalté. Longuement il s'était penché sur l'appareil et avait répété à plusieurs reprises le mot « incroyable ». Sa voix vibrait parfois d'impatience et son corps tressautait.

Avec l'aide de Francis, il avait commencé à rechercher une parenté virale, mais les résultats demeurèrent aussi vains que les précédents. Pakazian ne s'en émut point, comme si pour lui la chose était déjà entendue. Mais son étonnement fut à son comble quand, après avoir analysé la formule sanguine de Toddy, Francis lui démontra l'existence d'anticorps chez celle-ci. Pakazian avait blêmi et sa respiration était devenue difficile.

Des sueurs perlèrent à son front. Francis jugea bon de le soutenir.

– Qu'y a-t-il, Étienne ? Vous êtes malade ?

– Non ! Non ! s'écria-t-il nerveusement. C'est miraculeux ! Laissez-moi reprendre mon souffle.

De nouveau il se jeta sur le microscope et, depuis, il mettait dans son travail un zèle qui fut vite entravé par des phénomènes inexplicables et déconcertants qui les laissaient, lui et son équipe, abasourdis. L'anticorps prélevé chez la chienne était inefficace chez la guenon.

Pressé par le temps, et préoccupé par d'autres urgences en raison de la dégradation de l'état d'Éloïse, on avait aussi constaté, hélas tardivement, que l'anticorps s'amenuisait dans le sang de Toddy. Et un bon matin, Francis et Étienne furent mis devant une évidence: il n'y avait plus chez Toddy de trace du virus ni d'anticorps. Complètement remise, la chienne avait repris goût à la nourriture, aboyait normalement et semblait enjouée.

Les deux chercheurs réussirent cependant à sauver quelques spécimens d'anticorps dans des éprouvettes. Ils donnèrent à ceux-ci le nom de Toddy, marquèrent les fioles et les conservèrent, pour des expériences ultérieures, dans un vieux congélateur.

C'est sur ce dernier point qu'Étienne et Francis firent converger leurs efforts des derniers jours pour constater qu'Éloïse en était à la quatrième phase dans le développement du syndrome. Cela la situait vers le milieu de la période évolutive. En effet, on avait répertorié huit phases: la perte d'appétit et de poids, le dérèglement du cycle menstruel (ou, chez le mâle, la stérilité des spermatozoïdes), la perte de mémoire, l'affaiblissement kinesthésique, la confusion, l'agressivité, le coma entraînant à courte échéance une dysfonction des organes régulateurs et la mort.

Les relations entre Paul et Luce étaient toujours tendues. Les réunions du comité s'en trouvaient souvent perturbées. Sans le laisser paraître, la jeune femme était cruellement affectée par la situation et restreignait au minimum ses visites au laboratoire.

Francis ne savait comment intervenir et, surtout, ne s'en reconnaissait pas le droit. Il laissait à Laurent Dolbec le soin d'arbitrer ces litiges durant les réunions et celui de désamorcer l'explosive charge émotive que celles-ci drainaient.

L'une de ces rencontres fut particulièrement pénible. Paul avait devant lui le dossier de Roméo. Il l'avait brandi à bout de bras avant de le lancer sur la table.

— Voilà deux semaines que j'ai demandé qu'on vérifie auprès des autorités douanières la fiche d'arrivée de Roméo afin qu'on puisse retracer l'origine de la bête.

— J'ai oublié, répondit Luce, confuse. Ce sera fait cette semaine.

— Ah oui ? Et les surplus vitaminiques que je t'avais commandés par la même occasion ?

— J'ai aussi oublié, reprit-elle, irritée de devoir avouer une seconde négligence devant tous ses collaborateurs. Je t'ai dit que ce sera fait cette semaine. Je t'en donne ma parole. Que veux-tu de plus ?

— Ta parole ? Ce ne serait pas la première fois que tu y manquerais.

Cette réplique cinglante jeta un froid sur l'assemblée. Luce se leva, prit ses dossiers et sortit.

— Mais en quoi cette fiche peut-elle vous être d'une quelconque utilité ? demanda Laurent Dolbec après que la jeune femme eut fait claquer la porte.

— Ça, c'est mon problème, répondit Paul.

Devant le malaise suscité par la sortie de Luce, on préféra remettre la rencontre à plus tard. Au moment où Paul allait sortir à son tour, Laurent le retint.

— Si vous avez une minute, j'aurais quelques mots à vous dire.

La voix était cette fois chargée d'une autorité qu'on ne discute pas. Cette invitation qui ressemblait davantage à un ordre agaça Paul, qui obtempéra néanmoins.

— Faites vite, j'ai beaucoup de boulot, rétorqua-t-il.

— Paul, je sais que vous n'appréciez pas notre collaboration...

— C'est comme demander au loup de vivre au milieu des moutons en espérant qu'il ne les croquera pas.

Cette comparaison amusa le directeur, qui s'avança jusqu'au coin de son bureau de chêne, où il s'assit négligemment.

— Cependant, Paul, nous sommes condamnés à collaborer. Aussi bien le faire de bonne grâce.

— Si vous avez des reproches à me faire sur mon travail, monsieur, je vous rappelle que je vous ai toujours fait rapport de mes initiatives et que vous ne les avez jamais remises en question. Je vous signale en outre que la Lorrentz est ici à simple titre de pourvoyeur.

– L'IRGA se mourait avant notre arrivée, Paul, et vous savez très bien qu'elle disparaîtrait si la Lorrentz se retirait.

– Est-ce une menace ?

– Nullement ! C'est un fait ! Un simple fait ! La Lorrentz a l'habitude de respecter ses contrats. Je veux vous donner un conseil avant que vous ne quittiez cette pièce. Vous auriez tout intérêt à faire davantage confiance à vos collaborateurs.

– Vous voulez dire à cette brouettée de pseudo-généticiens de la Lorrentz ?

– Cette brouettée de pseudo-généticiens est très expérimentée, M. Marchand, et Étienne Pakazian est l'un de nos plus brillants chercheurs.

– M. Pakazian a toute la confiance que ses qualités lui méritent. Je veux simplement m'assurer qu'il sache bien que nous sommes à l'IRGA et qu'en bas, c'est moi le patron.

Laurent se déplaça vers son fauteuil, s'y assit, posa ses bras sur les accoudoirs rembourrés, dévisagea un instant son interlocuteur.

– Quand je parlais de vos collaborateurs, je pensais à Mlle Pelletier. Si je ne m'abuse, celle-ci ne fait pas partie de l'équipe Lorrentz.

– Vous avez parfaitement raison, M. Dolbec. Et en ce sens, ce qui se passe entre Luce et moi ne vous regarde pas. Maintenant, veuillez m'excuser, j'ai du travail.

Le directeur ne se laissa pas décontenancer par cette remarque acerbe.

– Paul, vous avez tort de considérer Luce avec mépris. J'ai cru percevoir entre vous un lien tenace. Ne vous acharnez pas à le rompre. Vous le regretteriez. Luce est une femme exceptionnelle.

Paul tourna vers le directeur un regard intrigué, puis sortit.

Francis frappa au bureau de Paul. La lumière qui filtrait sous la porte avait attiré son attention. Paul n'avait pas l'habitude de rester si tard à l'Institut; quelque chose d'important devait le retenir. Francis frappa encore et entra. Paul était assis derrière son bureau, absorbé dans la lecture d'un dossier. Francis toussota pour attirer son attention.

– Ah ! c'est toi ! Tu m'as fait peur ! Je ne t'ai pas entendu entrer.

– J'ai pourtant frappé.

– Tu arrives au bon moment. Assieds-toi. Tu veux un café ?

– Non, merci !

Paul se leva et se dirigea vers la cafetière.

– Tu as l'air préoccupé, risqua Francis.

– Tu crois ? répondit Paul en se versant un café tiède; il revint vers son bureau. Ça a été une journée déplorable. Cette rencontre... Luce... J'ai été odieux !

– Je crois, oui ! Qu'est-ce qui t'a pris ?

– J'étais exaspéré par des nouvelles que j'ai reçues aujourd'hui. Ça n'avait rien à voir avec Luce.

Paul tendit à Francis un dossier placé devant lui.

– Tiens ! Lis ça ! C'est le rapport d'autopsie de Roméo que le centre vétérinaire vient de me faire parvenir.

Francis parcourut les trois pages d'un œil presque indifférent.

– Tu dois maintenant comprendre pourquoi j'ai tant insisté pour qu'on retrouve la fiche de quarantaine de Roméo !

– Justement non, je ne vois pas.

– C'est pourtant clair ! Tu sais lire ? On a retrouvé une colonie de E Coli dans les intestins, de l'urokinase dans les parois des artères du cœur. L'urokinase est employé pour dissoudre les caillots de sang.

– Je sais très bien à quoi sert l'urokinase.

– Et ça ne te surprend pas ?

– Si ! Mais ça ne prouve rien, sinon que Roméo a été soumis à des tests cardio-vasculaires élaborés.

– Francis, aucun laboratoire du Gabon ou de n'importe quel autre pays d'Afrique ne possède les moyens techniques de procéder à de telles expertises.

– Et alors ?

– Et alors ? s'emporta Paul que le calme de son ami désespérait. Mais ça prouve bien ce qu'on craignait. Roméo ne vient pas du Gabon.

– Il vient donc du Japon, d'Europe, des îles Mouk-Mouk.

– Non, Francis ! Roméo ne vient ni d'Europe ni du Japon. Il vient sûrement d'ici, de pas très loin ! Il nous a été refilé intentionnellement dans le but de nous embarrasser et de nous compromettre.

– Paul, tu lis trop de romans policiers !

– Mais, Francis, merde ! T'as bien lu le rapport ?

– J'ai lu le rapport et je n'ai rien vu qui puisse te mettre dans un état pareil.

– Ah non ?

Paul feuilleta rageusement le document, à la recherche d'un endroit précis.

– Écoute bien ceci : « Les tests effectués sur les parois ventriculaires prouvent la présence récente d'urokinase injecté à forte dose. Les résidus analysés nous amènent à conclure que les injections d'urokinase ont été effectuées vers la fin du mois de février de la présente année. »

Paul referma le document.

– La preuve est faite !

Il déposa le rapport sur le bureau et regarda Francis avec un air de satisfaction.

– Quelle preuve ? demanda naïvement ce dernier.

Paul prit une longue inspiration, s'enfonça dans son fauteuil, posa les pieds sur le bureau et dévisagea son ami.

– Dis-moi, Francis ! Tu sais que la loi de quarantaine concernant certains anthropoïdes a été renforcée ?

– Non ! Je l'ignorais !

– Elle s'applique désormais à tous les anthropoïdes, et non plus aux seuls rhésus et à certaines familles de macaques. De plus, et cela est fort intéressant, la durée de quarantaine a été prolongée. Ce renforcement de la loi est dû à l'acharnement avec lequel s'effectue la dégradation des jungles du centre africain et d'Amérique du Sud, qui a obligé les espèces à cohabiter sur des espaces de plus en plus restreints. Cette promiscuité artificielle a eu un effet désastreux : des races infectées ont transmis des virus dévastateurs à d'autres espèces qui jusque-là, en raison de leur isolement ou de leur structure sociale, avaient échappé au fléau. C'est ainsi qu'on a détecté des bacilles de la maladie d'Ébola dans l'organisme de chimpanzés, d'où l'imposition de règles très sévères de quarantaine pour cette espèce jusque-là épargnée.

– Je l'ignorais, émit Francis sans paraître étonné de l'affaire.

– Tout cela est expliqué dans ce charmant petit fascicule que j'ai obtenu des douanes canadiennes.

– C'est très intéressant ! Mais pourrais-je savoir en quoi tout cela concerne notre problème ?

– Tu connais la durée de cette quarantaine ?

– Non, soupira Francis que tout ce bavardage ennuyait.

– Quatre-vingt-dix jours !

– Et alors ?

– Tu te rappelles à quel moment nous avons reçu Roméo ?

– Fin avril ?

– Oui, fin avril. Et le Centre vétérinaire de Trois-Rivières ne l'a gardé que dix jours avant de nous le refiler. Selon la fiche de Roméo transmise par le Centre, celui-ci leur a été livré directement du centre de quarantaine, le 19 avril. On peut donc présumer que Roméo a séjourné aux laboratoires de quarantaine du 8 janvier au 9 avril. Dans ce cas, peux-tu m'expliquer comment on a pu introduire de l'urokinase et procéder à des expériences cardio-vasculaires sur une bête qui devait se trouver normalement dans une cage du centre de quarantaine des douanes canadiennes ! Roméo n'était pas aux douanes aux dates spécifiées sur sa fiche pour la simple raison qu'il était dans des laboratoires ici même au pays en train de subir les mauvais traitements d'une recherche secrète sur un virus mortel. Son cœur a dû être atteint et on l'a traité avec de l'urokinase. La fiche que j'attends des douanes canadiennes n'arrivera jamais puisqu'elle n'existe pas. Tu comprends, maintenant ?

Un long silence accueillit cette révélation. Oui, Francis comprenait, mais cela n'avait pas une grande importance pour le moment. Quelque chose de plus impérieux le préoccupait, un malaise profond qu'il ne savait comment aborder avec Paul.

Jamais, jusqu'alors, il n'avait osé s'immiscer dans les affaires du couple que formaient ses deux amis. Mais il ne pouvait plus observer la détérioration des choses sans intervenir.

– Paul, toute cette histoire à propos de Roméo est sans doute très intrigante. Mais c'est une tout autre affaire qui m'amène ici. Tu m'excuseras pour ce qui te paraîtra une grande indiscrétion. Mets cela sur le compte de l'amitié que je te porte. Qu'arrive-t-il entre Luce et toi ? Depuis une semaine, ce n'est plus vivable. Tant que vous gardiez vos différends en dehors d'ici, que cela n'interférait pas avec le travail, il n'y avait rien à redire. Mais actuellement la situation est intenable. Ce qui s'est passé ce matin ne peut pas se répéter. Faites quelque chose, parlez-vous !

– Ce n'est pas aussi simple, admit Paul, en refermant le rapport d'autopsie.

– C'est si grave ?

– Pour quelqu'un de l'extérieur, peut-être pas. Pour moi, c'est... Ce qui s'est passé, ce qu'elle a fait...

Paul s'enfonça un peu plus dans son fauteuil comme si ses dernières paroles avaient attaché du plomb à son corps. Il ferma les yeux et déposa sa tête sur le dossier.

– Tu sais qu'elle est venue me voir au chalet. Bien sûr, c'était pour essayer de me convaincre.

– J'ai aussi essayé. Si tu lui en veux pour ça...

– Non ! Ni pour cela, ni pour les arguments qu'elle a employés. Elle m'a attiré à l'Institut en m'avouant qu'elle était enceinte.

– Luce est enceinte ? s'étonna Francis.

– Non ! Luce n'est pas enceinte. Luce n'est plus enceinte.

– Je vois ! marmonna Francis, prenant tout à coup conscience de la situation.

– Quand elle m'a avoué qu'elle attendait un enfant, j'étais bouleversé. Je n'ai pas dormi de la nuit. Je savais que je ne pouvais pas la laisser seule, qu'elle avait besoin de moi, qu'abandonnée elle n'aurait pas le courage d'aller jusqu'au bout de cette grossesse. J'ai senti qu'elle avait peur. Moi, j'étais euphorique. C'est comme si Luce avait déposé dans mes mains un soleil qui me réchauffait l'âme et le corps. Je voyais dans son ventre la vie s'organiser sans compromission, sans le besoin d'intervention extérieure. Cela se faisait simplement et cette pureté m'enchantait. Elle me permettrait de résister à toutes les forces qui chercheraient encore à me faire renier le serment que j'avais fait, en entrant en médecine, de respecter la vie dans chacun de mes actes. Maintenant que j'avais une double vie à protéger, je savais que je pouvais revenir à l'IRGA. La Lorrentz ne me faisait plus peur.

Il y eut un long et lourd silence. Puis lentement, d'une voix presque éteinte, Paul continua.

– Le lundi suivant, une fois que tu nous as eu quitté, elle m'a avoué candidement qu'elle n'était plus enceinte, qu'elle avait eu ses menstruations la nuit précédente.

– C'est possible.

– C'est possible mais peu probable. Luce a toujours été très régulière.

– Mais enfin, Paul, ça se voit un dérèglement du cycle menstruel chez la femme.

– Elle m'a quitté vers quatre heures ce dimanche-là. Et elle n'a été de retour chez elle que vers dix heures trente. C'est plus de temps qu'il n'en faut.

– Tu crois qu'elle s'est fait avorter ?

Paul ne répondit pas. Il se dirigea vers la fenêtre où il termina son café, une main dans la poche, le regard perdu dans quelque coin du ciel sombre.

– Et tu lui en veux ?

– Pas vraiment. Je lui reconnais le droit d'avoir pris cette décision. Mais qu'elle ait eu le cynisme de venir me dire l'après-midi qu'elle était enceinte tout en sachant que le lendemain elle ne le serait plus... Elle devinait combien cet enfant m'était cher déjà.

Cette dernière phrase avait été lancée dans un petit cri de désespoir. Paul s'était appuyé au rebord de la fenêtre, la tête penchée et le corps encombré de spasmes de rage autant que d'impuissance. Francis s'était approché et lui massait les épaules et la nuque sans trop savoir comment agir.

– Paul ! Il est possible qu'elle ait eu un retard dans ses menstruations. Tu n'as aucune preuve qu'elle se soit fait avorter. Tu te bâtis des chimères à partir de ce qui n'est peut-être qu'une simple coïncidence. Elle s'est peut-être arrêtée ce soir-là chez une amie, ou bien elle est allée voir un film. Ou bien elle s'est perdue en chemin.

– C'est ce qu'elle prétend, persifla Paul.

– Alors ?

– Alors, se perdre pendant plus de six heures, tu y crois ?

– Évidemment, c'est un peu long...

Paul s'ébroua d'impatience et retourna à son fauteuil.

– Pourquoi refuses-tu de la croire ? Luce a très bien pu se perdre. D'ailleurs, depuis quelque temps, elle m'inquiète.

– Que veux-tu dire ?

– Eh bien ! Depuis quelques semaines, son attitude n'est pas normale. Ses retards, ses absences et ses oublis continuels, son manque d'intérêt pour les affaires de l'IRGA... Tout cela ne cadre pas avec la Luce que je connais... Elle est amaigrie, taciturne, distraite. Elle mange mal ou très peu. Il serait sage qu'elle consulte un médecin. Ce n'est peut-être que de la fatigue ou du désabusement, mais chose certaine, elle a besoin d'aide, de compréhension, d'amour. Ce n'est pas en la jugeant ni en lui reprochant ses moindres écarts, comme tu l'as fait ce matin, que nous l'aiderons.

– Je sais, soupira Paul. Tu as sans doute raison. Mais je ne peux m'empêcher de l'imaginer enceinte. Je ne peux plus lui pardonner de...

– Paul! trancha Francis. Tu dois dompter ton imagination. Guide-la sur des voies plus constructives. La situation t'oblige à réagir positivement.

Paul parut décontenancé. Francis avait raison. Qu'allait-il faire de Luce? Comment rétablir une situation qu'il avait mis tant de soin à gâter par des attitudes provocantes.

– Le laboratoire lui manque, ajouta simplement Francis avant de le quitter.

Paul se rassit et jeta un coup d'œil au dossier Roméo. Il termina son café. Bien plus tard, il regarda sa montre: elle marquait neuf heures quarante-trois.

Luce était rentrée chez elle au début de la soirée. Le dîner avec Laurent avait été éprouvant. Il avait voulu savoir où en étaient ses relations avec Paul. Sans s'en rendre compte, il avait mis le doigt sur une plaie encore vive. Puis, il lui avait rappelé ses négligences des derniers jours, avant de lui proposer son aide, ou mieux, son amitié. Elle s'était sentie confuse, avait rougi sans être capable de murmurer quoi que ce soit. Luce avait quitté le restaurant plus meurtrie que lorsqu'elle y était entrée deux heures plus tôt.

En aucun temps, Laurent ne lui avait fait de reproches. C'est elle-même qui se les faisait maintenant. Dolbec avait raison, Paul aussi, Francis surtout qui l'avait prévenue la semaine dernière. Elle était complètement épuisée. Comme elle avait bien fait d'accepter ce petit congé que lui avait suggéré Laurent! Elle se vit alors dans un miroir et, pour la première fois depuis longtemps, elle prit le temps de se regarder. L'image que lui renvoya la glace froide l'effraya.

De longues rides étaient apparues sur son front. Elle fit une moue. La fatigue naviguait en elle comme un navire à la dérive et s'imprimait cruellement sur son visage. Luce se retira dans sa chambre et chercha le sommeil, qui ne vint pas. Elle repensa à sa conversation avec Laurent. Il lui avait parlé avec chaleur et respect, comme un vieil ami, comme un père. Il n'avait pas été moins direct pour autant. Il lui avait signalé ses retards, le désordre de ses dossiers, son engagement plus que discret des dernières semaines. Mais il avait pris garde de ne pas la bousculer ni de la juger. Il l'avait écoutée avec bienveillance et lui avait conseillé quelques jours de repos.

Elle tourna la tête vers son répondeur. Des messages y étaient enregistrés. Le visage de sa mère lui revint en mémoire. Comme elle aurait eu besoin de cette femme maintenant, de ce refuge pour y refermer ses ailes blessées, s'y réchauffer, se soumettre à la voix de cette vieille femme raisonnable ! Luce n'avait pas cette voix intérieure pour la ramener à elle-même quand, par inconscience, elle laissait fuir, une partie de ses forces. Elle n'avait pas cette sagesse !

La jeune femme essaya de se soustraire à ses pensées, chercha le sommeil en vain. Finalement, elle se leva et sortit une chaise sur son balcon ensoleillé et s'y installa avec un livre. Elle avait devant elle cinq journées de congé. En y songeant, une certaine paix s'installa en elle et sous le soleil radieux de cette fin de journée elle trouva enfin le sommeil.

Elle s'éveilla en sursaut. Sur son répondeur, s'enregistrait la voix de Paul qui demandait de lui faire une place dans son horaire de l'avant-midi du lendemain car il avait besoin de sa présence au laboratoire. Luce eut d'abord du mal à reconnaître la voix. Elle regarda sa montre : neuf heures quarante-trois. Elle alla prendre un bain chaud, se fit un sandwich au poulet, et ce n'est que deux heures plus tard, une fois rassasiée et bien éveillée, qu'elle réécouta le message. Elle fut pour le moins étonnée par cet appel et surtout par le ton sur lequel il était livré. Paul l'avait appelée « chouchoute », comme aux premières années; il s'était excusé de la déranger et la priait de passer l'avant-midi au laboratoire avec lui et Francis : comme dans le bon vieux temps ! Ce soir-là, elle s'endormit comme une enfant.

Le lendemain, elle s'éveilla vers onze heures, but paisiblement son café. Son répondeur avait enregistré trois messages auxquels elle ne porta aucune attention. Elle se rendit au musée. En arrivant devant les grandes portes de bronze, elle fut surprise que les lieux ne soient pas encombrés par la foule comme ç'aurait dû être le cas un dimanche après-midi. Ce n'est qu'en consultant l'horaire des visites, au guichet, qu'elle constata qu'on était le mercredi 18 juillet 2015.

Elle se précipita vers l'IRGA se rappelant du même coup l'invitation laissée par Paul la veille. Quand elle arriva, Francis et Paul avaient déjà quitté les lieux. Luce descendit au labo, salua Étienne puis se dirigea vers les cages. Éloïse s'était endormie. Elle flatta longuement la pauvre bête, qui bougea lentement la tête comme si ce geste lui arrachait des douleurs affreuses. Éloïse pressa affectueusement la main de Luce. La jeune femme sentit dans ce geste tout le désespoir de cet être que la vie abandonnait. Les larmes lui vinrent aux yeux.

Quand elle mourrait, cette guenon emporterait bien des rêves et un pan complet de l'histoire de l'IRGA s'écroulerait avec elle. Combien, ici, les choses avaient changé, songea-t-elle: les odeurs, les visages, les hommes et les bêtes. Devant Éloïse mourante, le passé n'avait plus la même couleur, ni l'avenir la même dimension.

— La mort rapetisse tout, marmonna-t-elle en refermant la cage.

Elle savait qu'elle avait raté, aujourd'hui, un rendez-vous important.

Elle monta à son bureau, téléphona chez Paul sans succès. Elle raccrocha. On frappait à sa porte. Sans attendre de réponse, Laurent Dolbec entra.

— J'ai appris votre présence par ma secrétaire. Vous n'êtes pas raisonnable, Luce! Vous m'aviez juré de prendre du repos, et vous voilà ici.

— Paul m'avait laissé un message…

— Je sais, oui! J'ai eu droit à un long chapitre à ce sujet. Il vous reproche de ne pas l'avoir averti et m'a chargé de tous les péchés du monde. Entre autres de vouloir dissoudre l'équipe que vous formez avec Francis.

— Bien sûr! Je comprends! Je m'excuse de tout ce qui se produit. Il faudra que nous ayons une bonne explication, Paul et moi.

— Vous allez bien?

— Mieux! J'ai passé une très bonne nuit. Dans les circonstances, je vais suivre votre conseil et m'absenter jusqu'à lundi. Je ne crois pas qu'on ait besoin de mes services d'ici là

Laurent restait, bêtement, à regarder Luce. Elle décelait un malaise chez cet homme à l'allure pourtant si assurée.

— Vous avez quelque chose à me dire?

— Enfin, hésitait ce dernier, ne prenez pas mal mes paroles et n'y voyez aucune arrière-pensée. Ma proposition est faite en toute amitié.

– Oui ? ricana Luce qui devinait où voulait en venir le directeur.

– Si vous êtes libre, samedi soir, nous pourrions souper ensemble. J'ai deux billets pour une pièce de théâtre d'été : *Double Couple sur radeau simple*. Pas terrible comme titre.

– Mais on y rit bien, semble-t-il.

– En effet, les critiques ne sont pas trop mauvaises.

– En toute amitié, alors ?

– Je puis vous assurer, Luce, que vous ne courez aucun risque en ma compagnie.

– Alors j'accepte, à la condition que vous me présentiez votre fils.

– Pierre ?

– J'ignorais son nom.

– Il est en colonie de vacances. Vous comprendrez qu'il est difficile pour moi de m'occuper de mon fils autant qu'il en aurait besoin. Mon travail m'accapare beaucoup.

Luce perçut dans les yeux du directeur la même contrariété que la première fois où elle avait mentionné l'existence de l'enfant. Elle n'insista pas.

– Dommage ! Mais j'accepte votre invitation !

– J'irai vous prendre vers seize heures. Je choisis le restaurant et vous vous laissez conduire. On annonce du beau temps.

Avant même qu'elle n'ait pu le remercier, Laurent Dolbec avait quitté son bureau.

Ce samedi était radieux. Une brise légère, levée au milieu de la nuit, avait charrié la lourde humidité de la veille et installé un soleil radieux dans un ciel sans nuage, impeccablement bleu.

Laurent était arrivé à quatre heures pile. La ponctualité était chez lui une vertu. En revanche, il trouvait charmant le côté anarchique de Luce qui mettait tant de désordre dans ses horaires.

Ils quittèrent Montréal avec quinze minutes de retard.

À dix-sept heures vingt, ils débarquèrent au luxueux restaurant *Les Trois Lilas* sur la rive nord du Richelieu. Un garçon leur ouvrit et le maître d'hôtel les accompagna à une table installée près d'une fenêtre qui donnait sur la rivière, au-delà de laquelle s'élevaient les pentes adoucies du mont Saint-

Hilaire. La vue était charmante et accompagnait à merveille des plats savoureux suggérés par le maître d'hôtel, arrosés de vins délicats. Une douce ivresse atténua leur timidité.

Lentement, la conversation dévia vers des sujets plus intimes. La langue déliée par le parfum suave de l'armagnac qu'il s'était fait servir après le fromage, Laurent n'avait pas craint de s'ouvrir sur son passé et Luce s'était laissé séduire par la sincérité de l'homme.

— J'ai été marié, il y a longtemps, très longtemps, à une femme dont j'étais profondément épris. Hélène était jusqu'à maintenant la seule femme qui aura compté à mes yeux. Elle était douce, intelligente et très belle. Elle savait lire en moi comme dans un livre ouvert. Et il était si facile de la satisfaire. Elle avait été comblée par les dieux ! Et moi de même d'avoir eu le courage, à trente-cinq ans, de l'approcher, alors que j'étais d'un naturel ombrageux. Le 5 novembre prochain, cela aurait fait dix-huit ans que nous étions ensemble. Nous avons été heureux pendant huit courtes années. Mais…

Laurent se tut un long moment. Ses yeux très bleus étaient pleins d'éclats d'eau. Avec pudeur, Luce laissa à l'homme le soin de refermer cette plaie qu'il avait accepté de rouvrir pour elle. Elle ressentit l'étrange impression d'être devenue, durant une soirée, un être indispensable alors qu'en d'autres temps, elle se sentait négligée, ou pis, méprisée.

— Puis elle est partie, un jour, ajouta Laurent d'une voix étranglée. Depuis, je suis seul.

— Elle vous a quitté ? demanda Luce avec douceur.

Laurent leva sur elle un regard troublé.

— Elle est morte en mettant au monde notre fils. Mourir des suites d'un accouchement au XXIe siècle, c'est absurde ! Elle avait trente-deux ans. J'ai appelé notre enfant Pierre, comme elle le souhaitait. Et je ne lui ai jamais pardonné de m'avoir abandonné.

L'homme ravala sa peine en prenant une lente gorgée d'armagnac. Luce comprenait maintenant pourquoi le regard de Laurent Dolbec s'assombrissait chaque fois qu'on mentionnait le nom de son fils. Il n'aimait pas cet enfant, ou plutôt, déversait sur cet être innocent un trop-plein d'amertume et de culpabilité qui l'aurait, sans doute, mené au suicide sans ce partage cruel. « Pauvre enfant, pensa-t-elle. Pauvre Laurent. »

— Après ces événements, je me suis jeté tête baissée dans l'alcool. J'ai bu jusqu'à me désarticuler. J'y cherchais l'oubli et sans doute une forme inconsciente de suicide. C'était ma façon à moi de mourir. Je vivais alors à Boston et occupais un poste de direction dans un centre de génétique universitaire. J'ai tout perdu: prestige, travail, argent, amis. Tout! Je suis rentré au Québec, où j'ai continué à boire. Cet enfer a duré trois années, jusqu'à ce qu'un ami m'aide à entrer à la Lorrentz. On m'y a fait confiance. La Lorrentz m'a remis au monde, si je puis dire. Je me suis refait une certaine fortune, j'ai retrouvé mon équilibre. Je dois tout à la Lorrentz et je suis prêt à tout pour servir ses intérêts. À tout! Aujourd'hui, je pourrais me retirer et vivre de mes investissements. Mais j'ai encore une tâche à terminer.

Luce ne bougeait pas et se laissa servir un autre digestif, qu'ils prirent dans les jardins des *Trois Lilas*. Ainsi, les heures passèrent et chacun abandonna l'idée de se rendre au théâtre. Cette nuit de fin juin était si douce et si remplie de quiétude qu'il eût fallu se faire violence pour s'y arracher.

Ils marchèrent longtemps dans les sentiers qui longeaient le Richelieu.

— Je suis désolé, lui avoua-t-il au détour d'une allée qui les ramenait au restaurant. Je n'ai pas l'habitude de m'épancher pareillement. Croyez bien que je ne cherchais pas à m'apitoyer. J'ai peur de vous avoir paru navrant. Rentrons!

Le ton de sa voix était devenu catégorique et Luce préféra ne rien objecter à ce dernier vœu qu'elle considérait comme un repli stratégique de la part d'un homme meurtri. C'était sans doute la première fois que Laurent trahissait la mémoire de sa femme. Luce était touchée par cette marque de confiance.

Le trajet du retour se fit en silence. Quand il la déposa devant l'immeuble où Luce habitait, il se tourna vers elle.

— Je regrette... Je vous avais pourtant invitée à partager avec moi une soirée plus réjouissante. J'ai conscience de n'avoir pas été très distrayant. Vous avouerez que ce n'est pas une très bonne façon de faire la cour à une femme. J'ai sans doute perdu la main. Alors, je vous en prie, pardonnez-moi et oublions tout cela.

— Ça a été une merveilleuse soirée. Vous n'avez rien à vous faire pardonner. Je prends cela pour un geste d'amitié et je vous en remercie.

— J'espère que vous garderez cette attitude quoi que vous appreniez un jour sur moi. Personne n'est irréprochable.

Luce descendit de la voiture. Les derniers propos de Laurent, pour le moins sibyllins, l'avaient déconcertée.

Qu'avait-il voulu dire par cette petite phrase : « Personne n'est irréprochable » ? Elle regarda s'éloigner la Cadillac puis rentra, confuse et fatiguée.

Chapitre 14

Les semaines de juillet furent décevantes pour Luce. Depuis leur souper, l'attitude de Laurent à son égard s'était passablement refroidie. Sans raisons apparentes, il la fuyait ou la traitait avec arrogance. Il la consultait peu ou la piégeait, de sorte qu'elle se retrouvait souvent devant le fait accompli. Un matin, en arrivant au travail, en retard comme cela devenait son habitude, Luce vit des ouvriers qui installaient, au-dessus de la clôture ceinturant l'IRGA, une dentelle de fil barbelé. Elle chercha à s'y opposer mais les frais étaient déjà engagés et le travail était à moitié terminé.

Plus que du mauvais temps, plus que de l'attitude désagréable de Laurent, plus que du silence culpabilisant de Paul ou du vacarme des manifestants qui l'accueillaient chaque matin, Luce s'inquiéta pendant plusieurs jours du nouveau retard dans ses menstruations. Et puis, la moindre distraction lui faisait perdre sa concentration. De plus en plus souvent, elle s'éveillait, assise dans son fauteuil devant un document, incapable d'en décrypter le contenu, comme si ses facultés fonctionnaient à éclipses. Elle se garda bien d'en informer quiconque. Et d'ailleurs, sur qui aurait-elle pu s'appuyer ? Paul la boudait, Laurent l'ignorait et Francis était tellement absorbé dans son travail qu'il avait à peine le temps de la regarder. Aussi, abandonnée à elle-même, Luce s'était retranchée dans une quasi-indifférence.

Ailleurs, l'activité était fébrile. Étienne manifestait toujours le même enthousiasme devant le défi que présentait le virus Roméo. Sur l'insistance de Francis, il avait abandonné pour l'instant toute activité sur l'anticorps qu'on avait découvert chez Toddy.

Pour l'instant, son équipe et lui travaillaient in vitro à résoudre les trois questions sur lesquelles Paul exigeait une réponse, à savoir, trouver les voies d'infection empruntées par la bactérie; définir le type d'attaque et repérer les gènes où s'effectuaient ces attaques, et enfin, établir la morphologie tridimensionnelle du virus, sa composition chimique et protéinique et, si possible, son appartenance à une famille virale connue.

Bien sûr, les progrès ne venaient pas à un rythme fulgurant, mais certaines certitudes étaient apparues, concernant entre autres le mode d'infection. On avait maintenant l'assurance que la voie infectieuse était directe, les transmetteurs étant le sang et la salive, comme l'avait pressenti Francis.

Le virus s'était révélé non viable dans l'eau chlorée, dans l'air ou en milieu aseptisé. Dans ces éléments, il perdait toute virulence et se désagrégeait.

Au sujet des atteintes virales, on procéda à des tests sur les souris et les lapins. Dans tous les cas, on constata des dommages appréciables sur les cellules des animaux infectés, notamment, sur celles du cœur, des reins et des organes génitaux des deux sexes. Mais là où l'attaque semblait la plus virulente, c'était dans le cortex et la moelle épinière.

Les cellules corticales extraites chez les animaux atteints montraient une déformation des ribosomes, ce qui entraînait un dessèchement du cytoplasme. La cellule prenait alors l'allure d'un raisin sec. Les mitochondries étaient également déformées et jouaient mal leur rôle de transporteur énergétique et oxygénique. Ainsi, non seulement les cellules s'asséchaient-elles, mais elles suffoquaient. Dès lors, il devenait difficile pour les neurones de bien agir au niveau de la synapse et de transmettre convenablement aux tissus du corps, tels les muscles, les ordres provenant du cortex cérébral. Cela expliquait sans doute les difficultés enregistrées lors des tests kinesthésiques.

Mais ce qui troubla davantage Francis et Étienne fut la découverte du rôle dévastateur du virus sur le noyau de toutes les cellules infectées provenant de n'importe quel organe. La chaîne d'ADN était attaquée d'une manière féroce et inattendue. Cela était particulièrement vrai chez les lymphocytes B. En clair, cela signifiait que l'action du virus empêchait la duplication cellulaire, désancrait les cellules, concourant ainsi au vieillissement des divers organes et rendant l'appareil immunologique impuissant à réagir convenablement.

Les résultats furent communiqués à Paul, qui parut satisfait des premières conclusions, puisque celles-ci corroboraient ses hypothèses quant au mode d'infection. Cependant, les réponses fournies concernant l'action du virus sur les cellules l'inquiétèrent au plus haut point.

Étienne insista pour qu'on procède immédiatement à des tests à partir de l'anticorps pour savoir comment celui-ci agissait sur le virus. Paul et Francis optèrent plutôt pour une approche moins spectaculaire mais qui avait l'avantage d'être plus systématique. Reconnaissant tous les deux que la situation n'avait plus d'urgence et constatant que les résultats ne parviendraient pas à sauver Éloïse, ils préféraient s'attarder à définir plus précisément la structure du virus. Bref, ils voulaient disséquer cet ennemi pour en connaître les diverses composantes. De toute manière, l'anticorps avait été essayé sans succès chez des souris et des lapins, qui en étaient tous morts. Il semblait évident pour tous que l'anticorps Toddy n'était efficace que chez les chiens.

Paul et Francis avaient interdit la poursuite des expérimentations sur l'anticorps Toddy comme le voulait Étienne. Il aurait fallu infecter des singes et des chiens, ce qui, par le fait même, aurait multiplié dans l'espace expérimental la présence de sujets contaminés et aurait accru le risque de perdre le contrôle sur le virus. Même si son mécanisme de propagation semblait exclure l'air, l'eau, les sudations et secrétions, à l'exception de la salive, on tenait à rester prudent.

Paul avait aussi profité de l'occasion pour imposer son autorité à ses adversaires. L'expérimentation voulue par Étienne avait été repoussée avec d'autant plus d'énergie qu'elle était vivement soutenue par Laurent Dolbec. C'était une bonne occasion d'indiquer à la Lorrentz les limites de son influence dans l'IRGA. Bien sûr, ce coup de force de Paul n'améliora en rien ses relations avec Laurent. Ce dernier avait fait peser sur Luce le poids de son humiliation. Mais elle ne répondit pas. Elle venait enfin d'avoir ses menstruations et ce soulagement lui permettait, pour l'instant, de n'être pas atteinte par les mesquineries de l'existence.

Jour et nuit, l'équipe du CANISSIMIUS se relayait autour de l'ovule fécondé; elle enregistrait toutes les données qu'une exploration systématique du génome pouvait fournir. On avait aménagé, pour cette équipe, composée de Paul, Francis, Robert et Camille, un lieu parfaitement étanche et aseptisé où l'environnement oxygénique était contrôlé par un double système de filtration.

D'après les premières transformations cellulaires, Paul et Francis avaient déterminé, à l'aide de l'ordinateur, un pronostic situant la naissance du canissimius au début de septembre. Il fallait de toute urgence penser à organiser l'environnement requis. Francis se chargea de cette tâche.

Les expériences avec le canissimius allaient bon train. On n'avait jusque-là rencontré aucun obstacle majeur. Après avoir procédé au clonage de la cellule fécondée lors de la quatrième phase de la division cellulaire, Paul et ses assistants s'étaient penchés sur l'analyse des diverses étapes embryonnaires du canissimius.

Les trois feuillets s'étaient bien distingués durant la phase de gastrulation. Le feuillet ectoderme, responsable de la formation des systèmes nerveux et du cortex, qui avait fait l'objet d'une attention particulière, était parfaitement normal et s'appariait en tous points à celui du singe, ce qui laissait supposer que l'animal aurait une configuration crânienne semblable à la sienne. L'étape de la blastula confirma cette première hypothèse suggérant même que la densité du cerveau serait supérieure aux standards enregistrés chez les anthropoïdes.

Pour l'instant, une équipe supervisée par Francis était à installer dans la chambre stérilisée le placenta artificiel et tous les raccordements nécessaires à l'alimentation en liquide intra-utérin, en sang, en oxygène et en apport nutritionnel. On s'intéressa particulièrement aux capteurs électroniques qui maintiendraient un lien constant entre l'ordinateur et le fœtus.

Quant à Paul, il examinait avec l'aide de Robert les détails du plan de transfert de l'organisme du canissimius depuis le milieu in vitro jusqu'à celui du placenta.

C'est au moment où Paul s'exerçait à maîtriser une étape très délicate que la porte s'ouvrit à l'autre extrémité du labo. Luce apparut en compagnie d'un enfant avec qui elle semblait effectuer une visite des lieux. Paul la suivit du regard. Elle s'apprêtait à entrer dans la salle des gros spécimens végétaux où dormait Éloïse.

Paul retira son masque, sortit en vitesse du laboratoire et se dirigea vers Luce. Celle-ci l'accueillit avec un large sourire.

– Bonjour, Paul ! Je te présente Pierrot, le fils de Laurent. Je l'ai invité à visiter les installations.

Elle se tourna vers l'enfant qui n'avait pas bougé. Il ressemblait à l'idée que Paul s'était faite du fils que pouvait engendrer un homme tel que Laurent Dolbec: un enfant sans âge au visage anguleux, aux yeux noirs et au teint pâle, presque chagrin, avec des lunettes sévères, une coiffure soignée, un pantalon au pli parfait et une chemise blanche avec cravate assortie. Ce garçon docile était sans doute d'une intelligence au-dessus de la moyenne ! C'était le type parfait de l'enfant détestable et maniéré !

– Il est charmant ! ajouta Luce. Pierrot, je te présente Paul. Paul est le chef du service de la recherche.

L'enfant leva la main de façon mécanique et serra celle que Paul lui tendit. Ce dernier en fut stupéfait. Il entraîna Luce dans un coin, abandonnant Pierrot devant la cage entrouverte d'Éloïse. L'enfant s'approcha de la bête endormie, se pencha vers elle.

– Luce, veux-tu me dire ce qui t'a pris d'amener cet enfant ici ?

– Il est gentil, n'est-ce pas ? Il s'ennuyait, alors…

– Mais, Luce, à quoi joues-tu ? Depuis quand t'intéresses-tu aux enfants ?

– Ce n'est pas un enfant ! s'opposa-t-elle avec douceur. C'est déjà un petit homme.

– Là n'est pas la question, Luce ! Ce n'est pas un zoo ici. Nous sommes au beau milieu d'expérimentations extrêmement importantes. Ce n'est pas un lieu pour un enfant.

Luce demeura impassible devant les propos que lui tenait Paul. Un sourire idiot lui paralysait le visage.

– Luce, tu m'entends quand je te parle ?

L'enfant s'était mis à caresser la tête d'Éloïse. Celle-ci avait ouvert de grands yeux fiévreux et ne bougeait pas, se satisfaisant de ces câlins.

– Luce, tu m'écoutes ?

Paul avait dû élever la voix pour attirer l'attention de la jeune femme.

Luce sembla s'extraire d'un engourdissement.

– Pas besoin de crier ainsi !

– Je t'ai confié un projet important pour l'aménagement d'un environnement pour le canissimius. Y as-tu, au moins, jeté un coup d'œil ?

– Mais oui ! Rien ne presse ! rétorqua la jeune femme. On a plus de six semaines devant nous.

– Six semaines, c'est presque demain ! Où as-tu la tête ?

Paul se tut. Il avait remarqué le visage distrait de la femme. Manifestement, elle n'accordait aucun intérêt à ce qu'il disait.

– Luce, tu sembles fatiguée. Tu as les traits tirés, le teint blafard…

– Tu ne vas pas recommencer avec ça ?

Éloïse éternua dans le visage de l'enfant. L'étonnement de Pierrot fut si grand qu'il bascula par derrière, se retrouvant dans un coin de la pièce. Il essuya ses lunettes d'un geste précipité et passa sur son visage la manche de sa chemise afin de faire disparaître les éclaboussures de salive. La peur s'installa en lui: celle d'avoir commis un impair, un geste répréhensible que son père condamnerait avec énergie. De son côté, Éloïse sentait qu'elle venait de manquer aux bonnes manières. Piteuse, elle se recroquevilla sur elle-même.

À ce moment-là, Laurent Dolbec entra.

– Tu es là ! s'exclama-t-il en apercevant son fils. Je te cherchais partout. Je t'avais dit de ne pas bouger de mon bureau. Remonte !

L'enfant quitta le rez-de-chaussée, le corps ployant sous l'humiliation, et fit une moue confuse quand il croisa le regard de son père. Il adressa au passage un pâle sourire à Luce, qui n'avait pas osé intervenir.

Chapitre 15

Ils étaient réunis devant l'écran géant qui communiquait par ordinateur avec le fœtus du canissimius qu'on avait transféré, la semaine précédente, à l'intérieur du placenta artificiel. C'était le 3 août.

Déjà, les deux cents types cellulaires présents chez tous les vertébrés avaient été répertoriés et analysés. Les protubérances caractéristiques du crâne et des membres inférieurs étaient nettement visibles sur l'écran, où se percevaient les premiers sursauts d'un cœur presque complètement constitué. Des veinules sillonnaient les membranes encore gélatineuses du corps informe. Le développement du canissimius s'effectuait à un rythme plus rapide que prévu.

La croissance accélérée du fœtus avait motivé cette rencontre. Paul, dans un enthousiasme sans retenue, expliquait les étapes à venir et les difficultés qu'il restait à franchir pour s'assurer de la viabilité et de l'allure que prendrait cet animal. Mais le miracle, tel qu'il se présentait déjà, permettait de croire qu'il en résulterait un individu transgénique contrôlable, aux dimensions convenables. Paul avait donc réclamé la présence de Luce et de Laurent afin de discuter du projet qu'il avait élaboré avec Francis dans le but de créer un environnement le plus proche du milieu naturel. On pourrait alors procéder sur le canissimius aux observations d'usage et entreprendre son apprentissage d'une façon harmonieuse.

Le projet était d'envergure. Paul avait entraîné la petite troupe à l'endroit où il croyait possible l'établissement d'un tel environnement.

Il ouvrit de grandes portes cadenassées et pénétra dans un lieu étrange, encombré d'un mobilier hétéroclite empilé sous une lumière poussiéreuse qui tombait en faisceaux de petites fenêtres nichées au haut des murs. L'odeur âcre qui se dégageait de ce vieux gymnase transformé en entrepôt révélait que l'endroit avait été abandonné depuis belle lurette.

Les visiteurs se frayèrent un chemin entre des amoncellements de chaises et de bureaux, de tables et de casiers recouverts d'une pellicule grisâtre. De-çi de-là tombaient de longues toiles que les araignées avaient désertées pour aller en tisser ailleurs. Le lieu était sinistre et les propos que tenait Paul y paraissaient insolites.

Là où se trouvaient des classeurs rouillés, on voyait un petit ruisseau; sous ces monceaux de livres, un arbre. Plus loin, des rangées de chaises bancales devenaient des haies de cèdres, des monticules désordonnés de tables estropiées se transformaient en chalets. De ce trou noir encombré de carcasses métalliques difformes, on pouvait voir surgir, sous le verbe fertile de Paul, un lac à la perspective en trompe-l'œil. Cette lumière crasseuse faisait place à un système d'éclairage sophistiqué à intensité variable, capable de copier le jour et la nuit. Le lieu serait soumis à une observation constante grâce à un dispositif de caméras en circuit fermé.

– Le prix ? demanda Laurent Dolbec d'une voix sèche.

– Environ un milion huit cent cinquante mille dollars, estima Francis avec assurance.

– Très bien.

Le groupe se disloqua avec le départ de Laurent et d'Étienne, laissant Paul, Francis et Luce estomaqués par la facilité apparente avec laquelle ils avaient arraché le morceau. Dolbec n'avait fait aucun autre commentaire.

– Ça veut dire quoi ? demanda Paul.

– Ça veut simplement dire « très bien ».

– Alors il accepte ou il refuse ? s'inquiéta Francis, après un court silence.

– Je ne sais pas.

– Tu y es allé un peu fort avec ton million huit cent cinquante mille dollars. Nous avions pourtant estimé le coût à beaucoup moins.

– Paul ! Tu étais convaincant au point que si Dolbec accepte, il t'accordera sans doute plus que ce que Francis a mentionné comme chiffre. La Lorrentz n'est pas rechigneuse.

– Luce, tu parles comme une représentante des ventes.

– Tu verras ! conclut-elle en abandonnant à son tour les deux hommes au milieu du gymnase.

Francis finissait de mettre en mémoire les dernières informations livrées par l'ordinateur sur le canissimius. Le fœtus avait grandi et les membres se détachaient clairement du petit corps glabre qui flottait à l'intérieur du placenta. Francis vérifia une dernière fois le niveau d'oxygène, la qualité saline et l'apport sanguin que contrôlaient pourtant trois régulateurs rattachés à un deuxième ordinateur. Tout était normal. Il laissa les commandes à Camille qui venait de sortir de la chambre aseptisée.

— Si le moindre problème surgit, je suis auprès d'Éloïse. Venez me chercher.

Il se dirigea d'un pas rapide vers la petite salle où Lyne l'avait fait mander. Il revêtit sa combinaison protectrice, brancha son tube d'oxygène puis pénétra dans la salle de quarantaine où reposait la bête. Il l'ausculta sans que celle-ci bouge. Éloïse semblait indifférente à son environnement. Ses pupilles dilatées réagissaient faiblement aux intensités lumineuses. Francis la caressa un instant puis donna congé à Lyne.

— Vous pouvez partir. Je passerai le reste de la fin de semaine auprès d'elle.

— Voulez-vous que j'avertisse Paul et Luce ?

— Non ! Je le ferai moi-même. Bonne fin de semaine ! Informez Camille qu'elle peut partir. Je n'aurai plus besoin d'elle.

La jeune femme se retira et Francis resta seul avec la guenon. Il s'était aménagé un lit dans le fond du laboratoire pour ses longues heures de veille. Il avait décidé de ne pas avertir tout de suite ses compagnons. Il avait besoin d'un peu de temps pour se préparer à la coupure qui s'annonçait, pour être certain qu'aucun des derniers moments d'Éloïse ne lui échapperait. Il s'était attaché à cette guenon comme à une enfant. Du trio qu'il formait avec Luce et Paul, il était le plus sensible et le plus vulnérable même s'il n'avait jamais aimé exposer ses émotions. Il ne pouvait supporter l'idée de la souffrance et encore moins celle de la mort. Aussi pleura-t-il longtemps quand, à une heure dix le lundi matin suivant, il constata le coma dans lequel venait de sombrer sa protégée.

Très tôt en ce pluvieux lundi 2 septembre, Paul, Luce et Francis étaient réunis autour d'Éloïse. Celle-ci venait de succomber à un arrêt cardiaque après qu'on lui eut retiré les deux électrodes qui la reliaient à un défibrillateur.

La bête avait lentement expulsé son dernier soupir. Luce tenait la patte déjà froide de la bête. Elle avait senti ce moment fatal où la vie avait quitté définitivement le corps d'Éloïse. Elle avait perçu le tressaillement des nerfs dans le creux pourtant inerte de sa patte.

On enveloppa le corps dans un grand sac de plastique, qu'on referma ensuite avec soin, pendant que, dans son coin, la vieille Toddy hurlait. Le temps se suspendit. Toute activité cessa dans les laboratoires. Même Étienne se joignit à ce moment de douleur. En passant près de lui, Paul ne manqua pas de lui lancer un regard de feu.

La mort d'Éloïse eut un effet immédiat sur les recherches à l'IRGA. Après en avoir discuté avec Francis, Paul informa Étienne de la nécessité de cesser temporairement toute expérimentation impliquant l'utilisation du virus Roméo et de l'anticorps Toddy. Il fallait s'imposer cette discipline afin d'éviter la possibilité d'infection de l'embryon du canissimius par la manipulation d'éléments pathogènes à proximité. On convint néanmoins de continuer le travail de recherche sur ordinateur, et Paul interdit de procéder à tout clonage à moins d'avoir obtenu son autorisation.

– La naissance approche, avait-il conclu. Il n'y a aucune chance à prendre.

Francis se dirigea d'un pas rapide vers la petite salle où trois hommes, sous des combinaisons protectrices reliées par des câbles à des oxygénateurs, se trouvaient déjà. Il enfila aussi une combinaison, brancha son tube d'oxygène à l'une des prises prévues pour cela, puis s'arrêta au-dessus d'un microscope électronique qu'il mit aussitôt en fonction. Une projection sur petit écran apparut au-dessus de l'appareil.

Il activa un bouton: l'image s'agrandit puis se nettoya. On distinguait très nettement des globules rouges et blancs, ceux-ci en surnombre et très actifs, révélant la présence d'un intrus.

Francis fit pivoter la lentille magnétique de l'appareil et tout de suite apparut une petite masse sombre.

– Il a pris de l'expansion ? demanda Francis à son voisin.

– Oui ! Quelques centièmes de micron !

– Mon Dieu ! soupira Francis. En si peu de temps ! C'est incroyable ! Vous l'avez bombardé au laser ?

– Comme prévu ! Monsieur Pakasian a procédé au bombardement de charge ce matin. Aucun résultat.

– C'était à prévoir. Sa masse ?

– Huit virgule zéro vingt-trois. En stabilisation.

– Très bien !

Francis se tourna et mit l'imprimante sous tension. Celle-ci présenta les quarante-huit acides aminés jusque-là identifiés. Seize avaient été appariés à leur gène producteur.

– On avance, monsieur ! lança sans conviction un des chercheurs.

Francis ne répondit pas. Le découragement s'infusait en lui à mesure qu'il constatait la lenteur avec laquelle s'effectuait la cueillette des données. Combien pouvait-il rester de ces maudits acides à identifier ? Combien de gènes à cerner encore, de protéines à déterminer ? Il laissa tomber la feuille sur le bureau, se tourna vers un chariot où on avait déposé des échantillons de culture bactériennes qui manifestement ne devaient pas s'y trouver. Le troisième chercheur, Philippe Polbeck, d'origine polonaise, était en train de les étiqueter.

– Qu'est-ce que c'est que ça ? le rudoya Francis, en colère.

Philippe demeura interdit par le ton que venait d'employer son supérieur. Les deux autres collaborateurs se tournèrent vers Francis, qui examinait un des petits flacons soigneusement bouchés. Philippe bégaya une réponse évasive qui excita davantage l'impatience de Francis; celui-ci se débrancha avant de sortir en grognant son mécontentement.

– C'est Monsieur Pakazian qui m'a ordonné de procéder à ce marquage.

La voix se perdit dans le local. Francis arracha son casque de plastique et, sans se défaire du reste de sa combinaison, grimpa les marches qui menaient à l'étage. Il passa devant le bureau de Mimi, qui s'étonna de voir son patron se promener en pareil accoutrement dans les bureaux administratifs. Sans la saluer, Francis se dirigea vers la petite salle de conférence où étaient réunis Paul, Luce, Laurent et Étienne.

— Quelque chose qui ne va pas ? questionna Paul en apercevant son ami arrêté bêtement dans la porte.

— Entrez, fit Dolbec avec sa courtoisie coutumière.

— Pas le temps, grogna Francis. Une question, M. Pakazian ! Qui vous a donné l'autorisation de procéder au clonage de l'anticorps Toddy ?

Ce dernier, mal à l'aise, demeura un instant perplexe. Il tourna vers son patron, Laurent Dolbec, un regard suppliant.

— C'est moi, Francis, qui ai donné cet ordre au laboratoire, admit ce dernier avec aplomb. Nous n'avons pas une banque d'anticorps suffisamment garnie pour entreprendre des recherches comme celles qui s'offrent à nous. Y a-t-il là-dedans quelque chose qui vous contrarie ?

La voix avait quelque chose de condescendant qui n'agaça pas que Francis: on perçut une vive réaction chez Paul et une grande désolation chez Luce.

— Monsieur, riposta Francis, je vous saurais gré désormais de m'informer des décisions que vous prenez.

— Je ne voyais pas la nécessité de vous déranger pour une telle broutille !

Paul coula vers Luce un regard indigné. Il prit une grande inspiration et donna cet ordre:

— Francis, tu vas me détruire ces bordels d'anticorps au plus sacrant. Tu me fermes ensuite ce laboratoire de merde et tu donnes congé au personnel, sauf à Lyne, Camille et Robert. Ils doivent veiller sur le canissimius et sur Éloïse. Mais tous les autres, tu me les fous en congé forcé jusqu'à lundi.

— Les secrétaires aussi ? s'étonna Francis de voir avec quel débordement Paul réglait l'affaire.

— Surtout ces deux-là !

Laurent Dolbec venait de se lever, d'un air hébété mais avec une dignité qui montrait à quel point on venait de l'atteindre.

— Monsieur Marchand, je vous ferai remarquer que ces hommes sont sous ma responsabilité. Votre attitude est inqualifiable.

Paul se cala dans son fauteuil et présenta à son vis-à-vis un mauvais sourire.

— Ce qu'ils font est cependant sous la mienne ! Je suis le directeur des recherches et c'est donc moi qui dirige toutes les recherches qui se font ici.

– Vous les dirigez, trancha rudement Dolbec, mais vous ne les décidez pas!

– C'est ce que nous devrons éclaircir, monsieur Dolbec. Et le plus tôt sera le mieux. Francis, vire-moi tout le monde, puis viens nous rejoindre.

Paul se tourna ensuite vers le directeur:

– Ici, à l'IRGA, la Lorrentz est une invitée. Et je vous prie de bien vouloir vous tenir à votre place.

– Cher Paul, pontifia Dolbec d'une voix tremblante, nous n'aurions qu'à vous couper les vivres pour...

– C'est drôle, coupa Paul. Mon petit doigt me dit que quelqu'un ici n'y aurait pas avantage.

Étienne et Laurent échangèrent un regard déconcerté.

– Que voulez-vous dire? demanda Laurent Dolbec au bord de l'exaspération.

– Rien! Sinon que vous tenez trop à cette recherche sur le virus pour la voir compromettre aussi bêtement. Alors nous devrons nous entendre, monsieur Dolbec, une fois pour toutes, sur la question des responsabilités de chacun. Après en avoir longuement discuté avec Francis, et ce pour la sécurité absolue du canissimius en gestation, j'avais interdit toute manipulation génétique sur le virus ou sur l'anticorps. Étienne était parfaitement d'accord avec cette décision, et je m'étonne qu'il ait changé d'opinion sans nous en informer. Ce n'est certes pas une manière de collaborer.

Étienne remarqua:

– Paul! Je suis désolé. Mais il n'est pas simple d'obéir à deux maîtres.

Là-dessus, il se leva et se retira.

Laurent Dolbec, pris de court par cette désertion, leva la réunion et la reporta en après-midi.

Paul n'avait pas quitté Étienne des yeux un seul instant et avait été un peu étonné par sa sortie. Mais il avait bien remarqué aussi son malaise profond au moment où il avait lancé: «... quelqu'un ici n'y aurait pas avantage». Étienne avait pâli.

Paul profita du dîner pour appeler à Toronto un ancien camarade d'université qui devait lui fournir quelques détails au sujet d'une petite enquête dont Paul l'avait chargé. Les résultats que son ami avait obtenus dépassèrent ses espérances, quoique Paul dut bien admettre qu'il ne s'agissait que d'intéressants ouï-dire.

Il apprit qu'Étienne travaillait auparavant au laboratoire de Toronto de la Lorrentz, à une recherche sur un virus aux propriétés obscures. La Lorrentz était engagée dans une recherche bactériologique pour le compte du Pentagone. Ce fut cependant la dernière information qui l'intrigua le plus, sans l'étonner outre mesure: Laurent Dolbec était aussi à Toronto à la même époque.

Bardé de la quasi-certitude de la culpabilité d'Étienne et d'une possible responsabilité de Laurent dans l'affaire Roméo, Paul se présenta à la réunion de l'après-midi avec l'intention bien arrêtée de ne céder à aucun compromis.

Les discussions furent donc âprement menées.

Paul considéra toutes les offres de Dolbec et les arguments d'Étienne avec la plus grande suspicion. Son inquiétude s'accrut quand on déborda du sujet des rôles et responsabilités de chacun, point sur lequel un rapide consensus s'établit, pour s'intéresser à l'avenir du canissimius et à son utilisation future par les différents services de recherches de l'IRGA. Paul intervint aussitôt qu'Étienne montra de l'intérêt pour l'animal.

– Il n'est pas dans l'intérêt du canissimius ni dans celui de l'IRGA, ni dans mes intentions, de céder l'animal pour des recherches expérimentales en laboratoire. Cet être doit bénéficier d'une protection et de soins constants contre toute atteinte pouvant mettre sa santé, son équilibre émotif ou sensitif ou sa vie en danger. Je vous rappelle que c'est le fruit d'une recherche entreprise par l'IRGA avant même votre arrivée, que cette recherche s'est poursuivie, je dirais, malgré votre présence ici et...

– Aboutira, compléta Dolbec, grâce à l'argent que la Lorrentz a déjà investi dans l'élaboration de la petite salle d'isolement parfaitement étanche et dans l'installation de tout l'appareillage que cette grossesse artificielle exige. Vous n'avez pas levé le nez sur les bons soins que nous avons apportés à chacune de vos demandes.

– Cette générosité n'était pas gratuite, mon cher Laurent. Elle servait à merveille les intérêts de la Lorrentz, répliqua Paul sans ménagement.

Laurent Dolbec fit silence. Manifestement, il devenait impérieux pour lui de ne pas perdre la face. Il devait conclure une entente avec l'IRGA avant cinq heures de l'après-midi. Les consignes qu'il avait obtenues plus tôt du siège social confirmaient que sa crédibilité dépendait des résultats de cette négociation. Il connaissait parfaitement les balises qu'on lui avait imposées, et ce n'était pas ce merdeux de Paul Marchand qui allait compromettre tout ce en quoi il avait tant cru. Mais pour ne pas perdre le contrôle d'une situation qui lui échappait déjà trop, il décida de ne plus tomber tête baissée dans les pièges que lui tendait Paul sans aucune élégance.

– Vous avez raison, Paul. Nous avons mutuellement intérêt à préserver à tout prix la vie et la santé du canissimius. Cet animal représente pour la science un véritable miracle, et nous savons que le ciel, en cette matière, n'est pas trop généreux. Aussi, je crois qu'il est essentiel que notre petit ami reçoive les soins constants d'une personne qui sera toute dévouée à son plein développement et à l'équipe qui l'a mise au monde, laquelle, par ce fait, mérite de s'en occuper en tout temps. Personne ici ne conteste la propriété de l'IRGA sur le canissimius.

Sans perdre sa méfiance, Paul consentit, à la suite de ce renoncement fait d'aussi bonne grâce, à quelques relâchements dans ses exigences. Si bien qu'on en vint à une entente s'appuyant sur quatre compromis.

Le canissimius serait sous la responsabilité totale de l'équipe de l'IRGA, sans droit de regard direct de la Lorrentz. Paul se voyait confirmer des droits d'ombudsman sur la créature.

L'IRGA consentait, à l'intérieur d'un horaire bien défini, à prêter la bête à des fins d'observation en laboratoire. Ces expériences seraient faites en présence de Francis.

Paul ou Francis auraient en tout temps le droit d'interdire ou d'interrompre une expérience en cours. Toute recherche envisagée sur le canissimius devait obtenir l'autorisation de Paul.

Toutes les expériences en laboratoire seraient conduites par Étienne et son équipe et excluaient toute forme de manipulations génétiques ou utilisation de médicaments, drogues ou interventions chirurgicales de quelque nature.

Quelques jours plus tard, vaincue par l'ennui, la vieille Toddy mourut à son tour. Francis et Luce se sentirent anéantis par cette nouvelle épreuve.

Paul fut aussi marqué par la disparition de Toddy, mais pas de la même façon. Ce soir-là, il accompagna ses deux amis afin de reformer le trio que ce double abandon avait ébranlé, mais il ne ressentit pas le même vide.

Brisée par la douleur, Luce demanda à Paul de ne pas la laisser dormir seule. Il accepta. Mais quand ils furent sous les couvertures, bien au chaud, Luce se déroba aux caresses de l'homme, succombant à un sommeil lourd qu'il refusa de contrarier.

Il passa une longue heure penché sur le corps de cette femme, et c'est à ce moment que le poids de l'abandon se fit sentir. Des larmes jaillirent de ses yeux à l'idée de perdre Luce. Sans raison, il la vit morte sur ce lit et un long frisson l'agita. La solitude l'étranglait.

Le téléphone le surprit en plein sommeil, quelques heures plus tard, alors que la barre du jour pointait sous un ciel brumeux. La pénombre noircissait encore la chambre. Une voix de femme courait au bout du fil. Paul dut obliger Camille à répéter son message par trois fois avant qu'il ne trouve un sens à son emportement.

– Ne bougez pas, j'arrive ! ajouta-t-il avant de raccrocher. D'instinct, il composa le numéro de Francis. Au bout de six coups, celui-ci répondit enfin.

– Francis ! Réveille-toi ! Saute dans ton pantalon et file à l'IRGA. Je t'y attends.

Il raccrocha aussitôt. Il laissa errer son regard dans la pièce. Il n'aurait pas le temps de prendre une douche. Ses yeux s'arrêtèrent sur le corps à moitié découvert de Luce. Ce corps blanc semblait plus fragile encore. Luce n'avait même pas réagi à la sonnerie du téléphone. Paul hésita à la réveiller. Puis il s'y résolut. Après tout, ç'avait d'abord été son idée. C'était en quelque sorte son enfant.

– Luce ! Luce ! Réveille-toi ! Le canissimius montre des signes d'impatience ! Nous devons nous rendre à l'IRGA ! Allons ! Faut se lever !

Luce se tourna paresseusement et ouvrit les yeux.

– Qu'est-ce qu'il y a ? bâilla-t-elle.

– C'est le canissimius ! Je crois que ça ne va pas tarder maintenant.

– Qu'est-ce qui ne va pas tarder ?

– Il va naître ! Luce, ton rêve va bientôt prendre forme. Je veux que tu m'assistes pour la naissance du canissimius.

– Paul, une autre fois, veux-tu ? Aujourd'hui, rien de vivant ne saurait sortir de moi.

Elle plaqua l'oreiller sur sa tête puis s'abandonna au sommeil. Paul finit de s'habiller, déçu de n'être pas accompagné de Luce. Les dernières paroles qu'elle avait lancées avant de se rendormir l'avaient troublé, comme si elles étaient prémonitoires.

Vingt minutes plus tard, Paul était au laboratoire, où l'attendait Camille au bord de l'égarement. Elle ne savait trop quoi faire.

– Appelez Lyne et Robert ! Avertissez aussi Étienne, nous aurons peut-être besoin de ses services. Et puis calmez-vous ! C'est vous qui allez m'assister pour l'accouchement.

La jeune femme eut un long frisson. Paul s'approcha d'elle, et lui massa le cou affectueusement.

– Allons, calmez-vous, Camille ! Tout va très bien se passer !

– Je croyais que c'était Luce qui devait vous...

– Elle en est incapable, trancha Paul avec amertume.

– Je ne sais pas si je pourrai, docteur ! Je suis épuisée...

– Et pourtant vous le ferez, et tout se passera bien. Nous avons répété plus de vingt fois le protocole. Les gestes à poser, vous les connaissez par cœur. Il ne s'agit finalement que d'un accouchement. J'ai une totale confiance en vous. Allez téléphoner et prenez quelques heures de repos. L'intervention n'aura pas lieu avant la fin de l'avant-midi. Nous n'en sommes qu'aux premières contractions.

Quelques minutes plus tard, Francis arrivait; il trouva son ami installé à l'ordinateur en train de régler l'arrivée d'oxygène et de contrôler le niveau du liquide intra-utérin.

Sur l'écran, une masse diffuse se contorsionnait, allumant sur le panneau lumineux de nombreux clignotants, qui semblaient indiquer un affolement du système.

– Francis ! Heureusement, te voilà ! Je vais avoir besoin de ton aide. J'ai renvoyé Camille, elle était épuisée.

– Il a l'air énergique, notre petit ami !

– Oui ! Pour l'instant, j'ai besoin de vérifier l'état du cœur, du cortex, des poumons, de l'estomac. Je veux une analyse sanguine et des échantillons de l'endoderme et de l'épiderme. Je veux connaître aussi toutes les autres données physiologiques: la teneur en sodium et en potassium des...

– Paul, ça va ! Arrête de t'énerver ! Va prendre un café et laisse-moi travailler. Je te sors toutes les informations d'ici vingt minutes. Où est Luce ? J'aurais besoin d'elle pour vérifier certaines gestuelles de l'intervention et chronométrer l'ensemble. Je vais...

Francis regarda Paul qui n'avait pas bougé.

– Elle n'est pas là ? grommela-t-il. Alors, ça va ! Si c'est Camille qui intervient, on sait où on va. C'est quand même dommage ! ne put-il s'empêcher d'ajouter tout en commençant à pianoter sur son appareil.

Étienne et Robert étaient à vérifier les contenants d'oxygène et les robinets qui contrôlaient l'arrivée des liquides dans le placenta. Francis et Lyne examinaient le graphique qui venait d'apparaître à l'écran et qui simulait la configuration des poumons. Tout semblait normal et Francis put rassurer Paul.

Il était onze heures quarante-cinq quand l'accouchement proprement dit commença. Paul et Camille revêtirent leurs scaphandres et s'approchèrent de la grosse boule de vinyle à l'intérieur de laquelle s'animait un corps impatient. Pour calmer la bête, Camille caressa doucement l'enveloppe extérieure. On profita de cette accalmie pour retirer lentement l'eau du placenta, pendant que l'oxygène la remplaçait.

Bientôt, Paul et Camille purent admirer un animal mesurant à peine plus de trente centimètres, poilu et couvert de mucus, qui reposait au fond du bassin. Ils furent vite tirés de leur contemplation par les gestes désespérés de Francis. Le signal lumineux réglant la respiration de l'animal clignotait sur le tableau de bord. Il fallait agir vite. Manifestement, des sécrétions engorgeaient les voies respiratoires.

Tout le personnel de l'IRGA, secrétaires et Dolbec inclus, regardaient à travers la grande vitrine derrière laquelle s'activaient Camille et Paul. Seul un mouvement perturba le calme: Luce venait d'arriver et s'était taillé une place auprès de Francis. On n'entendait plus que les ordres de Paul et les bruits d'instruments qu'on manipulait avec détermination; les gestes étaient exécutés avec une grande rapidité mais sans précipitation.

On entendit un grincement au moment où Camille trancha la membrane avec son scalpel. Paul introduisit ses bras dans la bulle, saisit la petite chose inerte et la souleva pendant que Camille coupait le cordon ombilical. Paul renversa la bête et lui tapota les fesses en lui dégageant la gueule et les narines.

Il n'y eut aucune réaction chez le canissimius.

Tout le monde retenait son souffle. Francis avait cessé de s'intéresser à ce que racontait son ordinateur et s'était cloué le visage à la vitre. Luce lui tenait fermement le bras, entrant ses ongles dans la chair. On entendit un petit cri plus proche de la plainte que du pleur. Puis, l'animal s'agita en lançant des cris à mi-chemin entre ceux des chiots et ceux des singes. Étienne émit ce qui allait donner un nom au son bizarre qu'on entendait pour la première fois.

– Il criboie ! Mon Dieu ! Il criboie ! Il est vivant !

Alors fusèrent de partout des cris de joie; tous s'embrassèrent et se congratulèrent pour le succès auquel on venait d'assister.

Luce regarda Camille qui s'appliquait à laver le nouveau-né pendant que Paul procédait aux tests kinesthésiques d'usage. Jamais elle ne s'était sentie si inutile. Le dépit envahit son cœur. C'est elle qui aurait dû être aux côtés de Paul pour remplir cette tâche. C'est elle qui avait eu en premier l'idée de ce croisement, qui en avait convaincu Francis. C'est ensemble que, Francis et elle, à l'abri de la curiosité corrosive de Paul, avaient procédé à l'épissage des chaînons et à leur suture grâce à l'action de la polymirase conjuguée à celle, plus spécifique, des ligases. Paul souriait et regardait avec gratitude cette jeune pimbêche de Camille qui lui avait ravi sa place. C'est elle, Luce Pelletier, qui aurait mérité de savourer cette victoire. Elle fut détournée de ses pensées par la voix de Francis qui claironna dans le micro.

– Pas de problème, Paul ?

Celui-ci lui lança un petit signe de contentement.

– Non, aucun ! Les réflexes semblent indiquer un état de santé satisfaisant.

Il jeta alors un coup d'œil vers la vitre comme s'il y cherchait quelqu'un.

– Luce ? Approche-toi. Je veux que tu sois la première à admirer ton œuvre. Il est superbe. Regarde !

Camille s'était avancée, tenant dans ses bras le petit chienpanzé qui s'était endormi. Luce s'approcha, regarda un instant l'animal, puis remarqua les yeux de Paul qui semblaient lui dire tant de choses, lui faire tant de reproches aussi, croyait-elle.

Ce n'est pas la généticienne que cet homme regardait, mais la mère. Et cela, Luce ne put le supporter. Une petite phrase roula dans sa gorge, une phrase terrible qu'elle se souvenait d'avoir prononcée : « Rien de vivant ne saurait sortir de moi ».

Alors elle retourna se coucher.

Chapitre 16

Trois semaines s'étaient écoulées depuis la naissance du canissimius, qu'on avait baptisé Canus.

Le petit animal avait pris de la vigueur et l'incubateur se révéla rapidement inutile. Son évolution physique était sensiblement plus rapide que celle des chiens et des singes. Il avait doublé son poids et ajouté douze centimètres à sa longueur.

Il criboyait sans cesse, courait déjà, grimpait partout avec une agilité déconcertante. Le moindre bruit attirait son attention, l'objet le plus simple le faisait réagir captant son attention de longs moments.

Mais, plus que tout, ce qui caractérisait cet être, c'était sa douceur, ses manifestations constantes d'affection et la recherche de caresses qu'il ne cessait de mendier. Il enfouissait sa tête dans le cou de Paul, de Francis ou de Camille et se laissait bercer sans se lasser.

Canus ressemblait à ces oursons de peluche qu'on adore cajoler. Il avait un crâne de singe où saillaient de petites oreilles et un museau de bergers allemands. Ses grands yeux ronds et enjoués roulaient sous les arcades proéminentes des anthropoïdes.

Son corps avait la rondeur des chiots et se terminait par une petite queue toujours en mouvement. Son poil était encore duveté, mais il était dru comme celui des bergers allemands. Ses membres étaient cependant plus longs que ceux des chiens et ses doigts souples étaient semblables à ceux des chimpanzés. L'équilibre des traits, la douceur du regard et l'allure générale du tronc et des membres lui donnaient une certaine grâce malhabile quand il marchait en dandinant son petit derrière.

Il avait vite pris conscience des avantages que lui conféraient ses mains agiles et s'en servait allégrement pour grimper, saisir ou accrocher ce qui était à sa portée.

Il devint vite évident que l'espace aseptisé réservé aux ébats de Canus était insuffisant. Il fallait aménager des lieux plus adéquats.

Après une courte rencontre qui eut lieu quelques jours plus tard, on décida de préparer le gymnase et de rénover les laboratoires. Pendant plusieurs jours, toutes les énergies servirent à répertorier les appareils et instruments, et à planifier les diverses étapes des travaux.

On décida aussi, maintenant que la viabilité du canissimius était assurée, que plus rien ne s'opposait à ce qu'Étienne et Francis reprennent leurs expériences sur le virus. Pour ce faire, Laurent Dolbec ne lésina pas sur les sommes à investir. Il délégua Étienne auprès des grandes entreprises afin d'obtenir pour les laboratoires les instruments les plus sophistiqués.

Pendant que Paul assurait avec Robert, Lyne et Camille une permanence auprès de Canus, Luce et Francis négociaient l'acquisition du matériel nécessaire à l'aménagement du milieu de l'animal. Le travail le plus harassant fut de convaincre l'architecte engagé par la Lorrentz de s'en tenir aux plans établis par Paul et Francis. Ce jeune homme aux idées farfelues avait imaginé un décor hollywoodien ultramoderne, aux lignes et aux couleurs audacieuses, aux éclairages luminescents. Francis s'acharna à lui expliquer leurs exigences et dut se résoudre à lui flanquer sous le nez les vieux plans d'une maison aux lignes sobres et conventionnelles; il exigea que ces plans soient respectés. Outré, l'architecte refusa de dilapider son génie dans des « singeries » pareilles.

— Ce qu'il vous faut, monsieur, c'est un fabricant de décors en carton-pâte.

Et il avait ramassé ses dessins, ses instruments, son long foulard et avait quitté les lieux, l'air indigné.

L'idée ne déplut pas à Francis, qui se constitua une équipe de décorateurs de théâtre. Il posa ses exigences, fit visiter les lieux. En trois jours, l'accord était conclu et les trois hommes s'attelaient à la tâche qui consistait à donner vie à ce lieu sinistre, selon des plans qui cherchaient à se rapprocher de la réalité.

Par ailleurs, Francis s'assura les services d'une équipe habituée aux travaux d'isolation. Tel que prévu, ces derniers exigèrent plus de huit cent mille dollars pour les rénovations.

À plusieurs reprises, durant les deux semaines qui suivirent, Francis visita les ateliers où se montaient les décors afin de s'assurer qu'on respectait bien l'idée générale. Et chaque fois, il en revenait ravi.

Luce avait réservé les services d'un dresseur de singes. Elle se fit accompagner aux leçons par Paul, qui se substitua bientôt à elle. Luce manifestait de moins en moins d'intérêt pour le programme CANISSIMIUS. Malgré les invitations répétées de Paul, jamais elle ne visitait le laboratoire où Camille et Robert animaient des activités de dressage auxquelles Canus répondait avec enthousiasme et talent.

L'animal manifestait une grande concentration et retenait dans les moindres détails des exercices complexes. Très tôt il fut propre, apprit à utiliser une cuillère, puis une fourchette. Il lui fut facile de tirer la chasse d'eau, d'ouvrir et de fermer l'interrupteur. Il faisait tous ces apprentissages par instinct, aurait-on dit, et sa grande curiosité permettait de croire que les limites de sa connaissance dépasseraient sans doute celles enregistrées chez les anthropoïdes. Cela fit dire à Lyne, un jour qu'elle lui montrait à lancer un ballon sur une cible :

– Mon Dieu ! Avons-nous créé le chaînon manquant ?

Paul rigola, mais ne put s'empêcher d'admirer le regard intelligent de cet animal sympathique qui savait mimer chacun de ses gestes avec une précision qui frôlait la caricature. En peu de temps, Paul s'était attaché à Canus qui lui rendait chacune de ses attentions par des marques exubérantes d'affection. La seule personne que craignait le chienpanzé, c'était Luce qui jamais ne lui témoignait la moindre sympathie. Entre eux s'était établi un lien purement professionnel, et l'un comme l'autre appréciaient les moments de séparation.

Au milieu d'un souper avec Paul, Luce lui confia son désespoir d'avoir eu, un jour, l'inspiration de donner vie à un animal aussi grotesque que déplaisant. Alors que Paul cherchait à la convaincre de la gentillesse de Canus, elle s'en offusqua. Le souper au *Cassoulet* se termina dans des éclats de voix. La jeune femme laissa Paul médusé devant une assiette à peine entamée.

Chapitre 17

Des camions à benne étaient garés à l'entrée ouest du gymnase et une équipe sanitaire de la ville finissait d'y enfouir les carcasses rouillées et démantelées des tables, casiers, chaises et tableaux qui encombraient les lieux depuis tant d'années.

Les portes nord et sud étaient ouvertes afin de permettre une clarté minimale en ces lieux sombres. Pour accélérer le chargement, on avait fait entrer un bulldozer dont la pelle ramassait des monceaux de livres et de déchets de toutes sortes qui pourrissaient partout. On avait passé la nuit à vider les lieux, et maintenant, on en était aux hangars des laboratoires. Des déménageurs transportaient des pans entiers de murets, des comptoirs et des boîtes de néons qu'une équipe d'électriciens avait décrochés la veille. Francis et quelques membres de la Lorrentz avaient veillé toute la nuit, s'assurant que le travail s'effectuait rondement, que chaque chose devant être transportée l'était promptement.

Le matin, Paul et Étienne prirent la relève. Lyne et Robert veillaient sur Canus, cachés derrière les tentures baissées du local afin de tenir la bête à l'abri de la curiosité de ces rustres. Vers dix heures trente, le gymnase fut complètement vidé. Deux immenses camions à remorque s'étaient alors installés à la porte nord et déchargeaient les éléments du décor.

L'équipe d'isolation était déjà à l'œuvre pendant qu'on terminait le transfert des vieux équipements dans un dernier camion encore garé à l'entrée ouest. À la porte sud, deux camionnettes s'étaient avancées jusqu'au seuil et des techniciens d'une firme électronique faisaient l'aller et retour depuis les laboratoires, y déposant de grosses caisses. Il y avait sur le parquet du gymnase un va-et-vient incessant de mobilier à déménager, de boîtes à décharger et de panneaux à descendre. Tout cela se faisait efficacement.

Isolé dans un coin sombre, Paul faisait le guet avec une attention particulière depuis qu'il avait vu un de ces jeunes écervelés de déménageurs, transporter sans aucune précaution ses précieux spécimens végétaux qu'il s'apprêtait à lancer au fond du camion. Il avait dû courir pour intercepter, au dernier moment, le pot qui allait prendre son envol.

– Qui vous a dit de jeter ces plantes ? hurla Paul, au milieu d'un tumulte de coups de marteaux, d'outils mécaniques, de rires et de portes qu'on claquait.

– Ben, c'est lui, là-bas, fit le jeune homme en désignant Étienne qui surveillait le débarquement de son matériel.

– Le salaud! marmonna Paul. Transportez toutes les plantes dans ce coin en y faisant bien attention ! Ce sont des espèces très rares.

À la porte nord, près des remorques où se faisait le transbordement des éléments de décor, un camion se présenta avec une étrange cargaison. Un homme en descendit, entra dans le gymnase. Il cherchait quelqu'un. Paul le rejoignit. Une petite discussion les occupa, puis le camionneur regagna son véhicule et fit signe à son compagnon assis dans la cabine. Ils placèrent, à un endroit déterminé par Paul, de grands pans de verre légèrement fumé, puis des montants d'aluminium.

Quand les deux hommes eurent terminé leur déchargement, le long d'un mur déjà isolé, le conducteur qui avait abordé Paul retourna près de lui, une facture à la main afin qu'il y appose la signature réglementaire.

Paul lui indiqua qu'il n'avait pas l'autorité pour ce faire et envoya l'homme auprès d'Étienne. Ce dernier lut le document, consulta la liste du matériel commandé pour voir où figurait l'article associé à un prix qu'il jugeait exorbitant; il ne trouva nulle part la mention de l'achat d'une serre isothermique. Une discussion s'engagea entre les deux hommes et le conducteur pointa le doigt vers Paul qui, tout souriant, n'avait rien manqué de la scène. D'un pas ferme, Étienne s'approcha de ce dernier.

– C'est vous qui avez commandé cela ?

– Oui !

– Mais, Paul, personne n'a autorisé cet achat. Je ne peux pas…

– Allons, mon vieux ! Faut pas en faire une jaunisse. On n'en est plus à trente-cinq mille dollars près !

Il tapota l'épaule d'Étienne, qui reçut cette marque d'attention comme une gifle. Paul s'éloigna. Étienne signa la feuille sans quitter Paul des yeux. Ce dernier inspectait maintenant la haie de cèdres artificielle que les décorateurs venaient d'installer dans un coin. L'effet était d'un naturel remarquable.

Au passage, le camionneur remit à Paul une copie de la facture où figurait la signature d'Étienne. Prestement, Paul vérifia celle-ci, puis un sourire éloquent parcourut son visage. Le benêt venait de lui fournir la preuve qui lui manquait. Tout de suite il fourra le feuillet dans sa poche et décocha un regard vindicatif au rondelet personnage qui s'éloignait à son tour vers la porte sud, où se poursuivait le déchargement du matériel de laboratoire.

À la porte ouest, pendant ce temps, à l'insu de tous, un petit congélateur était embarqué sans ménagement. On le poussa rudement au fond de la benne. La porte s'ouvrit, une vingtaine de fioles tombèrent et se fracassèrent sur des débris de métal qui jonchaient le plancher du gros camion à ordures.

Discrètement, Paul avait rejoint son bureau et refermé la porte derrière lui. Il tira de sa poche le reçu de livraison sur lequel apparaissait une signature qu'il était certain d'avoir reconnue.

Il ouvrit un tiroir de son classeur, saisit une chemise inscrite au nom de Roméo. Ses doigts tournèrent nerveusement les pages en tous sens. Il tira le dossier Éloïse, se soumit au même exercice et recommença plus furieusement encore avec celui de Toddy. Il chercha partout, vérifia chaque dossier, fouilla dans ses tiroirs, renversa la poubelle examinant chaque morceau de papier qu'elle contenait, défroissant des feuillets, recollant des bouts de fiches. Sa voix émettait des jurons chaque fois qu'une nouvelle perquisition se révélait vaine. Une colère sourde s'insinuait en lui à mesure que se précisait une douloureuse certitude : on avait éliminé du dossier Roméo la fiche coupable.

Trois jours plus tard, à la fin de l'après-midi, l'aménagement des laboratoires et du centre environnemental intégré était achevé. Paul n'était pas d'humeur facile et Étienne l'évitait comme la peste, par réflexe.

Bien sûr, Dolbec percevait les tensions entre les deux hommes. Il avait demandé des explications à Paul, qui lui avait simplement affirmé qu'il était certain, sans en posséder la preuve formelle, qu'Étienne s'était rendu coupable d'irrégularités envers l'IRGA. Il exigea le renvoi de ce dernier, mais

Laurent refusa net après que Paul eut repoussé l'idée de lui divulguer la teneur exacte des accusations qu'il portait contre un savant de la trempe d'Étienne Pakazian.

– C'est un homme qui a toujours bien servi l'entreprise qui l'emploie, renchérit Dolbec.

– Oui, se moqua Paul. Et avec quel bel enthousiasme !

Sur ces mots, il se retira en claquant la porte. Le visage de Laurent Dolbec reflétait une vive inquiétude. Il composa un numéro de téléphone.

Paul se promenait dans le centre environnemental en compagnie de Luce et Francis, ajustant les détails afin que tout soit parfait. Éblouie par les résultats, Luce ne tarissait pas d'éloges à l'endroit des artisans qui avaient prêté leur talent à l'exécution d'un tel chef-d'œuvre. Tout avait l'apparence recherchée.

Le sous-bois et l'arbre immense qui couvraient tout le côté ouest du lieu étaient fabriqués dans un matériau solide qui présentait un aspect naturel. La pelouse synthétique, les blocs rocheux et la source d'eau qui cavalait jusqu'aux abords du lac se perdaient dans un décor au réalisme saisissant. Le chalet offrait tout le confort souhaité et les lieux étaient propices à une observation efficace. La grande chambre du premier, aménagée en laboratoire expérimental, contenait l'appareillage audiovisuel le plus sophistiqué qui soit. Des vitres opaques à champ visuel en une seule direction permettaient l'accès à la chambre de Canus, située juste à côté, et aux salons du rez-de-chaussée. Des caméras télécommandées, dissimulées un peu partout, surveillaient le moindre recoin du milieu environnemental.

– C'est fantastique ! fit Luce après qu'on eut sous ses yeux actionné le mécanisme d'éclairage reproduisant la lumière du jour et de la nuit.

On avait poussé le raffinement jusqu'à programmer des effets d'ennuagement, de fins brouillards, de crépuscules somptueux et d'aubes rafraîchissantes. On avait complètement refait le plafond pour y accrocher un long voile opaque où l'on pouvait, par un jeu savant de projection, y créer des nuages, un ciel étoilé, une lune rutilante ou encore un soleil sombre ou resplendissant. Tout rendait parfaitement l'illusion de la nature.

Paul avait hésité à mettre Luce au courant de la disparition de la fiche du dossier de Roméo. Il avait finalement pris le parti de ne rien lui révéler. Il adopta la même attitude à l'égard de Francis. Pour l'instant, il ne voyait pas l'avantage de distraire ses collaborateurs de leurs tâches. Tant qu'il n'aurait pas de preuve pour étayer son accusation, il était forcé de se taire. La présence de Francis auprès d'Étienne le rassurait car elle lui permettait de croire que le moindre faux pas de ce dernier serait vite découragé par la vigilance de son ami. Il put alors s'abandonner corps et âme à la satisfaction et à l'émerveillement.

— C'est parfait, conclut-il en prenant Luce par les épaules, qui, finement, se dégagea.

— Tu sais que je n'aime pas quand tu me serres trop fort. Ça me fait des bleus.

Paul regarda Luce qui s'éloignait. Il avait remarqué en effet quelques ecchymoses sur l'avant-bras de la jeune femme.

Les derniers jours de septembre avaient fondu dans la grisaille. La pluie et la bruine froide léchaient la ville depuis près d'une semaine.

Luce paraissait de plus en plus distraite. Son regard glissait sur chaque dossier, où elle ne relevait rien qui puisse attirer son attention. Ses errances solitaires dans des parcs abandonnés ou dans des rues désertes, la nuit comme le jour, ne la captivaient plus.

Tous se rendaient compte que quelque chose n'allait plus chez Luce, et Paul surtout en était conscient. Il l'avait forcée à l'accompagner une fin de semaine à Orford et avait cherché à la convaincre de prendre quelques semaines de vacances dans le Sud.

— Ça te ferait le plus grand bien !

— Je n'ai nul besoin de vacances ! lui avait-elle rétorqué avec aplomb.

— Tu vas de moins en moins bien, Luce ! Tu devrais consulter un médecin. Je t'assure que ton état de santé m'inquiète. Et ça n'inquiète pas que moi. Francis et Laurent m'en ont glissé un mot pas plus tard qu'hier !

— Je n'ai pas besoin de médecin !

— Alors va voir un psychologue... Tu as besoin d'aide.

– C'est ça, avait hurlé la jeune femme. Dis tout de suite que je suis folle! Ça te brûle les lèvres! Oh! je vois très bien où tu veux en venir. Non content de m'avoir exclue de tous les programmes de recherche, tu voudrais bien, maintenant, te débarrasser de moi?

– Mais où vas-tu chercher des idées pareilles? Qu'est-ce qui te prend?

– Ce ne sont pas des idées, et tu le sais très bien! Je vois parfaitement bien ton manège. Tu es jaloux de mes succès. Tu as voulu t'emparer de ma création. Tu t'es empressé de me faire remplacer par Camille lors de la naissance de cette affreuse bestiole pour en retirer tout le mérite. Tu n'as jamais toléré que je réussisse mieux que toi. Tu aurais voulu que je t'épouse pour me faire pondre plein d'enfants et m'obliger à me consacrer aux couches et aux biberons. Ça n'a pas marché, alors tu es prêt à me faire passer pour folle. Ça serait commode. Comme ça, tu pourrais agir à ta guise. Tu cherches à détruire tout ce qui te dépasse. Tu n'as pas hésité un seul instant à noircir la réputation d'Étienne dernièrement. Tu te ridiculises simplement parce que tu as peur de son génie. Avec Francis, c'est facile, il a toujours gobé ce que tu lui disais. Je me demande même s'il n'est pas amoureux de toi. Vous feriez une belle paire.

Luce était déchaînée. Des grimaces affreuses ravinaient son visage décoloré. Son corps tremblait et des sueurs perlaient à son front. Ses mains glacées balayaient l'espace en mouvements syncopés et elle respirait avec peine. Affolé par le délire de Luce, Paul essaya de s'approcher, mais celle-ci se cabra, menaçante.

– Ne me touche pas! Ne me touche jamais plus! Vous voulez vous débarrasser de moi. Eh bien, mon petit garçon, il faudra trouver une autre solution. Je suis la directrice de l'IRGA et tu n'es que le directeur de la recherche.

Lentement, Paul s'approcha par-derrière sans que Luce ne s'en rende compte tellement les larmes lui avaient brouillé la vue. Il passa ses bras autour de ses épaules avec une douceur infinie. Serrés l'un sur l'autre, pleurant tous les deux, ils s'animèrent en une valse pitoyable. Inlassablement, Paul lui répétait:

«Je t'aime, Luce. Je t'aime! Calme-toi! Personne ne te veut de mal» pendant qu'elle se frappait le ventre en hurlant: «Rien de vivant ne sortira de ce ventre. Tu m'entends! Jamais! Jamais!»

Engourdie par l'étreinte de l'homme, peu à peu elle se détendit, s'assoupit finalement, à bout de forces, le corps ruisselant, les cheveux en broussaille.

Cette nuit-là, Paul pleura et ne trouva le sommeil qu'une fois parvenu au bout de ses larmes.

Quand Luce s'éveilla, au matin, un soleil resplendissant renouait avec le ciel. Elle alla se promener quelques minutes sur le bord du lac, où Paul la rejoignit. La jeune femme semblait parfaitement détendue et son visage exhalait un bonheur qui tranchait avec son état de la veille.

– Tout est si paisible ici, Paul! On se sent à l'abri. Regarde ces couleurs peintes par la nature sur le flanc des montagnes et dans les forêts alentour. L'automne est vraiment une saison remarquable. L'air n'a plus le même parfum; on le dirait chargé des odeurs de l'abondance. Tu ne trouves pas?

Elle s'approcha de lui et lui prit la main.

– Qu'as-tu, Paul? On dirait que tu as vu le bonhomme Sept-Heures!

– Tu vas bien, Luce?

– Pourquoi n'irais-je pas bien? Personne ne peut être maussade par une si belle matinée... sauf toi, peut-être? Tu sembles préoccupé. Tu as mal dormi, on dirait.

Paul avait posé ses yeux rougis sur le visage étonnamment doux de Luce.

– Je vais bien, murmura-t-il. Mais hier soir, c'était si terrible... Tu étais si...

– Oublions cette nuit, Paul. J'avais sans doute besoin de me défouler. Allons, je te pardonne. Et tu me pardonnes aussi?

Son regard enjolivé par un air puéril fit perdre à Paul ses dernières craintes et le conquit. Il se pelotonna contre son amante longuement, heureux que les orages terribles de la veille se soient dissipés. Dans cette position, il ne put voir le visage de Luce qui cherchait désespérément à se rappeler ce qui s'était passé de si alarmant durant la nuit. Tout souvenir de ces heures s'était dissipé. Elle se convainquit de l'idée de consulter un médecin: elle avait grand besoin d'un fortifiant. Ce midi-là, au restaurant, elle commanda du poisson.

– C'est bon pour la mémoire, ricana-t-elle.

Chapitre 18

La semaine qui suivit fut très occupée. Après avoir établi le plan d'intervention auprès de Canus et réglé l'horaire, Paul et Francis s'étaient mis à la tâche d'éduquer en douceur le petit animal. Ils procédèrent à divers exercices spatiaux impliquant des trajectoires où se dressaient plusieurs obstacles. Ils furent réussis dès les premiers essais, et répétés six fois avec le même succès, malgré les pièges que Paul avait dressés, histoire de vérifier la capacité d'adaptation de Canus.

Celui-ci réagissait parfaitement bien à son nouvel environnement et semblait en tirer un plaisir grandissant. On l'entendait parfois grogner ou crier alors qu'il était accroché à l'une des branches de l'arbre ou au pneu qu'on avait suspendu à celui-ci.

En moins d'un mois de dressage, Canus était en mesure d'aller aux toilettes seul, de manger proprement, d'aligner une série de cinq éléments dans un ordre précis.

Le jeu de mémoire audiovisuelle effectué à partir du disque musical qu'Éloïse avait mis six mois à assimiler, fut maîtrisé par Canus en moins de trois jours et n'offrait plus, pour l'animal, le moindre attrait.

Paul décida d'enseigner à Canus quelques rudiments du langage des sourds-muets, pour lequel ce dernier manifesta beaucoup d'intérêt. Non sans peine, Canus sut bientôt reproduire des idées simples : eau, toilette, dormir, télévision, dehors, manger, jouer. Lentement, il apprit à faire de petites phrases, ce qui étonna grandement Luce un jour qu'elle se présenta au chalet du centre environnemental avec un dossier pour Paul. Canus l'accueillit avec de petits signes des doigts qu'elle eut du mal à comprendre. Voyant que la bête insistait, elle porta davantage attention et distingua les mots formulés avec difficulté par celui-ci. Elle lui répondit sans enthousiasme :

139

– Luce ! Je m'appelle Luce !

Tout fier, le chienpanzé retourna à son émission de télévision, pendant que Paul recevait la jeune femme que le beau temps du début d'octobre avait semblé revigorer.

Elle lui remit l'épais dossier que lui avait confié Étienne en vue d'obtenir l'autorisation de procéder à des tests viraux sur des animaux. Paul consentit à ce que ces derniers soient examinés, mais il demeura ferme dans sa décision de ne pas accorder cette autorisation avant que certains résultats n'aient été observés sur la structure de ce virus. C'était une façon détournée de remettre aux calendes grecques son autorisation. Il prit le dossier et le lança au fond d'un tiroir.

Paul n'avait toujours pas confiance en Étienne. Déjà, il lui répugnait de lui confier Canus, tous les après-midi, pour qu'il effectue ses tests. Bien sûr, Francis supervisait et même dirigeait les opérations, mais Paul s'inquiétait. Au début, il s'était fait un devoir de se présenter à l'improviste aux séances de laboratoire afin de se rappeler à la mémoire d'Étienne qu'il soupçonnait de manigances, roueries et brigues de toutes sortes. Chaque fois, il négligeait de s'adresser directement à lui et obtenait ses informations de Francis.

Cet après-midi-là, Canus revint épuisé du laboratoire. Francis expliqua cette fatigue inaccoutumée par des tests musculaires qu'on avait fait subir à l'animal.

– Quels tests ? interrogea Paul sans ménagement.

– Des tests sur une bicyclette et dans un escalier.

– Il n'y avait pas de tels tests prévus cette semaine !

– Mais bien sûr. Tu les as toi-même autorisés.

– Et moi, je te dis qu'ils n'étaient pas prévus au programme. Tiens, regarde cette feuille ! Mercredi... Tiens, ici... lis ! Il n'y a aucun test aérobique d'inscrit. Alors pourquoi les as-tu acceptés ? Regarde dans quel état tu me ramènes Canus ! Tu sais lire, bon Dieu !

– Paul, je t'en prie, change de ton avec moi. Je ne suis pas ton employé, ni un de tes élèves. Alors n'exagère pas. J'en ai marre de tes conflits avec Étienne ! Lis-la toi-même, cette maudite feuille, et tu te rendras compte que c'est le protocole de la semaine dernière ! Cela dit, il faudra mieux doser ce genre d'interventions; Canus ne les supporte pas. Maintenant, j'en ai assez ! Je suis éreinté, je rentre. Et je te conseille d'en faire autant. Tu n'es plus du monde.

Tout le temps que dura la tirade, Paul lut et relut les dates qui apparaissaient dans le document et dut convenir que son ami avait raison. Il marmonna quelques plates excuses et proposa à Francis d'aller prendre un verre avec lui.

Vaincu par ce retournement de situation, ce dernier accepta.

Paul profita de ce tête-à-tête avec son ami pour lui proposer une expérience qu'il projetait pour le lendemain avec Canus.

— Paul! Tu es tombé sur la tête!

— Pas du tout, Francis! Pas du tout! Nous allons profiter du fait que demain, c'est relâche au laboratoire pour soumettre notre protégé à ce test. Et j'aimerais que Luce y assiste aussi. Je suis persuadé que Canus peut réussir.

— Paul, tu sais très bien que ce genre d'apprentissage exige un niveau d'intelligence qui ne lui est pas accessible.

— Mais, Francis, les capacités intellectuelles de Canus sont nettement supérieures à celles des singes. Depuis le début, cet animal manifeste une rapidité d'apprentissage exceptionnelle.

— C'est aller bien au-delà de ses possibilités. Aucun animal ne peut parvenir à un degré de symbolisation assez grand pour décoder le langage écrit. C'est impossible! Farfelu! Ridicule!

— Il reconnaît déjà mon nom à partir de sa configuration graphique.

— Oui, mais sans intermédiaire! Par appariement direct. Ce n'est pas de la lecture, c'est purement une récognition d'objet. Il distingue ton nom du mien, comme il différencie la banane de l'orange. Sans plus! Ce que tu lui proposes de faire demain, c'est d'effectuer une opération symbolique de généralisation, mais aucun animal n'est capable d'un tel exploit.

— Tu es prêt à parier?

— Le cognac de demain soir et le souper au restaurant qui le précédera.

— Marché conclu! s'exclama Paul en vidant son verre de schnaps avec contentement. Voilà l'objet qu'il devra me rapporter.

Et il déposa sur la table son bel étui plaqué or que Luce lui avait offert à Noël dernier. Il en sortit une cigarette comme il le faisait à l'occasion afin de renouer avec une vieille habitude que les ans avaient émoussée.

Quand Paul arriva au chalet du centre environnemental, ce matin-là vers dix heures, tout était calme. Camille, qui terminait son quart, lui expliqua que Canus avait passé une nuit paisible et comme toujours avait demandé qu'on allume la télévision pour qu'il ne manque pas son émission préférée : *Les Petits Trains-Trains*, un dessin animé entrecoupé de sketches joués par des marionnettes et donnant toute sortes d'informations aux tout-petits; dans ce magazine à saveur éducative, on traitait entre autres de sécurité et d'habitudes de vie.

Paul laissa Canus à son divertissement et se dirigea vers le salon jouxtant la cuisine pour préparer le matériel nécessaire à son expérience. Il sortit cinq porte-cigarettes de mêmes dimensions mais aux couleurs et aux motifs différents; il y ajouta le sien. Sur chacun de ces objets il accola une étiquette portant, en lettres cursives, six noms, soit : Paul, Pierre, Paule, Pauline, Paulette et Pierrette. Il soigna son écriture. L'exercice consistait à demander à Canus s'il était en mesure de reconnaître le mot Paul écrit en caractères d'imprimerie, d'identifier le même mot formé cette fois dans une écriture cursive.

Francis arriva sur les entrefaites, alla saluer Canus qui était attentif aux commentaires d'une des marionnettes savantes qui s'amusait à répéter une comptine concernant l'usage nocif du tabac. Suivait une pancarte blanche où une cigarette était entourée d'un cercle strié d'un gros X rouge. L'avertissement fut répété une dizaine de fois.

Tu ne fumes fumes pas
Tu ne fumeras pas
Jamais de poison
Dans tes deux poumons

Francis admirait l'attention avec laquelle Canus écoutait l'émission. À un certain moment, il le vit détourner le regard et le poser sur une affiche discrète suspendue au mur. Canus s'anima, criboya en frappant dans ses mains, mimant les gestes que faisait le ballet de marionnettes qui venait de reprendre en chœur les quatre lignes de la comptine. L'animal regarda Francis avec des yeux pétillants de joie et montra l'affiche collée au mur du salon. Francis dut convenir que le chienpanzé avait parfaitement fait le lien entre l'image du téléviseur et celle apposée au mur. Un doute le saisit au moment où il jeta un coup d'œil au contenu de son porte-monnaie : il n'aurait pas assez d'argent pour payer le repas de ce soir si d'aventure ce petit futé avait l'audace... Quelle idée, aussi, de renoncer au plaisir si utile de la carte de crédit ! Il sourit et remit son porte-monnaie dans sa poche.

Il abandonna Canus à son émission et entra dans la salle d'expérimentation où Paul mettait la touche finale au matériel. Il regarda Francis qui n'avait pas cessé de sourire en le voyant manipuler ses objets sur la table.

– Paul, tu perds ton temps avec tout ça !

Paul se moqua des scrupules de son ami. C'est alors que le téléphone retentit. Francis décrocha et demeura silencieux un moment avant de répondre :

– Un instant, Laurent. Je le lui demande... Paul ! Dolbec veut savoir si nous ne pourrions pas nous rendre à son bureau. Il aurait...

– Pas le temps ! trancha Paul d'une voix irritée. Dis-lui que nous préparons une expérience capitale. Ça le calmera !

Francis s'exécuta. Puis, il se tourna vers Paul, la main posée sur l'écouteur.

– Tu ferais mieux de lui parler. Il a entendu ce que tu as dit et il est furieux.

D'un geste impatient, Paul lui arracha l'appareil des mains.

– M. Dolbec ? Je n'ai pas le temps en ce moment. Francis et moi préparons une expérience importante avec Canus... Parfaitement... Je sais très bien ce que j'ai à faire... Remettons cela à cet après-midi... Alors demain... Non ! Je ne reporterai pas cette expérimentation... Bon ! Excusez-moi, je dois raccrocher.

Paul reprit ses activités. Il présenta les feuilles sur lesquelles Francis devait inscrire les résultats obtenus par Canus à chacune des cinq épreuves prévues pour les quatre exercices projetés. Il en était aux explications de base quand le téléphone se fit de nouveau entendre. C'est lui-même qui décrocha cette fois. Luce était à l'appareil.

– Ah ! Luce ! Que fais-tu, pour l'amour du ciel ! Nous allons bientôt commencer. Et je tiens à ce que tu sois présente... Qu'est-ce qu'il y a encore ? Non, je ne peux pas remettre cette expérience... Mais je m'en fous que Dolbec soit dans tous ses états ou qu'il valse sur la tête !

Paul eut un long silence, suivi d'un soupir d'exaspération.

– Très bien ! Nous arrivons, fulmina-t-il en raccrochant.

Paul et Francis entrèrent dans la salle de conférences où Étienne et Luce étaient déjà installés. Laurent les attendait, debout, les mains appuyées sur un fauteuil. Ses lèvres étaient retroussées par un sourire glacial. Francis s'assit près de Luce, Paul préféra rester debout.

– Alors ? Qu'est-ce qu'il y a de si grave ?

La question anima le corps élancé de Laurent qui fit un pas vers la table et déposa sa longue main sur un dossier ouvert.

– J'ai ici un projet soumis par mon adjoint concernant les expériences virales sur des animaux. Êtes-vous au courant de ce dossier, M. Marchand ?

– Luce me l'a apporté, mais je n'ai pas encore eu le temps de l'étudier en détail.

– Le moratoire s'imposait jusqu'à l'arrivée du canissimius. Maintenant qu'il est né et en bonne santé, rien ne s'oppose plus à la reprise des recherches sur les virus. Pourquoi, M. Marchand, n'avez-vous pas donné suite à ce projet ?

– Parce que je n'ai pas eu le temps de l'étudier, répéta Paul d'un ton sec.

– Est-il exact que vous refusez d'y accorder votre autorisation ?

– J'ai confié à Luce les raisons pouvant expliquer un éventuel refus.

– Je les ai exposées à Laurent, intervint la jeune femme en regardant Paul droit dans les yeux.

– Dans ce cas, je ne vois pas la nécessité d'une telle rencontre.

– M. Marchand, j'ai communiqué avec la Lorrentz concernant le sort à accorder à ce projet d'expérimentation. La réponse a été nette. Ils exigent la mise sur pied d'une équipe de recherche dans les plus brefs délais.

– Ils exigent ! clama Paul avec dérision. Son visage était devenu rouge. Il laissa peser sur Luce un regard courroucé.

– Je savais que nous en arriverions là, tôt ou tard. Je te l'avais dit, Luce. Mais tu ne me croyais pas.

– La Lorrentz, continua Laurent sans se préoccuper outre mesure des derniers propos de Paul, met en doute les motifs qui soutiennent ce refus. Elle croit que vos véritables raisons n'ont rien à voir avec la science ou la sécurité.

– Que voulez-vous dire ?

– Simplement que ce refus est motivé par un conflit de personnalités. Pourriez-vous me dire ce que vous reprochez tant à M. Pakazian ?

– Oh ! absolument rien ! ronronna Paul. J'adore Étienne ! Le soir, j'embrasse sa photo avant de me mettre au lit et je fais une prière pour qu'il soit encore vivant le lendemain. Mais il n'est pas question que je laisse cet individu diriger des expériences virales sur des animaux.

Visiblement consterné d'être ainsi pris à partie, Étienne bougea mollement sur son fauteuil. Laurent en profita pour s'asseoir. D'un geste impérieux, il ferma le dossier.

– M. Marchand, je crois que vous comprenez mal la situation. La Lorrentz est très intéressée par cette expérimentation.

– Alors, conclut Paul, elle devra choisir entre le canissimius et le virus, parce qu'il n'est pas question de compromettre la vie de cet animal en l'obligeant à fréquenter des laboratoires où se font des expériences avec un virus mortel sur lequel nous n'avons aucun contrôle.

– La Lorrentz, M. Marchand, n'a aucunement l'intention de se priver ni du canissimius ni des expériences virales.

– Écoutez-moi...

– Non ! c'est vous qui allez m'écouter très attentivement. Vous avez trois semaines pour mettre sur pied un programme de recherches virales animales.

– Sinon ?

– Sinon, la Lorrentz mettra fin à sa collaboration.

Sur ce, Laurent se retira suivi d'Étienne qui semblait ramper tant l'humiliation lui pesait lourdement. Une fois seul, le trio resta longtemps en silence. C'est Francis qui osa parler le premier.

– Eh bien ! il semble que la Lorrentz tienne mordicus à ces expériences sur les animaux.

– Du bluff ! rétorqua Paul. Il n'est pas question de céder à ce chantage.

– Et si ce n'en était pas ? Si la Lorrentz mettait sa menace à exécution ?

Le visage de Paul s'assombrit.

– Alors ils partiront ! Ils veulent prendre le contrôle des recherches, et il n'en est absolument pas question.

– Et comment l'IRGA survivra-t-il ? intervint Luce. Sans apport financier adéquat, et avec cette bestiole sur les bras...

– Canus n'est pas une bestiole, coupa rageusement Paul.

– Très bien ! Canus n'est pas une bestiole. Alors qu'est-ce que c'est ? Qu'est-ce que cet animal représente de si important pour que tu sois prêt à lui sacrifier l'IRGA ?

– Canus est un miracle de la vie ! Voilà ce qu'il est ! Mais je doute que ton petit cerveau puisse comprendre cela. Ça te dépasse !

– Ce qui me dépasse vraiment, c'est ton acharnement à tout démolir. Chaque fois que nous avons trouvé une solution aux problèmes financiers de l'Institut, tu t'y es opposé. Maintenant que l'avenir de l'IRGA semble assuré grâce à une association honorable que tu as toi-même négociée, il faudrait tout envoyer promener, parce que monsieur a des scrupules à produire un programme de recherches virales. Dis-moi, Paul, c'est une manie chez toi ou une simple obsession de foutre le bordel chaque fois que tu ouvres la bouche ? Qu'est-ce que tu veux à la fin ? La mort de l'Institut ? Dis-le franchement ! Parce que, pour l'instant, je ne sais plus quoi faire.

– Oh si ! tu le sais ! Et tu le fais très bien ! Tu sais parfaitement ce que tu veux et je suis persuadé que tu l'obtiendras : un bel institut moderne avec plein de fric et Dolbec dans ton lit.

Luce se leva. Son visage avait blêmi. Elle posa sur Paul un regard déchiré.

– Je crois que Laurent a raison, lança-t-elle, cinglante. Je suis certaine que tu refuses d'accéder à la demande d'Étienne pour des raisons purement personnelles. Tu es devenu amer et intransigeant. Je crois même que tu es dangereux. Tu devrais partir, Paul. Quitte l'IRGA avant qu'il ne te détruise tout à fait.

Elle ramassa ses dossiers. Pendant qu'elle sortait, Paul lui décocha :

– C'est bien ce que tu voudrais, me voir partir ! Alors, il n'y aurait plus personne pour te rappeler tes petites compromissions ! Mais n'y compte pas. J'y suis, j'y reste !

Sa voix se répercuta sur tout l'étage et se brisa sur les murs en éclats cristallins.

Durant l'après-midi, Paul était d'une humeur singulière. Son visage ne témoignait d'aucune émotion, comme si les événements du matin n'avaient laissé sur lui aucune empreinte. Francis avait toujours admiré cette capacité de son ami de mettre sa vie émotive entre parenthèses quand il se laissait emporter par la frénésie du travail de recherche. Mais ce jour-là, son attitude semblait outrancière, elle avait quelque chose de trop stoïque. Un lien s'était brisé en lui, qui rendait ses gestes trop mécaniques, trop précis.

Ils procédèrent néanmoins à l'expérience prévue en matinée avec Canus. Ce dernier réussit sans difficulté trois exercices cognitifs de mise en forme.

On arriva ainsi à l'exercice crucial sur les résultats duquel reposait le pari des deux hommes. Lentement, Paul présenta à Canus les six porte-cigarettes, lui expliquant ce à quoi pouvaient servir ces étuis. Il laissa l'animal les manipuler. Canus les porta à son nez, les tripota en tous sens, les mordilla, puis se lassant, il rejeta les étuis sur la table.

Paul essaya d'attirer l'attention de Canus sur les étiquettes marquant les porte-cigarettes, mais ce dernier semblait indifférent. Paul dut faire preuve d'autorité pour obtenir l'attention de la bête.

Francis saisit Canus et l'éloigna de la table pendant que Paul disposait les étuis sur une ligne bien droite, les séparant les uns des autres d'une bonne dizaine de centimètres.

Paul revint vers son fauteuil, puis attira l'attention de Canus en lui présentant un carton sur lequel on avait inscrit en lettres carrées le nom de Paul.

– Tu vois, Canus ? Allons, regarde... Regarde le carton... C'est qui, sur le carton ? C'est qui ? Allons, Canus, à qui appartient le nom qui est inscrit, là, sur le carton ?

Canus s'amusa à se cacher le museau dans ses mains. Il roula des yeux, tapota l'épaule de Francis, puis se mit à sautiller, témoignant ainsi qu'il connaissait la réponse à la question.

– Canus ! Veux-tu cesser ces galipettes ! Allons, réponds ! C'est le nom de qui ?

Canus sauta dans les bras de Paul et le prit par le cou, puis s'assit confortablement sur ses cuisses.

– Alors, voilà, Canus, ce que tu dois faire... Canus, regarde Paul... Canus, cesse de jouer avec mes boutons de chemise et fais attention à ce que je te dis...

Celui-ci posa ses grands yeux sur Paul.

– Tu vas me rapporter l'étui sur lequel est inscrit le nom de Paul. Tu te rends à la table, tu regardes bien les étiquettes sur les porte-cigarettes et tu me ramènes celui sur lequel le nom de Paul est écrit. Allons, vas-y, trouve et rapporte.

Canus hésita un long moment, puis, poussé par Paul, il se rendit à la table, examina les six étuis métalliques, parut confondu par les exigences de la tâche et s'écrasa au sol d'un air boudeur.

Au cours des six tentatives, pas une fois il ne fut en mesure de rapporter l'étui en question, même lorsque Paul, avec astuce, distança de quelques centimètres le bon étui des cinq autres. Pas une fois Canus ne fut capable d'identifier l'un ou l'autre des porte-cigarettes. Il s'approchait de la table, jetait un coup d'œil à l'alignement puis s'effondrait au sol. Paul émit quelques signes d'impatience avant qu'une véritable exaspération ne s'empare de lui en raison de la passivité de Canus. Ce dernier se réfugia dans les bras de Francis qui mit fin au test.

Ils terminèrent le copieux repas du *Rabelais*, enveloppés dans l'odeur d'un bon cigare, puis, ils refirent le monde dans de longues divagations. Francis en vint au sujet qui le préoccupait.

— Tu es surpris des résultats obtenus cet après-midi ?

— Non, pas vraiment ! Pourtant, je demeure convaincu que Canus est capable de symbolisation primaire. J'ai peut-être trop anticipé sur le moment. C'est une question de temps, voilà tout !

Il secoua son cigare sur le bord du cendrier puis remarqua une ombre au coin des yeux de Francis.

— Qu'est-ce qui ne va pas ?

— Rien de particulier !

— Francis, je suis ton ami. Tu peux tout me dire. Si tu as besoin de te confier, vas-y. Je déduirai cette consultation de l'addition et nous serons quittes.

Le trait d'humour n'eut aucun effet sur son compagnon qui se racla la gorge afin de reprendre contenance.

— Eh bien ! simplement, je me demande si tu n'exiges pas trop de Canus.

— Exiger trop de Canus ? répéta Paul étonné. Pour quelle raison me dis-tu cela ?

— Je crois sincèrement que tu exagères les possibilités de cet animal. Tu ne voulais pas en faire un animal sur lequel on assouvirait nos instincts de chercheur, et j'étais parfaitement d'accord. Or il me semble que, sans vouloir mal faire, tu as versé dans cet excès. Nous avons dû cesser ou, pour être plus exact, j'ai dû t'obliger à mettre fin à l'expérience, non pas parce que Canus était trop fatigué, mais parce que tu étais devenu colérique. Je ne sais pas si tu as remarqué le regard complètement désorienté qu'il t'a adressé au moment où tu as tapé sur la table. C'était vraiment pitoyable de voir la crainte que tu lui inspirais alors ! Et pourtant, il n'a pas hésité à se jeter dans tes bras dès que tu l'as rappelé, quelques instants plus tard. Paul, prends garde de trop blesser les êtres qui t'aiment.

Ce dernier conseil, qui avait toutes les apparences d'une réprimande, ne fit pas bouger Paul. Son visage figé sur Francis ne laissait percer aucune émotion. Il se contenta de porter le cigare à sa bouche et s'enveloppa d'un fin nuage blanc qu'il balaya doucement de la main, en plissant les yeux.

– Le prétexte est beau, Francis! À moins que tu ne prêtes trop de vertus à Canus, ce dont je doute, je suis amené à croire que nous voilà plongés en plein drame humain.

Le sourire de Francis ne sut dissimuler son malaise. L'inconfort lui seyait mal.

– J'attends la suite, Francis. Il faut avoir le courage d'aller jusqu'au bout maintenant!

Le ton était presque cinglant et Francis s'en émut.

– Justement, Paul, c'est de cela que je veux te parler: de ce besoin effréné que tu as de tout mener jusqu'au bout. Comme si de s'y rendre était la seule issue possible! Ce que tu as fait à Canus, aujourd'hui, tu le fais à Luce, à Étienne, à Laurent. Et je ne crois pas que tu résistes longtemps à l'envie de me traiter de la même façon.

– Mais, bon Dieu de merde, qu'est-ce que tu me chantes là? Ai-je manifesté à ton endroit la moindre aigreur ou de l'agressivité?

– Non! Mais depuis des mois je vous vois, toi et Luce, vous déchirer et vous raccommoder et vous déchirer encore.

– Francis, excuse cette franchise, mais ce qui se passe entre Luce et moi ne te regarde pas.

– Mais, Paul, baptême! C'est toi qui m'as demandé d'aller jusqu'au bout! Tu veux que je te dise le fond de ma pensée? Je crois que tu deviens paranoïaque. Tu es un animal aux abois et tu fais preuve d'une pitoyable arrogance envers ceux qui veulent t'aider.

Paul resta stupéfait devant l'attaque aussi franche de la part de cet homme doux aux humeurs dépourvues de pareils emportements.

– Tu as en partie raison, admit-il. Cependant, tu as vu comme moi où nous en étions ce matin? La Lorrentz veut ni plus ni moins prendre le contrôle des recherches. Pour y arriver, son jeu est clair, elle cherche à déstabiliser notre unité en nous opposant tous les trois. C'est une évidence! Et tout cela est dû au laisser-aller de Luce! Laurent a mis la main sur la direction administrative, il se croit maintenant tout permis. Si Luce avait...

– Que sais-tu de Luce? coupa Francis. Tu es avec elle comme tu l'as été avec Canus cet après-midi: insensible et sourd. Luce est malade, très malade.

– Luce est épuisée. C'est de la fatigue, rien de plus! En tout cas, c'est ce qu'elle m'a dit.

– Si ça te donne bonne conscience de le croire, alors tant pis!

– Eh bien! que veux-tu que je fasse? Elle n'a plus confiance en moi et je crains qu'entre nous tout soit fini. Elle ne m'aime plus. C'est clair, il me semble. Depuis longtemps, elle me devance.

– Ça, vois-tu, Paul, j'en doute! Mais tu as raison sur deux points: la Lorrentz nous a tendu un piège et tu es tombé dedans. Par ailleurs, tu as bel et bien perdu l'amour de Luce. Mais ne me demande pas de prendre parti. J'ai peur que tu y perdes trop. Tu reproches à Luce de servir deux maîtres. Mais tu n'as jamais été le maître de cette femme, que je sache. Et je me demande si ce n'est pas cela qui t'enrage. Quoi qu'il en soit, je suis épuisé par ces conflits perpétuels entre vous deux et j'aspire à la paix. Je crois vraiment que tu es allé trop loin, aujourd'hui.

Francis se tut. Il acheva son verre de cognac puis se leva. Il laissa le pourboire dans une petite assiette. Paul intervint.

– Laisse, Francis! C'est moi qui t'ai invité!

– Non, Paul! Je paie pour que tu mesures bien la distance qui nous sépare déjà.

Il sortit, abandonnant Paul avec, quelque part dans sa tête, le sentiment d'avoir été trahi.

Chapitre 19

Pendant les quinze jours qui suivirent, les recherches ne furent pas inutiles. Entre Francis et Étienne s'était nouée une solide estime dont Paul s'inquiétait. Aussi avait-il repris ses inspections au laboratoire. Étienne ne s'en plaignait pas, alors que Francis considérait ces visites comme un manque flagrant de confiance à son égard. Il s'en ouvrit à Paul, mais celui-ci le rassura en lui renouvelant sa considération. Il expliqua ces présences plus fréquentes dans le labo par le ralentissement qu'il avait imposé au plan éducatif de Canus, ce qui lui laissait plus de temps. Francis ne fut pas dupe de cette réponse mais ne le laissa pas trop paraître.

Aussi, pour ne pas contrarier davantage son ami, Paul dut se radoucir et, sans avoir l'air de capituler, il espaça graduellement ses visites au laboratoire et laissa à Francis une plus grande marge de manœuvre. Mais il sentait bien que cela ne suffisait pas à réchauffer leur relation. Francis demeurait toujours aussi susceptible et distant.

Cet après-midi-là, à la demande de Paul, Canus fut soumis à une batterie de tests neurologiques. On cherchait, depuis quelque temps, à tracer avec exactitude sa cartographie corticale afin d'identifier les structures neurologiques mises en activité par différentes activités cognitives. On désirait comparer l'intensité électrique alors dégagée par les zones activées par le cerveau à celle des humains, des chimpanzés et des chiens.

Canus se prêtait de bonne grâce à ces expériences. Bien qu'il n'appréciât guère la présence d'Étienne, il se laissait approcher par Francis sans réticence. Il communiquait en utilisant le langage des sourds-muets avec une facilité déconcertante.

Enjoué et curieux, il aimait toucher à tout, mimer les postures caractéristiques d'Étienne ou faire sursauter la collaboratrice de ce dernier, une femme dans la quarantaine avancée, au regard austère et aux gestes brusques. Aussi, quand elle voulut l'amener à la petite console derrière laquelle s'effectuaient la plupart des tests, Canus se mit à criboyer et à montrer les crocs. La dame fut stupéfiée et Canus en profita pour lui sauter au cou. L'infirmière se mit à hurler et actionna accidentellement le système d'alarme, ameutant ainsi les deux étages de l'IRGA.

Francis voulut intervenir mais fut repoussé par la dame qui n'avait pas cessé de hurler. Elle dansait autour des tables, cherchant à se défaire de l'emprise de Canus.

Les cris et l'alarme avaient alerté Daigneault, qui s'aventura avec son appareil photo sur le terrain de l'Institut. Il fut chassé par les aboiements d'un doberman qu'un gardien avait lâché à ses trousses sous les rires des quelques dizaines de manifestants.

Pendant ce temps, dans le labo, les cris furent remplacés par des rires et des applaudissements lorsque Canus, devant toute l'assemblée, mit fin à l'hystérique chevauchée de l'infirmière en lui collant un bécot sur la joue, avant de sauter dans les bras de Paul qui venait d'arriver en compagnie de Laurent. Devant les grilles, Marc Daigneault, éconduit aussi prestement, déchanta quand il entendit se traduire en applaudissements les horribles cris de l'intérieur qui pendant un instant lui avaient permis d'imaginer des horreurs dignes d'un article en première page, avec le titre: «Une grosse femme se fait bouffer toute crue par un monstre transgénique». Il s'amusa de sa malchance, mais constata que si, autour de lui, on avait d'abord ri de sa déconvenue, on prenait maintenant conscience du fait qu'il fallait que l'IRGA en ait gros à cacher pour s'encombrer d'une pareille artillerie. C'était la première fois qu'on lançait un chien à la poursuite d'un manifestant qui avait eu l'audace de traverser les grilles.

— Si c'avait été un enfant, dramatisa une vieille dame, ce cerbère l'aurait égorgé.

Du coup, les manifestations reprirent et les slogans jaillirent de plus belle quand le jeune gardien fantasque vint récupérer sa bête qui grognait devant l'entrée principale. Alerté par ces bruits, Paul s'approcha de la fenêtre pendant que, derrière lui, on remettait tout en place afin de reprendre les travaux dans les plus brefs délais. Il fit signe à Laurent, et les deux hommes se retrouvèrent dans l'escalier menant à l'étage.

– Quel est ce grabuge devant les grilles ? demanda Paul. Qu'est-ce que c'est que ce molosse ? Nous ne sommes quand même pas un centre de réclusion pour pestiférés ?

– C'est une mesure de sécurité, grommela maladroitement Laurent.

– Qui a eu cette brillante idée ? lança Paul à l'endroit du directeur.

– Vous vouliez que l'IRGA demeure à l'abri des curieux, répondit-il. Eh bien, c'est fait !

– Et comme résultat, nous excitons l'agressivité des manifestants et accentuons l'antipathie à notre égard. Bravo ! On ne pouvait vraiment pas trouver mieux ! Maintenant, on risque d'avoir non plus un, mais toute une meute de journalistes pendus à nos basques.

– Que voulez-vous que je fasse ?

– Me mettre cette tête chaude de gardien à la porte et me débarrasser de ces chiens mangeurs d'hommes.

– C'est une manie chez vous. Quand quelque chose ne va pas, on fout quelqu'un à la porte. Il faudra peut-être un jour se résoudre à parler à ces manifestants et à ce journaliste, argua Laurent. Ce serait plus efficace.

– Pour leur dire quoi ? Que nous faisons ici des recherches animales comme ils le craignent tant ? Faites taire vos chiens et l'hiver viendra calmer l'arrogance de ces gens.

Sur ce, Paul redescendit au labo.

On termina sur Canus les derniers tests prévus à l'horaire. Francis allait détacher l'animal quand Étienne s'approcha avec un petit flacon contenant un liquide rosâtre. Francis lui demanda ce qu'il comptait faire avec sa bouteille. Mal à l'aise, Étienne lui répondit qu'il s'agissait d'un dernier test prescrit par la Lorrentz.

– Par la Lorrentz ? répéta Francis avec circonspection. L'IRGA n'a prévu aucun autre test pour aujourd'hui ! Il n'est pas question de déroger au protocole. Surtout pas en ce moment. C'est moi qui aurai à répondre de tout devant Paul et il est suffisamment sur la défensive sans qu'on ajoute à ses soupçons.

Étienne donna congé au reste de son équipe et resta seul avec Francis. Il déposa le flacon sur un comptoir.

– Je sais très bien l'embarras dans lequel vous vous trouvez. Mais essayez de comprendre ma situation. La Lorrentz déplore le peu de collaboration qu'elle obtient de l'IRGA. J'ai surpris dernièrement une conversation entre Laurent et le siège social. Ça brassait pas mal fort. La Lorrentz songe à couper son aide si les choses ne s'améliorent pas. Il faut avouer que la compagnie n'a pas lésiné sur les investissements et ne s'est pas montrée trop exigeante jusqu'à maintenant. Elle veut que je procède sur Canus à l'essai d'un laxatif qu'elle s'apprête à lancer sur le marché.

– Mais pourquoi sur Canus?

– On a procédé à des tests sur des lapins, des rats de laboratoire, des singes. Le médicament s'est avéré efficace et sans danger. Laurent exige qu'on l'essaie sur Canus.

– Mais qu'est-ce que c'est que ce charabia? Voyons, Étienne, nous connaissons tout aussi bien le bagage physiologique et génétique des singes et des lapins. Quel est l'intérêt de Canus là-dedans?

– Francis, rendez-vous compte! Nous connaissons chaque parcelle, chaque gène de cet animal sorti tout droit de la génétique. Canus est le seul organisme vivant dont toutes les données physiologiques et moléculaires soient inscrites en permanence dans un appareillage électronique aussi sophistiqué. Nous pourrons observer sur écran, pour la première fois, la trajectoire du médicament et obtenir une information précieuse sur son efficacité, sur les effets primaires et secondaires associés à son absorption et sur son métabolisme dans un organisme animal. C'est une chance exceptionnelle. De plus, l'expérience et le produit ne présentent aucun danger!

– Il n'en est pas question. C'est une affaire de principe: on s'en tient au protocole. Si Laurent a des tests à faire faire, qu'il obtienne d'abord la permission du comité de recherche.

– Vous savez très bien que Laurent n'a pas une chance sur cent d'obtenir gain de cause. Paul y mettra immédiatement son veto.

– Étienne, ce n'est pas à vous que j'apprendrai qu'aucun médicament n'est inoffensif.

– Je vous assure que ce laxatif l'est. Il est à base de fibres naturelles. Aucun résidu chimique n'intervient dans sa fabrication.

– Certaines drogues sont parfaitement naturelles. Elles n'en demeurent pas moins des drogues. Je refuse de compromettre la paix fragile qui règne actuellement à l'Institut pour l'essai d'un simple laxatif.

Francis détacha Canus qui se blottit dans le creux de ses bras. Il jeta un coup d'œil à Étienne qui n'avait pas cessé de le regarder d'un air abattu. Francis se raidit. Dans ses bras, Canus s'agitait, impatient de retourner dans son environnement quotidien. Il le flatta pendant qu'en lui s'insinuait une certitude fâcheuse.

– Vous lui avez fait avaler ce satané produit, n'est-ce pas ?

– Je n'avais pas le choix, Francis. Je vous assure, je n'avais pas le choix.

Francis quitta le laboratoire en claquant la porte, entra dans le centre environnemental et déposa Canus dans le salon du chalet, où Camille le prit en charge. Elle lui servit une collation avant de l'amener jouer dehors, ce qu'adorait faire le chienpanzé qui se pendait aux arbres, courant allégrement d'une branche à l'autre et se laissant suspendre au bout de l'une d'elle qui ployait sans se rompre.

Francis allait quitter le milieu environnemental quand Paul l'interpella depuis la serre où il s'occupait d'une plante herbicide qu'il avait mise au point plusieurs années auparavant. Francis s'approcha sans enthousiasme et répondit rudement à la question de Paul.

– Non ! Ça va très bien ! Je suis simplement fatigué. Je rentre, c'est tout. Pas d'autres questions ?

Sans attendre que Paul intervienne de nouveau, il ouvrit la porte, grâce à sa carte magnétique qui actionnait le mécanisme, et s'éloigna d'un pas rapide. Il ne savait pas exactement pourquoi il n'avait rien dit à Paul. Mais quand il fut dans sa voiture, il sentit qu'on venait de le piéger. Maintenant la main appuyée au klaxon, il passa au travers de l'attroupement qui s'était formé devant les grilles.

De la fenêtre de son bureau, Laurent voyait le ciel immaculé ; il comprit qu'il n'avait plus le choix. L'hiver tardait et la curiosité des manifestants l'inquiétait. Il ouvrit le journal et jeta un regard songeur sur un article de Daigneault.

Chapitre 20

Le matin suivant, Paul entra à l'IRGA les yeux fulminant au milieu d'un visage enflé par l'indignation. Un journal roulé sous le bras, il gravit quatre à quatre les marches qui menaient à l'étage et entra sans frapper dans le bureau de Luce.

— Tu étais au courant de ça ? lui lança-t-il avec rage en lui braquant sous le nez un article du journal.

Celle-ci demeura un instant paralysée.

— Je viens à peine d'en prendre connaissance !

Paul se retira, entra sans politesse dans le bureau de Laurent.

— Qu'est-ce que c'est que ça ? Qui vous a donné la permission de faire de telles révélations?

— Question de sécurité ! répondit ce dernier presque distraitement. Il fallait désamorcer une situation qui risquait, tôt ou tard, de nous sauter en plein visage. De cette façon, nous leur avons donné en pâture une bonne nouvelle. L'article est élogieux et servira au mieux l'intérêt de l'IRGA tout en calmant l'appétit de ce petit journaliste. Croyez-moi, ce genre d'homme ne désarme pas facilement.

— Et c'est pour cela que vous lui avez donné la permission de séjourner dans le stationnement de l'IRGA ?

— Ce privilège en fait notre débiteur ! Cependant, je ne l'ai pas autorisé à photographier l'animal. Sur ce point, il me semblait plus correct d'obtenir votre autorisation. Je crois qu'il serait sage de la lui accorder.

— Et allons-y ! Pourquoi pas une petite photo ! ironisa Paul pressé de sortir du bureau.

Il descendit les marches et sortit de l'IRGA. D'un pas décidé, il se dirigea vers Daigneault qui était appuyé sur le capot de sa vieille Ford. En voyant Paul avancer vers lui à cette allure, il commença à douter de ses intentions et, pris de panique, se redressa, plia son journal et tourna les talons.

Il s'engouffra dans sa guimbarde, essaya vainement de mettre le moteur en marche, puis, voyant Paul arriver en trombe, voulut, dans un geste nerveux, bloquer sa portière. Paul l'ouvrit, saisit un vieux Polaroïd qu'il pointa sur le journaliste. Il pesa sur le déclencheur. Une dizaine de clichés s'enregistrèrent en quelques secondes. Paul les tira aussitôt de l'appareil avant de le lancer sur la banquette arrière.

— Merci! C'est pour une expérience scientifique importante.

Paul abandonna le journaliste tout pantois derrière son volant.

Il se dirigea vers le milieu environnemental, pénétra dans le chalet et rejoignit Canus qui était, comme d'habitude, installé devant le téléviseur. Il prit le petit animal sur ses genoux, lui présenta la photo de Daigneault.

— Canus, écoute-moi: si jamais tu vois ce méchant monsieur s'approcher de toi, tu te caches! Tu m'entends, Canus? Lui méchant, toi te cacher si toi voir lui.

Il transcrivit ses paroles en un langage gestuel, mais le petit animal ne sembla rien comprendre. Paul lui présenta la photo, prit Canus par la main et courut se cacher derrière le fauteuil. Il le ramena sur le divan, présenta de nouveau la photo du journaliste et attendit une réaction qui ne vint pas.

Impatient, Paul entra dans son bureau, en sortit avec un appareil photo, le braqua devant les petits yeux amusés de Canus et actionna le flash. Apeuré, celui-ci bascula et, criboyant, alla se cacher derrière le fauteuil.

— C'est cela! Exactement! Tu as compris! marmonna Paul avec satisfaction.

Il agita alors le nez en tous sens comme si une odeur désagréable lui parvenait soudainement. Il regarda ses semelles et constata qu'un de ses souliers était enduit d'une pellicule d'excréments. Il jeta sur la pièce un regard circulaire, puis aperçut, dans un coin, un petit tas de déjections qui finissaient de sécher.

— Lyne! Qu'est-ce que c'est que cette merde dans le salon?

Celle-ci accourut, l'air désespéré.

— Encore! geignit-elle. C'est la troisième fois depuis ce matin.

— Canus chie n'importe où?

– En tout cas, il ne prend plus le temps d'aller aux toilettes. Je ne sais pas ce qui lui arrive. Ce matin, il était maussade et n'avait pas d'appétit. Il était somnolent.

Paul se rendit derrière le fauteuil où s'était réfugié Canus. La bête semblait effrayée. Il fut attendri par le regard contrit du canissimius, le prit par la main et l'amena dans la salle de bains, où il le nettoya. Il recommença la partie du dressage qui concernait la propreté. Canus en profita pour aller à la selle. Cette fois, il ne s'écoula qu'une bile filamenteuse.

Paul conclut à une grippe intestinale et changea le régime alimentaire de Canus.

Quand Francis arriva à l'heure du dîner, Paul lui demanda s'il était au courant de ce que les journaux avaient publié. Francis admit qu'il le savait tout en avouant qu'il avait tout ignoré des intentions de Dolbec. Mais la chose ne semblait pas l'offusquer.

– Ce n'est peut-être pas une mauvaise chose. D'ailleurs, l'article est flatteur pour Luce, toi et moi. Il faut reconnaître que Laurent a fait cela avec élégance. Il nous accorde tout le crédit des réalisations.

– C'est commode ! Ainsi, il évite à la Lorrentz d'être mêlée de trop près à l'affaire Canus si jamais les choses tournaient mal.

– Que veux-tu qu'il arrive ? railla Francis. S'il te plaît, épargne-moi tes crises de paranoïa !

Devant le ton employé par Francis, Paul préféra se tenir coi.

– À propos de Canus, il est malade : diarrhée, somnolence, perte d'appétit. Une grippe sans doute ! Tu n'aurais rien remarqué d'anormal, hier après-midi, au labo ?

Sans manifester la moindre nervosité et sans hésitation, Francis lui répondit qu'il n'avait rien observé de particulier. Paul remarqua son visage terne et ses yeux sombres.

– Qu'est-ce que tu as, Francis ? Ça ne va pas, on dirait. Je sais que tu me gardes rancune depuis notre dernier souper. J'ai essayé de rétablir les ponts avec toi, mais tu sembles dans les mêmes dispositions à mon égard et je ne comprends pas pourquoi. J'ai besoin de ton amitié, de ta collaboration. Et tu peux être certain que tu as toute ma confiance. Alors, qu'est-ce qui te tracasse ?

Francis fut incapable de soutenir plus longtemps le regard de son ami, à qui il venait de mentir. Un moment, l'aveu faillit s'échapper de sa bouche. Mais il n'eut pas le courage de laisser les mots s'envoler.

— Excuse-moi, Paul. J'ai très mal dormi, la nuit dernière. Si tu n'y vois pas d'inconvénient, j'aimerais écourter ma journée et prendre congé demain. Je ne vois pas l'utilité de procéder à des tests en laboratoire cet après-midi dans l'état où se trouve Canus. Et puis le jeudi, le laboratoire est fermé. Alors je vais en profiter pour me reposer. À moins que tu n'aies besoin de moi ?

— Non ! Ça va ! Mais toi, tu es certain… ?

— Il n'y a rien, insista Francis. Luce, va bien ? demanda-t-il distraitement afin de détourner de lui l'attention de Paul.

— Je ne sais pas, répondit ce dernier. Je ne sais pas, ajouta-t-il pour lui-même après que Francis eut franchi la porte du chalet.

Il regarda son ami s'éloigner. À sa démarche, il comprit que quelque chose avait changé chez lui, quelque chose que Francis s'acharnait à lui cacher.

Quand Francis reparut en ce dernier vendredi d'octobre, il trouva Paul et Canus en train de répéter des séquences musicales simples. L'enthousiasme de Canus semblait mitigé; il se trompait une fois sur deux.

Voyant revenir son ami, Paul abandonna l'exercice et laissa le chienpanzé jouer à l'extérieur. Il l'observait maintenant de sa fenêtre. Canus s'était approché du gros pneu accroché à l'arbre, s'y était installé et se suspendait mollement sans se donner d'élan afin de mettre en route ce manège un peu primaire.

Francis s'était assis à son bureau après avoir salué Paul discrètement.

— Tu ne me demandes pas comment vont les affaires ?

— J'imagine qu'elles ne vont guère mieux que lorsque je suis parti mercredi après-midi.

— En effet ! Hier, Canus était d'une hyperactivité incroyable et ce matin le voilà à nouveau indolent.

— Est-ce qu'il a cessé de faire ses besoins partout ?

— Oui ! C'est réglé ! Mais il continue à avoir des selles liquides. Il n'a pas eu de fièvre. Son appétit s'est légèrement rétabli. Francis, tu es certain de n'avoir rien observé au labo ?

— Pourquoi me demandes-tu ça ? J'ai répondu à cette question mercredi. Tu me fais confiance ou pas ?

– Bon, ça va! Ça va! Ne te fâche pas! Je demandais cela au cas où un détail t'aurait échappé. C'est que cet Étienne aurait bien été capable d'essayer sur Canus une composition de la Lorrentz. J'ai appris qu'elle lançait bientôt sur le marché une nouvelle forme de laxatif et je trouve la coïncidence...

– Bon! Alors, va lui demander toi-même, répliqua Francis qui cherchait à se concentrer sur l'ordinateur auquel il faisait ingurgiter les données des deux derniers jours. J'ai du retard à rattraper. Excuse-moi!

– En passant! Tu n'aurais pas revu mon étui à cigarettes en or? Je ne le retrouve plus depuis notre expérience de la semaine dernière!

Paul resta un long moment immobile, l'épaule appuyée au chambranle de la porte. Il espérait bien que son copain lui témoignerait un peu d'attention, mais ce fut en vain. Il décida de se rendre à la serre, où il avait repris ses expérimentations sur les plantes antigel. Tout le reste de l'avant-midi, il procéda en compagnie de Lyne à certaines manipulations sur des cellules issues de filaments de plants de tomates. Dans un coin plus éclairé, l'anémone hybride que la défunte Toddy avait grugée était en pleine floraison.

Quand Francis se retrouva seul dans le chalet, il décrocha le téléphone et composa le huit.

– Vous êtes libre? demanda-t-il à la voix qui venait de lui répondre.

– Comme l'air!

– Très bien, je veux vous voir immédiatement au laboratoire. Seul!

– Très bien! Qu'y a-t-il? Vous avez l'air inquiet.

Pour toute réponse, Étienne entendit le déclic du récepteur qu'on déposait sans ménagement.

Francis descendit l'escalier qui menait au rez-de-chaussée du chalet, sortit, traversa le long décor de sous-bois où Canus s'amusait à poursuivre une fourmi avec une branche. Il passa devant la serre, actionna la porte de sécurité. Il arriva ainsi au laboratoire. Il ne s'habituait pas à ces grands murs blancs sans décoration, à ce plafond surélevé d'où jaillissait une lumière uniforme qui ne laissait aucune ombre dans cette salle anonyme.

Il rejoignit Étienne qui s'était réfugié dans un petit espace de verre transparent où l'on procédait aux expériences sur certains types viraux afin de trouver une parenté à Roméo.

161

– Canus ne va pas très bien, émit Francis en guise d'introduction. Votre expérience donne des résultats un peu trop évidents. Paul m'a demandé si par hasard je n'aurais rien remarqué de suspect, ici ! Il vous soupçonne de lui avoir administré un laxatif.

– Il est décidément très perspicace. Dommage qu'il soit si entêté. Quoi qu'il en soit, j'ai obtenu les renseignements qu'on attendait de moi. Le produit est vraiment efficace, dis donc !

– Oui, mais les effets secondaires sont très importants : somnolence suivie d'hyperactivité, perte d'appétit, maux de ventre, diarrhée sévère. C'est un remède de cheval ! Ce médicament n'est pas prêt pour la mise en marché.

– La posologie était simplement trop forte pour Canus. Son organisme est comparable à celui d'un enfant et notre produit s'adresse aux adultes. Alors, bien sûr... Je vous remercie d'avoir protégé le secret. Ça n'a pas dû être simple.

– Ça m'a rendu malade : j'ai trahi un ami. C'est la première et dernière fois. Vous m'entendez, Étienne ? Plus question d'expérimenter d'autre produit sur Canus sans que Paul l'ait d'abord autorisé.

– Très bien, Francis ! J'ai compris. Je vous avoue n'avoir pas apprécié moi-même cette méthode. Je m'excuse de vous avoir placé devant le fait accompli. Je veux que vous sachiez que ce n'est pas ma manière d'agir habituelle.

Étienne marqua une pose avant de reprendre.

– Puisque vous me demandez de vous mettre au courant de tous mes projets, j'aimerais que vous m'écoutiez sans m'interrompre. J'ai pensé à une expérience que j'ai l'intention de soumettre au conseil de la recherche. Je veux avoir votre opinion. Mais, je vous préviens, vous risquez de ne pas tellement apprécier de prime abord. Aussi, je ne vous demande pas une opinion sur-le-champ. Je crois que cette expérience pourrait avoir d'importantes retombées sur le plan pharmaceutique et médical et ouvrir la voie à des recherches prometteuses, notamment sur certaines formes de cancer les plus courantes. Enfin, ce n'est pas une certitude, ce n'est qu'une éventualité. Tant que nous n'aurons pas trouvé une parenté virale à Roméo, nous ne pourrons rien affirmer. Mais vous admettrez qu'au niveau symptomatologique, il y a des recoupements possibles avec certains virus cancérigènes.

– Ou avec certaines atteintes neurologiques d'origine virale, comme l'encéphalite. Mais tout cela est pure spéculation.

– Je vous l'accorde, Francis. Mais la recherche scientifique s'est-elle jamais abreuvée à d'autres sources ? Réfléchissez aux possibilités que nous avons ! Nous possédons un virus actif chez tous les animaux qui ont été mis en contact avec lui, en premier lieu les singes. C'est l'aspect inquiétant de l'affaire, car il se peut qu'un jour ce virus inconnu traverse la barrière des espèces et atteigne l'être humain. Je n'ai pas à vous rappeler le drame qui a suivi la dernière intrusion d'un tel virus dans la maille humaine. Plus de huit millions de morts causées par le sida en quelques années ! La catastrophe a finalement pu être stoppée grâce à la collaboration des milieux de recherche en génétique et des grandes firmes pharmaceutiques qui ont consacré à la recherche des milliards de dollars.

– Étienne, où voulez-vous en venir au juste ?

– Cette fois, je veux en venir au bon côté du mystère Roméo. Nous n'avons pas seulement le virus, nous avons l'anticorps !

– Qui n'est efficace que chez les chiens, je vous le rappelle.

– Justement ! Les chiens, nous en avons eu la preuve avec Toddy, peuvent produire des anticorps. Nous n'avons pas eu les moyens ni le temps d'étudier à fond ce phénomène. Nous piétinons dans nos recherches sur le virus, vous le savez aussi bien que moi !

– Je ne suis pas d'accord. Nous avançons lentement mais sûrement. Les recherches se font en milieu stérilisé sur des virus inoffensifs. Votre projet implique des virus actifs, susceptibles d'échapper à tout contrôle. Et je vous le répète : l'anticorps est inefficace sur les singes et nous ne possédons aucun indice permettant de croire que ces recherches déboucheront sur des découvertes concernant les familles virales cancérigènes ou autres, puisque nous n'avons établi aucune parenté entre ce virus et d'autres familles virales.

– La recherche sur l'anticorps pourrait, et vous le savez pertinemment, apporter des éclaircissements sur ce point précis. Si vous le désirez, procédons in vitro.

– J'ai bien peur que ce ne soit impossible ! clama Francis après un court silence.

– Comment, impossible ?

– Les échantillons d'anticorps ont disparu, durant le déménagement sans doute. J'ai cherché partout avec Luce et Robert Souchet, et nous n'avons rien trouvé. On a dû confondre ce vieux congélateur avec les autres antiquités qu'on a fait enlever lors de la réfection des laboratoires. Je ne vois aucune autre explication.

— Nous n'avons plus l'anticorps Toddy ? déplora Étienne en se laissant tomber sur son tabouret.

— Non ! Plus rien !

Un long silence mina le bel enthousiasme de l'assistant. Puis rapidement le sourire lui revint.

— Que je suis bête ! Inutile de déprimer. On n'a qu'à faire produire des anticorps chez une autre bête. Pour ne prendre aucun risque, nous utiliserons un berger allemand femelle de huit ans, comme Toddy. Et le tour sera joué.

Ayant retrouvé son aplomb, Étienne risqua le tout pour le tout en abordant la partie la plus délicate de son plan de recherche.

— Sur un point, vous avez raison. L'anticorps n'est efficace que chez les chiens. Il faut donc trouver un moyen de faire muter cet anticorps pour amener les gènes simiesques à le métaboliser à leur avantage.

— C'est là une recherche qui demandera des années de labeur.

— Pas nécessairement ! Nous avons à notre disposition un outil inespéré : Canus ! N'est-il pas à la fois chien et singe ?

Francis demeura interdit devant l'audace de Pakazian. L'évidence venait d'éclater en lui. Et ce qu'il entrevoyait le désarçonnait. Cette fois, il ne pouvait lui reprocher de cacher quoi que ce soit. Il avait parlé clairement et l'imagination de Francis s'occupait à coudre ensemble les diverses pièces de cet extravagant projet.

— Vous projetez, articula-t-il avec le sentiment de mâcher un fruit pourri, d'injecter à Canus le virus Roméo en espérant que la partie canine produira les anticorps que la partie simiesque de l'animal métabolisera par symbiose de manière à rendre cet anticorps actif pour la partie singe de Canus. Il serait alors parfaitement possible de croire que l'anticorps purifié de Canus serait assimilable par les anthropoïdes comme il l'aurait été pour la partie simiesque de Canus.

Francis resta muet un instant. Son regard nerveux parcourait la pièce sans être en mesure de se poser.

— C'est grotesque. Canus n'est pas une moitié de singe et une moitié de chien. Il est plus que la somme de ses parties, beaucoup plus ! C'est un animal qui a développé sa propre morphologie. Ses gènes n'ont plus rien à voir avec ceux d'un chien, ni avec ceux d'un singe. Ils se sont métabolisés, transformés. Comment peut-on réduire cet animal à la somme toute mathématique de gènes de deux espèces mères ? Ça n'a rien à voir.

– Mais, Francis, vous savez très bien que nous avons retrouvé des gènes de chiens et des gènes de singes intacts et parfaitement intégrés à la structure d'ADN de Canus. C'est sur cette constatation que j'appuie mon hypothèse. Bien sûr, nous ne commencerions pas avec le virus Roméo pour vérifier le métabolisme d'anticorps canins effectué par les gènes simiesques. Nous pourrions utiliser un virus anodin de coryza, ou celui de la rage que des vaccins parfaitement contrôlés peuvent combattre.

– Et si ça ne fonctionnait pas, votre vaccin antirabique ? Je vous rappelle la chance providentielle que nous avons d'avoir créé cette espèce animale. De telles occasions ne se présentent pas deux fois dans la carrière d'un chercheur. Pas question de mettre la vie de Canus en danger pour des élucubrations pareilles.

– Très bien, l'IRGA a produit un canissimius. Bravo ! Alors, qu'allons-nous en faire ? Rien ! Nous le regardons pousser comme un plant de tomates sans avoir le loisir d'en déguster les fruits. À quoi servira cet animal exceptionnel, si l'homme ne peut utiliser cette incroyable possibilité qu'il a pour améliorer son état ? Par votre entêtement, l'humanité risque de perdre l'une de ses plus grandes chances d'avancement !

Francis resta un instant muet. L'argument que lui servait Étienne n'était pas dépourvu d'intérêt. Le prétexte aussi était beau au point de camoufler les motivations qu'Étienne préférait taire parce qu'elles étaient moins avouables: la course à la mise au point de médicaments, la recherche d'une reconnaissance internationale, une curiosité purement égoïste. Le bien-être de l'humanité venait loin derrière parmi ces considérations d'un tout autre ordre.

Francis prit soudainement conscience du piège dans lequel Étienne cherchait à l'enfermer.

– Nous nous en tiendrons désormais, et d'une manière stricte, au protocole. Plus d'entourloupettes du genre laxatif. Cette fois, ça ne passerait pas. Vous êtes un grand savant aux trop grandes ambitions. Méfiez-vous, Étienne !

Francis sortit et monta à l'étage. Étienne détourna les yeux et aperçut, dans le hublot de l'entrée du labo, Paul qui le regardait fixement. Étienne fit mine de rien et s'éloigna à son tour.

Paul était retourné à la serre en fouillant dans ses poches. Il demanda à Camille si elle n'avait pas vu son porte-cigarettes.

— Je ne savais même pas que vous fumiez.

— En de rares occasions ! C'est embêtant puisque c'était un cadeau de Luce. Enfin, ce n'est plus très grave, je suppose.

Il reprit ses recherches en génétique végétale avec moins d'enthousiasme. À la fin de l'avant-midi, sans trop savoir pourquoi, il refusa que Canus soit amené par Francis au laboratoire. Celui-ci n'insista pas et prit congé pour la fin de semaine.

Quelques heures plus tard, les vérifications que Paul avait demandées à Lyne lui parvinrent. Les malaises dont souffrait Canus étaient bien liés à la présence dans ses intestins des résidus d'un laxatif.

Il se rendit chez Laurent Dolbec, exigea la présence de Luce et d'Étienne qu'il accusa de manquement grave à l'éthique pour avoir passé outre au protocole expérimental sans en avoir averti ses supérieurs. Luce était stupéfaite par les révélations de Paul.

Elle avait peu d'estime pour Étienne mais ses immenses qualités de chercheur avaient fini par susciter en elle une certaine forme de respect. Elle fut d'autant plus consternée que ce dernier ne nia rien des accusations de Paul; il prétexta avoir agi dans les meilleurs intérêts de la science mais regretta les torts causés à l'animal. Il se défendit d'avoir à aucun moment mis la vie du canissimius en danger et avoua qu'il n'avait pas obtenu le consentement de Francis, qui avait été tenu à l'écart de cette expérience.

Une longue discussion suivit. Luce se rangea tout d'abord du côté de Paul, qui demandait le renvoi d'Étienne. Puis elle céda aux pressions de Laurent qui préférait garder un savant parfois indocile mais brillant plutôt que d'avoir affaire à un imbécile soumis. Il exigea d'Étienne qu'il fasse des excuses et assura Paul de l'entière collaboration de son équipe dans le respect du protocole.

Paul se retira à moitié satisfait, sûr maintenant qu'on ne l'y reprendrait plus. Il refusa net l'invitation à souper de Luce et se laissa reconduire à Orford par sa BMW.

Quand il fut seul avec Étienne, Laurent exigea des explications.

– Qu'advient-il du projet Canus ? demanda-t-il pour finir.

– J'en ai discuté avec Francis. Je crois sincèrement, monsieur, qu'il faut renoncer à ce projet. Je suis d'accord avec lui. D'ailleurs, vous connaissez déjà mes réticences à cet égard. Je crois que nous sommes allés trop loin dans cette affaire.

Chapitre 21

Toute la fin de semaine, Luce fut en proie à des cauchemars affreux et à des hallucinations. L'insomnie dans laquelle elle était plongée depuis plus d'une semaine avait miné ses forces. Elle en avait perdu l'appétit.

Pour se distraire, elle avait accepté de souper avec Laurent et de l'accompagner ensuite dans un cinéma du centre-ville, d'autant que ses liens avec Paul semblaient s'être dissous définitivement. On voyait donc Luce et Laurent de plus en plus souvent dans des bars ou au spectacle. Elle avait même pu connaître les lieux où il vivait, un soir où il offrit une réception sous le prétexte d'une campagne de financement pour une œuvre quelconque. Laurent lui était alors apparu dans tout son éclat. Elle apprit qu'il n'était pas un simple sous-fifre de la Lorrentz, mais qu'il siégeait au conseil d'administration. Une seule ombre se profilait dans la vie de cet homme: c'était son fils. Cet enfant ne semblait pas faire partie de la vie de Laurent. Nulle part, Luce ne vit de photo de lui.

Durant le repas, Luce fut maussade et, à plusieurs reprises, elle s'isola dans le mutisme. Laurent essaya de la distraire par quelques blagues, mais rien ne put dérider le visage de sa compagne.

À un moment, elle se rendit à la salle de bains. Laurent n'avait pas remarqué la fine coulée de sang qui s'allongeait sur le mollet de la jeune femme.

Luce ne revint plus à la table, abandonnant Laurent à une totale confusion.

Elle était sortie du restaurant sans prendre son manteau. Elle marcha jusqu'à l'épuisement dans les rues achalandées, le visage impassible et le corps en loques. Elle s'effondra sur un banc où elle reprit ses forces et sa conscience.

Elle chercha péniblement à se rappeler où elle était, ce qu'elle avait fait durant la soirée. Elle avait remarqué les raies rouges qui maculaient ses jambes, jusqu'aux chevilles. Ayant vainement tenté de broder le tissu déchiré de sa mémoire, transie, elle se fit reconduire en taxi chez elle où elle sombra dans un sommeil qui ne répara rien.

Le reste de ce dimanche pluvieux, elle refusa de répondre au téléphone qui ne cessait de sonner. Elle le débrancha et sombra de nouveau dans le sommeil qui la mena à l'aube d'un lundi ensoleillé et doux. C'était le 31 octobre.

Luce était arrivée très tôt à l'IRGA. Ses mésaventures de la fin de semaine, sa fatigue, sa mémoire qui flanchait parfois, ses menstruations irrégulières et tout le reste qu'elle avait oublié l'avaient convaincue qu'elle devait consulter un médecin.

Mais aussitôt sa voiture garée, elle oublia sa résolution. La température était si belle pour cette période de l'année, comme si l'été jouait à saute-mouton avec les autres saisons. Luce essaya néanmoins de se rappeler la décision qu'elle avait prise, plus tôt, alors qu'elle roulait rue Saint-Hubert, mais rien de précis ne vint à son esprit. Alors elle leva les épaules et entra. Seule Mimi était à son poste. Luce la salua gentiment et descendit au rez-de-chaussée. Elle y chercha Éloïse, mais ne la trouva pas.

Elle regarda, intriguée, le laboratoire, puis remonta à l'étage où elle interpella la jeune secrétaire.

– Qu'est-ce qui se passe ici ? Qui vous a donné la permission de faire ces changements dans le laboratoire ?

– Mais, Luce, je ne comprends pas. Quels changements ?

– Et où est Éloïse ? C'est Paul qui l'a encore sortie sans autorisation ? Il se croit tout permis, décidément.

Mimi resta statufiée par l'attitude de sa patronne.

– Mais Éloïse est morte, Luce ! marmonna-t-elle. Elle est partie en juin.

Cette révélation agit sur Luce comme si on venait de lui lancer un seau d'eau glacée au visage. La mémoire de ces tristes événements lui revint. Elle resta là, pantelante.

– C'est vrai, bien sûr. Oui c'est vrai ! geignit-elle de la manière la plus lamentable.

– Votre attitude de samedi soir est inqualifiable, Luce. Mais, bon Dieu, qu'avez-vous pensé en m'abandonnant au restaurant et en partant ainsi sans manteau, sans avertissement! Il y a quelque chose qui ne fonctionne pas, Luce. Vous devez vous rendre à l'évidence. Ça ne peut plus durer. Tenez! Depuis trois semaines, je vous demande le dossier sur les recherches végétales. Trois semaines que je vous répète sans cesse la même chose, et je ne l'ai toujours pas. Regardez dans quel état vous êtes: vous êtes amaigrie, vous avez les yeux cernés, le teint vert, la tête ailleurs, on ne sait où! Luce, vous devez vous reprendre en main. Il vous faut consulter un médecin.

Luce parut un peu déconcertée par les propos excessifs de Laurent. Après tout, il n'y avait pas de quoi fouetter un chat et Laurent n'avait pas à se mettre dans des états pareils. Elle convint, pour le satisfaire, que ce n'était pas une si mauvaise idée d'aller voir un médecin et qu'elle y réfléchirait. Elle mit fin abruptement à leur entretien quand Laurent revint à la charge.

— Laurent, je conçois que je vous dois des excuses pour mon comportement étrange de samedi. Mais...

— C'est beaucoup plus qu'une soirée, interrompit le directeur d'un ton maussade. Ça fait plusieurs semaines que ça dure.

— ... je vous rappelle que vous n'avez aucunement le droit de vous mêler de ma vie privée, enchaîna Luce.

Sur ce, elle quitta le bureau en coup de vent et alla prendre un peu d'air. Pierrot, le fils de Dolbec, était dans les jardins de l'IRGA. Elle s'approcha de lui. Luce était heureuse d'avoir une âme à consoler car l'enfant semblait abattu. Elle regarda sa montre; il était presque onze heures.

— Comment vas-tu, Pierrot?

— Ça va! C'était ma fête hier!

— Ah oui! Joyeux anniversaire! Tu as eu de belles surprises?

— Oui, fit-il un peu tristement, comme si la fête ne lui avait pas plu. J'ai soupé au restaurant avec Lison.

— Elle est gentille, Lison. Qui est-elle?

— C'est ma gardienne.

— Eh bien, tu es chanceux d'avoir une gardienne comme Lison!

— Je la déteste! Papa était retenu au bureau, qu'elle m'a dit. Mon père est toujours très occupé le jour de mon anniversaire. Il ne m'a même pas donné une carte. Quand il est rentré, le soir, il était de mauvaise humeur parce que je n'étais pas encore couché.

Il fit silence, puis il regarda Luce droit dans les yeux. Son visage ne témoignait aucune émotion, sinon une certaine impuissance.

— Papa ne m'aime pas parce qu'il croit que j'ai tué ma mère.

— Où vas-tu chercher des idées pareilles ?

— C'est Lison qui a dit ça hier, au moment où on apportait le gâteau. Elle m'a dit que j'étais asez grand maintenant pour comprendre. J'ai eu dix ans, je suis grand, mais je ne comprends pas pourquoi papa me déteste.

Luce se pencha vers l'enfant, lui caressa la chevelure.

— Ton père ne te déteste pas. Il est simplement très malheureux. Bientôt, il comprendra son erreur.

Elle se redressa et se dessina un très joli sourire.

— Et si on allait fêter tes dix ans ? Allez, viens ! Je t'amène déguster un gros cornet de crème glacée dans un parc pas très loin.

— Chouette ! cria Pierrot en tendant sa main à Luce qui la saisit avec douceur.

Pendant qu'ils descendaient l'allée centrale de l'IRGA, où les arbres dénudés attendaient les premières neiges, elle lui demanda pourquoi il n'était pas à l'école.

— J'avais un rendez-vous chez le docteur avec papa, ce matin. J'ai des étourdissements, je ne mange plus, je dors mal. Je fais toujours plein de cauchemars.

— Tiens ! C'est comme moi.

— Peut-être qu'il faudrait aussi que t'ailles voir un docteur.

— Oui, peut-être !

Ils débouchèrent sur la grande avenue qui bordait l'extrémité sud de l'Institut. Ils parcoururent une courte distance puis fourchèrent vers le nord. Lentement les paroles se firent plus rares entre eux. Ils vagabondèrent d'un pas distrait comme s'ils étaient soumis à un abandon qui les conduisait nulle part. Alors le temps passa sans qu'ils en prennent conscience. Un brouillard impénétrable nouait leurs univers confondus. Ils allaient machinalement là où les menait un mal qu'ils partageaient sans le savoir encore. Le jour était pourtant si beau. Ils marchèrent longtemps sans but.

Ce midi-là, Paul et Francis s'étaient proposé de dîner avec Luce. Ils avaient essayé de la rejoindre mais vainement. Ce

172

dîner avait été organisé par Paul après que Laurent lui eut fait part au téléphone de ses inquiétudes à l'endroit de Luce.

Vers onze heures trente, Francis accompagna Canus à la salle de repos. Il préféra l'y amener plus tôt et avertit Paul qu'il n'avait pas beaucoup de temps à consacrer au dîner. Malgré l'importance qu'il accordait à l'état de santé de Luce, il désirait être présent au laboratoire à treize heures; il ne donna pas de raisons à ce zèle soudain. Paul n'y vit pas d'objections et, à midi tapant, ils étaient installés devant un bon steak, sans Luce.

La discussion tourna un bon moment autour de la jeune femme et les deux hommes convinrent de la nécessité de l'obliger à prendre congé et d'assujettir son retour à la remise d'un bilan de santé assurant sa capacité de reprendre ses tâches à l'IRGA.

Francis semblait plus calme que durant les derniers jours. Il admit avoir manifesté une agressivité outrancière et s'en excusa; de son côté, Paul confessa une susceptibilité qu'il chercherait désormais à mieux contrôler. Ils trinquèrent à leur amitié renouée et passèrent le reste du repas à évoquer des souvenirs de jeunesse.

— Dommage que Luce ne soit pas avec nous, constata Francis après un certain temps.

— Elle me manque beaucoup, reconnut Paul dans un grand soupir. J'ai du mal à admettre qu'entre nous tout soit terminé.

— Je ne crois pas que tout soit terminé entre vous deux. Il est normal qu'après tant d'années, il y ait une sérieuse remise en question.

— Ce matin, Laurent m'a raconté la soirée qu'il a passée avec Luce, samedi dernier.

— Je sais. Il m'en a aussi glissé un mot avant que nous ne quittions le centre. Je l'imagine au bout de la table attendant Luce qui venait de le planter là! Est-ce qu'il t'a dit pourquoi elle était partie ?

— Apparemment sans aucune raison! Luce l'aurait abandonné sans même retirer son manteau du vestiaire.

— Elle n'est pas à prendre avec des pincettes depuis quelque temps. Tiens, la semaine dernière, elle a engueulé la pauvre Mimi pour un crayon qui avait prétendument disparu de son bureau. Mimi ne savait plus à quel saint se vouer tellement Luce était déchaînée. On crier gueuler dans tout l'Institut. Elle était d'une agressivité déconcertante

– J'ai entendu parler de l'affaire. Quand j'ai voulu en discuter avec Luce, elle a pris un air innocent, comme si elle ne se rappelait rien de tout cela. Elle m'inquiète. Je t'assure, je ne la reconnais plus.

Francis regarda sa montre et sursauta.

– Merde ! Une heure et demie. Je suis en retard.

– Étienne peut bien se passer de toi pour une fois.

– Tiens ! Cette remarque m'étonne. Toi, si prompt à le tenir à l'œil !

– Bah ! Il n'y a rien de bien compromettant dans les expériences de cet après-midi.

– J'aime mieux être là !

Francis finit son verre d'un trait et quitta les lieux sans prendre le temps de saluer Paul. Ce dernier décida de ne pas rentrer tout de suite à l'IRGA et flâna sur les quais du vieux port, questionnant son âme pour y chercher les mots qu'il fallait pour contraindre Luce à prendre congé et se faire soigner.

Contrairement à son habitude, Étienne n'était pas sorti pour dîner; il était resté au laboratoire en compagnie de sa collaboratrice. On avait installé Canus sur une table d'opération et on l'avait relié par plusieurs fils aux appareils informatiques et de contrôle physiologique. L'un surveillait ses battements cardiaques, l'autre sa température et sa respiration. On enregistrerait sur un troisième écran sa sudation et l'activité neurologique.

Étienne était nerveux. À plusieurs reprises, il vérifia le contenu des deux seringues que la dame d'un certain âge avait placées sur un plateau stérilisé. Curieusement, il passa plusieurs minutes à caresser Canus, à le calmer, tout en effectuant un dernier contrôle du fonctionnement de l'ordinateur, lequel devait retenir en mémoire tous les changements que l'injection entraînerait chez l'animal pour les analyser aussitôt.

Il saisit une seringue contenant un liquide incolore et fit lentement pénétrer l'aiguille dans un biceps. Il procéda de la même manière avec la seconde seringue dont il injecta le contenu dans l'autre bras. Canus ne réagit pas. Étienne retira l'aiguille puis caressa le front de l'animal qui paraissait calme. Il ordonna à l'infirmière de faire disparaître les deux seringues et de préparer celles devant contenir le vaccin antirabique.

Cinq minutes plus tard, l'ordinateur manifesta des signes de vie en affichant dans un rectangle rouge la présence d'un élément étranger dans le sang de Canus. Il informa Étienne d'un dérèglement apparent des fonctions immunitaires. En peu de temps, le rythme cardiaque de Canus s'accéléra, sa sudation devint épaisse et jaunâtre, trahissant une excitation extrême. Sa respiration se fit de plus en plus saccadée. L'écran de l'ordinateur indiquait: «Substance organique étrangère déterminée: Type viral, RAGE».

Les mots clignotaient obstinément pendant que le corps de Canus était soumis à des soubresauts de plus en plus violents. Bientôt, il se cabra; ses pupilles se dilataient démesurément. Un instant, Étienne crut avoir forcé la dose. Et l'avertissement de Francis lui tambourinait aux oreilles: « Et si ça ne fonctionnait pas, votre vaccin antirabique. »

Sur les différents écrans apparaissaient les signes d'un dérèglement des appareils physiologique et neurologique. Canus venait d'entrer dans la deuxième phase de la maladie; celle de l'agressivité. Il criboyait et grognait lamentablement, pendant que les glandes salivaires sécrétaient abondamment.

Étienne saisit à toute vitesse la seringue contenant le vaccin et l'injecta à Canus, que l'infirmière avait du mal à tenir immobile. Un violent spasme secoua la jambe gauche que l'assistante reçut en plein visage. Le pouls de Canus s'accélérait dangereusement. Étienne essaya de le calmer par tous les moyens sans trop y réussir. Il jeta un rapide coup d'œil à l'écran, où venait de se faire entendre un signal alors que clignotaient maintenant les mots: «Substance chimique induite: nature immunitaire ANTIRABIQUE. »

Canus était soumis à une tension musculaire incroyable pour un si petit animal. Sa face était défaite par d'atroces douleurs et une salive épaisse coulait de sa bouche.

L'infirmière rejoignit Étienne et essaya désespérément d'attacher Canus à la table au moyen de sangles qu'elle ne parvenait pas à boucler. Partout sur les écrans, les lumières scintillaient, avertissant les chercheurs d'un danger imminent.

– J'ai donné une trop forte dose. Nous allons le perdre. Administrez-lui un calmant immédiatement !

Dans la tête de Canus, les images voltigeaient dans un flot ininterrompu de lumières aveuglantes qui le blessaient; il vit d'une manière fugitive Paul, Francis, puis Étienne, le chalet, le pneu et le feu, le soleil et la nuit. Tout passait et revenait en vagues successives qui le tourmentaient. Il allait mourir, il le savait. Même un animal a peur de mourir. Et la mort était là, dans les yeux d'Étienne... et la peur... et le feu... la douleur... Dans sa tête résonnaient les bruits de plus en plus effroyables d'une cataracte. Canus n'aimait pas l'eau. Ce bruit le menaçait, le terrifiait. Il allait se noyer. Il vit l'infirmière tenir un objet dans ses mains. Elle regardait la pointe de l'aiguille. Canus détestait les aiguilles. On cria tout près de lui. Étienne criait. Étienne avait peur.

– Pressez-vous ! Bon Dieu, pressez-vous !

Alors Canus vit gicler l'eau au bout de l'aiguille. Le bruit fut terrible. Cette eau allait le tuer, il le savait. Alors il se dressa et, d'un bond, échappa au contrôle d'Étienne. Il arracha les fils et sauta en bas de la table d'observation. Il voulait fuir l'eau. Il y avait trop d'eau. Il étouffait. Il courait maintenant entre les comptoirs et les tables, faisant tout voler sur son passage.

Les bruits du laboratoire alertèrent l'équipe de la Lorrentz qui prenait son repas à l'étage. Tous descendirent. Étienne leur cria de surveiller les sorties.

Canus criboyait de plus belle, grognait et bavait, apeurant ceux qui cherchaient à l'emprisonner dans un coin. Prise au piège, la bête sautait de table en table.

C'est alors qu'une voix se fit entendre. Canus la reconnut. De désespoir, il se dirigea vers elle à tâtons, car il ne voyait plus rien. Francis s'approcha doucement et l'appela d'une voix calme qui tranchait avec les cris qui harcelaient la petite bête de toutes parts. Il obligea tout le monde à se taire, lança un regard de feu à Étienne et s'approcha de la bête étourdie qui venait maintenant de s'effondrer sous une table.

Il constata immédiatement l'état physiologique délabré de Canus. Il bouscula Étienne, étendit Canus inconscient sur la table, brancha tous les appareils. Sur l'écran réapparurent les mots « RAGE » et « ANTIRABIQUE ». Francis arracha des mains de l'infirmière la seringue contenant la solution calmante, l'injecta à Canus. Longtemps, il l'examina et le sonda. Aucun signe vital ne s'améliorait vraiment. Puis, graduellement, le pouls ralentit, la respiration reprit un rythme plus régulier et le tonus musculaire redevint normal. La crise était passée.

Sur l'ordinateur s'inscrivirent une série de données qui semblaient donner raison à Étienne.

– Regardez! Le vaccin canin a été métabolisé par la partie singe qui l'absorbe maintenant. J'avais raison, cet animal peut, d'une manière naturelle, transformer une substance canine non efficace chez les singes en élément actif. Regardez! Les données que nous obtenons s'apparentent parfaitement à celles du vaccin antirabique que nous employons chez les singes. C'est miraculeux. Vous rendez-vous compte des...

Étienne n'eut pas le loisir de terminer sa phrase: le poing de Francis venait de l'envoyer au plancher. En s'effondrant, il entraîna une kyrielle de bouteilles et de flacons placés sur les tables et les comptoirs. La salle était dans un état déplorable. Pendant que les collaborateurs d'Étienne aidaient le blessé à se relever et l'emmenaient à l'extérieur du laboratoire sous les menaces de l'assaillant, ce dernier transporta Canus dans la salle de repos du chalet.

Francis resta auprès de Canus tout le reste de l'après-midi, interdisant aux membres de la Lorrentz de pénétrer dans le milieu environnemental. Personne, d'ailleurs, ne s'y risqua. Francis eut tout le temps de réfléchir à ce qui venait de se produire. Il avait une responsabilité certaine dans ce dernier incident. Un sentiment confus de culpabilité l'envahit peu à peu au point de lui faire douter de la conduite à tenir devant Paul. Il n'avait rien raconté de l'affaire à Camille, à qui il avait donné congé au début de l'après-midi. Il avait besoin d'être seul et de mettre un peu d'ordre dans sa tête.

Comme Paul avait eu raison de se méfier de la Lorrentz et comme il s'en voulait de n'avoir pas pris au sérieux les appréhensions de son camarade au sujet d'Étienne! Même Luce n'avait jamais beaucoup apprécié l'homme. Seul lui ne s'en était pas assez méfié.

Mais il ne pouvait, d'autre part, nier le flair dont Étienne avait fait preuve en procurant une certitude précieuse pour l'avenir, à travers cette audacieuse aventure. C'était un joueur et un gagnant! Il avait eu raison dans l'élaboration de ses hypothèses et avait mené l'expérience envers et contre tous, parce qu'il avait une foi inébranlable en sa bonne étoile. Francis nourrissait à l'égard de ces personnes, capables de tout risquer sur un simple coup de dés, une crainte incommensurable en même temps qu'une secrète admiration.

Chapitre 22

Quand Paul se présenta à l'IRGA en la fin de cet après-midi-là, il ne se doutait pas de l'accueil que lui réserverait le vieux Dan qu'on avait converti en gardien de nuit depuis l'arrivée de la Lorrentz. Il discutait avec Marc Daigneault. Lorsqu'il aperçut Paul, le journaliste retraita discrètement vers sa voiture. Dan alla à la rencontre de Paul, ce qui n'était pas dans ses habitudes. Son pas rapide témoignait d'une certaine nervosité.

– Mon Dieu, M. Paul, vous arrivez à temps !

– Qu'y a-t-il ? lui demanda ce dernier, étonné par son attitude.

– Je ne sais pas trop. Quand je suis arrivé vers trois heures et demie, le diable était aux vaches en bas. On avait barricadé toutes les issues et je n'ai pas eu la permission d'entrer. M. Pakazian a été conduit à l'hôpital. Il semble s'être produit quelque chose de grave au laboratoire.

– Encore ! J'espère que tu n'as rien dit de tout cela à ce Daigneault ?

– Pensez-vous ! Le vieux Dan est plus brillant que ça. Ça fait assez longtemps que je travaille ici pour savoir que tout ce qui se passe à l'intérieur, ça me regarde pas. Je suis comme une tombe, surtout avec ce rat. Non ! Je lui racontais simplement comment j'avais réussi à attraper ma première truite à mains nues.

– Et elle était grosse comment, cette fois ? se moqua Paul.

– Comme ça ! lui indiqua le vieux Dan le plus sérieusement du monde en écartant les bras au maximum. Je vous jure, grosse comme ça !

– Dan, t'es le meilleur pêcheur du monde, mais je ne mangerai jamais de ton poisson !

Paul s'éclipsa sans trop laisser voir son impatience, craignant d'attirer l'attention du journaliste, qui à coup sûr ne le quittait pas des yeux. Quand il fut dans le vestibule, son visage se crispa. Il était à peine seize heures et aucun bruit ne laissait croire à une quelconque activité. Avec sa carte magnétique, il déclencha la porte qui menait au laboratoire où Estelle, l'infirmière qui affichait un œil au beurre noir, s'affairait à mettre un peu d'ordre dans le fouillis de chaises et de tables renversées. Des seringues traînaient partout et la paperasse tapissait le plancher, pendant que des pansements baignaient dans un bassin d'eau souillée. Paul se figea net devant ce désordre et devant le cri de surprise qu'émit de la femme quand, toute absorbée dans son travail, elle aperçut Paul dans la porte.

– Mon Dieu, vous m'avez fait peur, docteur !

– Mais que s'est-il passé ici ?

La femme reprit son travail sans lui répondre. Paul crut bon de répéter sa question.

– Demandez à votre ami, le docteur Ledoux ! Cette brute vous le dira !

Les mots avaient été lâchés avec mépris et Paul, qu'une sourde angoisse tenaillait depuis qu'il avait mis les pieds à l'IRGA, monta à l'étage. Il croisa le regard médusé de Mimi qui se préparait à partir. Elle se doutait bien de ce qui motivait la présence de Paul à cet endroit. Il fit le tour des bureaux, ne trouva ni Laurent ni Luce.

– Elle n'est pas reparue depuis son départ à la fin de l'avant-midi, expliqua Mimi. Et M. Dolbec a quitté son bureau très tôt cet après-midi, après avoir cherché son fils partout. Il est fort inquiet.

– La belle excuse, postillonna Paul qui ne se laissait pas abuser par ce mensonge.

Dolbec était allé rejoindre Luce quelque part. Le prétexte de l'enfant était bien commode.

– Merde ! lâcha-t-il en frappant du poing le bureau de la secrétaire, faisant sursauter la pauvre femme. Et M. Pakazian ? Volatilisé, lui aussi ? Mais, bon Dieu, que se passe-t-il ici ? Que s'est-il passé, Mimi ? Parlez !

Elle bégaya des explications auxquelles étaient mêlés les noms de Francis, Canus, Étienne et Estelle. Paul rejoignit à toute vitesse le centre environnemental, entra dans le chalet, grimpa à l'étage, où il découvrit enfin Canus endormi sur son lit.

Il s'approcha et, après avoir retrouvé un peu de son calme, passa sa main trempée de sueur sur le front encore tiède de son petit animal, qui ne bougea pas. À peine entrouvrit-il les yeux, puis il se rendormit. Paul le regarda longuement. Pour la première fois, il mesurait la profondeur de l'affection qui le liait à cette bête fragile et unique. Ça n'avait plus rien à voir avec l'attachement qu'il avait toujours ressenti pour Éloïse ou Toddy. Dans le silence de cette chambre sombre, il se découvrait une fibre paternelle que l'angoisse avait fait vibrer. Canus n'était pas un simple animal. C'était une vie que Luce avait créée et dont lui, Paul, avait accouché: une vie qui était sortie de son corps avec rage, comme une vengeance sur le monde et sur ses amours blessées. À un certain moment, il entendit des bruits dans le salon-laboratoire.

— Francis? fit Paul à voix basse.

Il était maintenant habité d'une certitude: on avait mis en danger l'existence du canissimius. Et sans doute Francis n'était-il pas étranger à cette histoire. Paul se pencha sur Canus, lui tapota la joue, puis gagna le salon qui jouxtait la chambre.

Francis était installé devant son ordinateur et ne crut même pas nécessaire de tourner le regard vers Paul.

— Tu dois avoir vu les dégâts du laboratoire?

— Que s'est-il passé?

— J'ai simplement flanqué mon poing au visage d'Étienne.

— Et pourquoi lui as-tu simplement flanqué ton poing au visage?

— Affaire personnelle, riposta Francis d'une voix cinglante.

Paul s'approcha de lui et fit basculer son fauteuil, obligeant cette fois Francis à rencontrer son regard.

— Il n'y a rien de personnel là-dedans, Francis! Et tu le sais! Qu'est-il arrivé à Canus?

— Quoi, Canus? rusa l'autre en se dégageant. Canus dort calmement!

— Il s'est passé quelque chose au laboratoire!

— Très bien, clama Francis avec colère. Tu veux savoir ce qui s'est passé? C'est très simple! Étienne et moi avons eu un différend, nous avons discuté, il a eu une parole malheureuse et j'ai retrouvé mes aigreurs d'adolescent. Je crois bien lui avoir cassé le nez. Canus a eu peur. Il s'est affolé et nous avons été obligés de le poursuivre partout dans le laboratoire, où il a tout brisé. Je l'ai calmé avec un tranquillisant.

Cette fois, Francis trouva la force de soutenir le regard de Paul. Un lourd silence s'établit entre les deux hommes.

— Tu crois, Francis, pouvoir me faire avaler une couleuvre pareille ?

Paul se rendit au fond du salon, ouvrit un coffret de sûreté et en sortit une feuille ressemblant à une facture, pendant que Francis persistait dans sa version.

— Paul, je t'assure qu'il ne s'est rien passé d'autre.

— Si, Francis ! Il s'est passé quelque chose d'autre : j'ai perdu un ami ! Voilà ce qui s'est passé. Maintenant, je veux que tu saches contre quoi tu m'as échangé. Regarde la signature au bas de cette facture. C'est la même que celle qui apparaissait sur la fiche de quarantaine de Roméo.

— Et alors ?

— C'est celle d'Étienne Pakazian.

Francis en eut le souffle coupé. Il se rassit dans son fauteuil et examina la lettre avec attention.

— Mais ne crains rien, ironisa Paul. Je n'ai aucune preuve à l'appui de cette accusation ! On a pris soin de faire disparaître la fiche de Roméo sur laquelle se trouvait la même signature. Bien sûr, tu n'es pas obligé de me croire.

Paul ramassait maintenant ses affaires et les fourrait pêle-mêle dans son sac.

— Que fais-tu ?

— Je vais mettre Canus à l'abri.

Il boucla sa valise, s'avança vers la porte et se tourna une dernière fois vers Francis.

— Regarde bien cette feuille, Francis ! Voilà les maîtres que tu sers.

Cette fois, Francis fut incapable de répondre et de regarder son ami. Il ne put intervenir quand il vit Paul enfouir Canus sous une couverture, le saisir et quitter le milieu environnemental avec la bête dans les bras. Francis n'avait plus l'énergie qu'il fallait pour s'opposer à une telle volonté. Il n'avait pas eu le courage de tout avouer, et il payait le prix de sa lâcheté. Il venait de perdre son seul véritable ami.

La porte de secours, actionnée par Paul, s'ouvrait avec fracas. Le vieux Dan le vit sortir. Il voulut s'approcher mais le directeur de la recherche marchait d'un pas tellement rapide qu'il ne fut pas en mesure de le rattraper.

— M. Paul, où allez-vous ? Qu'est-ce que vous tenez là ? Monsieur ! Je ne peux pas vous laisser sortir un animal du laboratoire. Monsieur Dolbec m'a bien averti...

– Alors appelle-le ! feula Paul en montant dans sa voiture. Je prends toute la responsabilité de mon geste.

Marc Daigneault, qu'un soleil fléchissant n'avait pas décidé à quitter le stationnement, fit alors preuve d'une sagacité que seuls les simples peuvent avoir aux grands moments de leur existence. Il saisit son superbe appareil Minolta, y ajusta un téléobjectif.

– C'est le chien-singe ! Je suis sûr que ce salaud est en train de l'enlever. La chance de ma vie !

D'un geste délicat, espérant que son moteur en ferait autant, il tourna la clé de contact. Un grondement fit se détourner le vieux gardien qui courait vers l'entrée principale. Lentement, gardant une bonne distance derrière le généticien, le journaliste s'avança dans la grande allée bordée d'arbres squelettiques. Quand il vit la voiture qu'il venait de prendre en chasse virer dans la grande avenue, il accéléra de manière à ne pas la perdre de vue. Il la suivit ainsi sur quelques kilomètres.

Paul semblait se diriger du côté du pont Champlain. La circulation encore très dense à cette heure de la journée désespérait le journaliste qui, de crainte d'être semé, jugea bon de se rapprocher. Ils roulèrent bientôt dans des rues étroites, presque désertes. L'avantage pour Daigneault de n'être pas entravé dans sa filature par une trop forte circulation était annulé par l'inconvénient d'être à portée de vue de sa proie. À nouveau, Daigneault décida d'accroître la distance. Paul venait de tourner à droite : il le suivit docilement.

Ils filèrent ainsi à une assez bonne allure, rue Notre-Dame ouest. Ils allaient bientôt atteindre la rue Atwater. La place du marché était sûrement encombrée de voitures à cette heure-là. Le journaliste espérait que la chance jouerait enfin en sa faveur et que Paul se laisserait surprendre par un embouteillage.

Daigneault remarqua que le directeur avait assis la petite bête à sa droite. La ceinture de sécurité avait été bouclée, ce qui aurait pour avantage de maintenir immobile le chien-singe pendant qu'il prendrait les photos qui lui attireraient, sinon le Pulitzer, du moins une augmentation de son maigre salaire. Sa détermination se raffermit. Sa persévérance méritait bien cette reconnaissance minimale. Déjà, son article sur l'existence de la bête avait fait sensation et couvert la page deux du journal sur quatre colonnes. Le tapage que la nouvelle avait faite dans la salle de rédaction ! On le prenait de moins haut maintenant et les secrétaires lui donnaient du monsieur à tour de bras ! Il se voyait déjà recouvert de la chape dorée de la gloire, au moment de la parution des photos. Le feu était alors au rouge. Perdu dans ses pensées, Daigneault ne s'en aperçut pas et fonça dans le pare-chocs de la voiture qui le précédait. Surpris par la secousse, Paul ragea pendant que Marc Daigneault jurait contre cette « connerie de merde de lumière bâtarde ». Il n'avait plus un instant à perdre. Il devait profiter de ce moment de grâce, fût-il de choc.

Il saisit son appareil photo, s'approcha de la portière du passager, visa le petit animal qui venait de tourner vers lui sa face tout à fait étonnante. Un instant, le journaliste resta interdit devant la physionomie attachante de Canus. Il s'attendait à voir un monstre biscornu alors qu'on lui présentait un toutou en peluche. Ce fut hélas un instant de trop !

Canus, qui avait reconnu l'ennemi au portrait que lui avait présenté Paul ainsi qu'à l'appareil photo, se dissimula sous sa couverture. Paul, qui s'était remis de son étourdissement, reconnut le manège. Le journaliste se débattait désespérément contre la vitre, cherchant à saisir le minois de la bête qui criboyait de nervosité en cherchant à se défaire de la ceinture qui le tenait prisonnier.

Paul voulut démarrer, mais devant lui trois voitures attendaient le feu vert, et à sa droite un attroupement commençait à se former. Une seule possibilité s'offrait à lui. Il n'hésita pas à y recourir. Il tourna ses roues vers la gauche, accéléra, traversa le terre-plein qui divisait la rue en deux, puis, zigzaguant entre les voitures qui venaient en sens inverse, vira audacieusement et gravit la côte Atwater jusque derrière l'ancien Forum. Il arriva rue Sherbrooke, prit vers l'ouest, rejoignit les flancs du mont Royal, emprunta un instant le chemin Camillien-Houde et jeta un coup d'œil rageur dans son rétroviseur pour apercevoir son poursuivant qui n'avait toujours pas lâché prise.

Brusquement, Paul s'immobilisa dans une halte routière, défit la ceinture de Canus et s'enfonça dans la forêt. Derrière, une portière claquait. Décidément, ce maudit journaliste ne désarmerait pas.

Avec Canus dans les bras, il escalada un sentier qui le mena sur un petit plateau ombragé. Le soleil couchant leur offrait quelque espoir d'échapper à la poursuite de Daigneault. Il entendit le pas lourd du journaliste qui ahanait. Caché dans les buissons, Paul tenait fermement Canus qui avait retrouvé toute sa vigueur; la randonnée quasi nocturne semblait l'enchanter.

Daigneault arriva tout près de l'endroit où s'étaient dissimulés Canus et son maître. Il s'arrêta, tendit l'oreille pour découvrir un bruit susceptible de lui faire retrouver la piste des fuyards. Il resta un long moment aux aguets. Mais rien ne lui parvint. Il donna un coup de pied dans un tas de feuilles mortes.

– Maudite merde de saloperie de malchance !

Il actionna accidentellement son flash, qui aveugla Canus. La bête lança des criboiements terribles. Cela eut pour effet de paralyser le journaliste et plus encore Paul, qui chercha vainement à rattraper Canus qui prenait la fuite. Cette fois, Daigneault eut le réflexe plus rapide et se mit à la poursuite de Canus, qui se réfugia derrière un arbre trop maigre pour le camoufler tout à fait.

Assuré de sa position, Daigneault s'installa, prêt à prendre en défaut la bête qui s'amusait à jouer à cache-cache, la langue pendante, la queue frétillante, présentant son minois tantôt d'un côté, tantôt de l'autre, mais toujours là où ne l'attendait pas l'adversaire.

Le journaliste suiffeux, rendu de plus en plus impatient par le manège d'une bête qui semblait se payer sa tête, manipulait bien inutilement son appareil. Au moment où la bête s'arrêtait enfin dans le cadre de sa lentille, elle s'échappa, grimpant à un arbre après avoir saisi une poignée de terre.

Avec une agilité déconcertante, Canus campa dans le creux d'une grosse branche. Quand le journaliste haletant de satisfaction crut le moment venu de saisir sa chance en visant soigneusement, l'animal lui envoya sa motte de terre, qui atteignit le malheureux photographe en plein visage. Giguant sur place, ce dernier se tourna, présenta ainsi son visage rougeaud au poing vigoureux de Paul qui venait d'arriver derrière lui. Le coup assomma net le triste sire, qui s'allongea au pied de l'arbre. Sous le choc, son appareil s'ouvrit et la pellicule se déroula, désormais inutile.

La nuit recouvrait déjà les clartés du jour vacillant. Paul voulut profiter de la mise hors de combat de l'ennemi pour fuir. Mais il devait affronter un nouveau défi: faire redescendre Canus, qui trouvait un plaisir fou à se balancer de branche en branche, d'arbre en arbre, dans ce coin qui paraissait, l'obscurité venue, moins désert. Çà et là, des ombres glissaient sur les sentiers sinueux de ce bois qui servait manifestement de lieu de rencontre à des personnes en quête de plaisirs éphémères. Paul courait d'érable en orme et d'orme en bouleau, suivant les ébats de Canus.

— Veux-tu redescendre ! Ce n'est vraiment pas le temps de jouer. Il faut partir d'ici. Canus, ne te laisse pas suspendre ainsi... Viens... Viens, mon gentil Canus... Viens ! Merde, Canus, je t'ordonne de revenir !

Bien sûr, les lamentations de Paul ne firent qu'exciter davantage le chienpanzé, qui s'agitait avec allégresse au bout des branches fines qui ployaient dangereusement sous son poids.

— Ne fais pas cela, Canus. Redescends !

Bientôt, les ombres imprécises acquirent plus de netteté, et l'une d'elles s'arrêta tout près de Paul. Il dut cesser sa tirade, car il était gêné de se sentir consommé tout cru par ce regard importun.

— On parle aux arbres ? fit l'inconnu, d'une voix pleine de sous-entendus. J'adore les naturalistes. La nature me fait jouir. Pas vous ?

Paul bégaya une réponse avec un sourire embarrassé.

— Oui... Oui ! La nature, c'est... c'est très... Canus ?

— Je vois que tu n'es pas un habitué de ces rencontres bucoliques. Ta nervosité te donne un charme dément. Laisse-moi faire, mon grand. Tu verras, ça va être divin !

La main de l'homme, audacieuse et sans scrupule, s'enroula dans l'entre-jambes, caressant cette partie du corps de Paul qu'il chercha à défendre au moyen de petites contractions des cuisses. Il lança un regard foudroyant à Canus qui était suspendu à une branche.

— Je t'avertis, Canus. Tu vas me le payer !

— Canus ? C'est le nom de ta grosse bébête ? minauda le moustachu aux rides saillantes.

Un craquement se fit alors entendre. La branche sur laquelle était attaché Canus venait de céder. Dans un cri très proche du hurlement de certains primates, la bête atterrit sur le crâne du bellâtre qui en perdit sa moumoute et déguerpit sans demander son reste. Le cœur battant la chamade, Canus se réfugia dans les bras de son maître.

— Je t'avais averti... Ce ne sont pas des arbres de caoutchouc, imbécile !

Au pas de course, ils retournèrent à la voiture. Pour s'assurer qu'on ne le prendrait pas en chasse, Paul dégonfla un des pneus avant de la vieille Ford de Daigneault.

Ils arrivèrent sans encombre, au chalet d'Orford.

Intimidé par la noirceur qui régnait partout, Canus ne voulut d'abord pas descendre de la voiture. Sa face écrasée sur la vitre, il demeura un long moment paralysé. Paul laissa tout le temps qu'il fallait à son protégé pour apprivoiser son nouveau décor que la nuit camouflait, tendant de grands voiles sur des espaces inquiétants.

Puis, la lune sortit doucement d'un nuage et jeta sur les alentours une couleur laiteuse, découvrant des détails qui permirent à Canus de se décontracter. Tout avait l'apparence des lieux qui composaient son environnement quotidien. Le chalet était le même, les rochers, le petit bois, le ruisseau plus loin, la haie de cèdres et, là-bas, le lac aux eaux noires hérissées de pointes blanches, tout correspondait assez bien au décor de l'IRGA. Même le gros arbre était là avec son pneu attaché à la plus grosse branche.

Canus agita ses pattes avec frénésie.

– Parle calmement, Canus. Je n'ai rien compris de ce que tu as dit. Reprends plus lentement.

Cette fois, le canissimius s'appliqua.

– Oui, mon beau Canus. C'est chez nous.

L'animal répéta une séquences de gestes qui firent sourire Paul.

– Moi aussi, j'ai faim ! Allons, fais-moi un gros câlin.

L'animal, enroula affectueusement ses petits bras velus autour du cou de son maître et colla sa joue sur la sienne. Un long moment, ils restèrent tous deux enlacés, soudés par une affection partagée et une confiance mutuelle.

– N'aie pas peur, Canus ! Rien de mauvais ne t'arrivera tant que nous serons ensemble !

Chapitre 23

Toujours enfermé dans le salon expérimental du chalet, Francis venait de raccrocher le téléphone. Son regard embué par une fatigue excessive était tombé sur le reçu au bas duquel apparaissait la signature du coupable.

Jamais il n'aurait cru, un jour, devoir revêtir le costume inconfortable de la délation. Mais les révélations de Paul, les derniers événements et les risques incroyables que l'ambition de Pakazian faisait courir à Canus réclamaient cette action. Francis n'avait plus le choix. Il devait sortir du piège dans lequel il était pris, celui du mutisme qui le rendait complice d'Étienne. Il était conscient de ce fait, et c'est ce qu'il s'apprêtait à avouer à Laurent en même temps que tout le reste. Mais c'est à Paul qu'il remettrait sa démission, car c'est d'abord lui qu'il avait trahi et blessé.

Francis avait préféré en dire le moins possible au téléphone et avait pris rendez-vous au domicile de Laurent dans l'heure qui suivait.

Ce coup de fil avait rendu Dolbec très nerveux. Tout de suite après, le quinquagénaire entendit une voiture freiner doucement devant la maison. Pierrot en sortit. Luce descendit à son tour, saisissant la main de l'enfant. Fou de rage en même temps que réconforté par le retour de son fils, Laurent les vit s'avancer en titubant dans l'allée qui menait au patio. Il ouvrit la porte au moment où Luce allait sonner.

Laurent, qui s'apprêtait à abreuver la femme de reproches et de menaces, fut arrêté dans son élan par l'image qui se dressait devant lui. Luce avait le teint érugineux. Ses yeux rouges creusaient de grandes fosses dans des orbites sombres. Sa coiffure défaite se répandait en broussaille sur ses épaules. Sa robe pendouillait, intacte mais sale. Elle leva un regard sur Laurent.

– Si vous voulez, nous remettrons les explications à plus tard. Pierrot et moi sommes épuisés.

Laurent observa son fils. Il bouillait de fièvre. Ses yeux semblaient perdus et ses mains tremblaient. L'homme en ressentit une vive appréhension. Quelque chose s'était déréglé chez ce fils docile et chez cette femme dépenaillée qui restait pourtant belle.

– Que s'est-il passé, Luce ? Mon Dieu, que s'est-il passé ? prononça-t-il finalement. J'étais fou d'inquiétude.

– Je ne sais pas, balbutia la femme d'une voix éteinte.

Laurent ordonna à Pierrot de monter à sa chambre et d'y prendre un bain.

– Ne soyez pas trop sévère avec lui. Il a eu une rude journée.

– Mais où diable êtes-vous allés ?

– Je n'en sais rien. Je me souviens seulement d'avoir invité Pierrot à célébrer son anniversaire. Je voulais lui offrir une glace dans un parc.

– Mais, Luce, nous sommes en novembre.

– Je sais. C'est ridicule. Je suis désolée de vous avoir causé toutes ces inquiétudes. J'ignore moi-même ce qui s'est produit. Nous avons marché, tellement marché. Je n'ai souvenir de rien d'autre. C'est le noir complet sur l'après-midi et le début de la soirée. Quand je suis sortie de mon engourdissement, il faisait déjà nuit. Pierrot dormait sur mes genoux. Nous étions au lac des Castors. Je l'ai éveillé. Nous étions affamés et j'étais effrayée de cette dernière éclipse. Nous avons hélé un taxi qui nous a ramenés à l'IRGA. Tout était fermé. Alors, j'ai pris ma voiture et nous voilà. Pierrot n'a pas dit un seul mot depuis qu'il est éveillé.

– Vous êtes transie. Entrez!

– Non, je dois repartir.

– Vous êtes malade, Luce. Très malade, déclara Laurent avec autorité. Il faut voir un médecin.

– Je sais ! Paul m'y conduira. Je veux simplement vous dire que votre fils a terriblement besoin de vous. Il croit que vous le détestez.

Laurent se redressa, pris au dépourvu par cette révélation.

– C'est lui qui vous a dit cela ?

– Oui ! Il sait aussi pour sa mère.

– C'est vous qui... ?

– Non ! C'est Manon ou Louison... Enfin, sa gardienne. C'est elle qui l'a mis au courant hier, lors de son souper d'anniversaire. Il est bouleversé.

– Lison ! Mon Dieu, la vieille Lison, soupira Laurent, atterré par cette nouvelle.

– Oui, c'est cela, Lison ! Pierrot la déteste et je crois qu'il n'a pas tout à fait tort... J'ai froid...

Luce replia ses bras dénudés sur son buste et chercha à maîtriser un frisson qui l'agitait de la tête aux pieds. Laurent retira sa veste et la posa sur ses épaules. Elle le dévisagea d'une si étrange manière, il y avait tant de souffrance dans ses yeux rougis par la fièvre, que Laurent eut du mal à soutenir son regard. La voix était devenue soudainement lâche et rabâchait des lambeaux d'un discours qui semblaient fixés à une obsession presque délirante. Inlassablement elle répétait : « Je l'aime ! »

– Vous aimez qui ? De qui parlez-vous ?

Luce s'arrêta. Elle ne le regarda même pas. Son corps semblait se mouvoir grâce à une mécanique déréglée. Elle se dirigea vers sa voiture, se mit au volant.

– Je ne crois pas que vous soyez en état de conduire, s'objecta Laurent.

Elle posa sur lui un regard décomposé. Cette fois, des cristaux scintillaient au coin des yeux, qui s'affinèrent pour couler doucement sur son visage. Elle laissa son front lustré par la sueur retomber sur le volant.

– J'ai peur ! J'ai si peur !

– Luce, il faut vous reposer ici. Vous êtes trop faible !

– Non ! Vous ne comprenez pas ! Je l'aime tellement ! Si vous saviez ! Il croit que je lui ai menti. Comprenez-vous ? Paul croit que je lui ai laissé croire que j'étais enceinte pour le faire revenir à l'IRGA. Ce n'était pas un mensonge ! Je ne veux plus qu'il croie cela. Vous savez, vous, que je ne pourrais jamais faire une chose pareille. N'est-ce pas ?

– C'est donc ça ? marmonna Laurent. L'imbécile !

Il étira son bras et caressa la chevelure de Luce qui s'était enfin abandonnée à sa peine dans des pleurs qui semblaient la régénérer.

– Venez, Luce ! Il faut vous reposer. Vous ne pouvez pas reprendre la route dans un tel état. Dormez ici et demain je ferai avertir Paul. D'ailleurs, Francis doit me rencontrer ici, ce soir. Alors si vous voulez toujours rentrer, il vous conduira. Je serais plus tranquille.

– Que vient faire Francis, ici ? demanda Luce dans un sursaut d'énergie.

– Il semble qu'il se soit produit un accident grave au laboratoire.

– Un accident ? Quand ? Où est Paul ? Dites-moi où est Paul. Il lui est arrivé quelque chose ? C'est grave ? Pour l'amour, Laurent, parlez !

Il hésita longuement avant de lui faire savoir ce qu'il avait appris par Francis du lieu où s'était réfugié Paul. Puis, voyant que Luce ne renoncerait pas à son projet, il préféra tout lui dire.

– Paul est à son chalet. Il a quitté l'IRGA avec le canissimius. C'est là que vous le trouverez. Mais jurez-moi de vous faire hospitaliser. Votre état de santé est catastrophique.

– Je vous le promets, Laurent ! Merci pour la veste. Merci de votre gentillesse. Ne vous inquiétez pas, tout va déjà mieux ! Quant à vous, promettez-moi de parler à Pierrot. Faites-le, Laurent, sinon vous pourriez bien le perdre, lui aussi.

Luce lui sourit, puis démarra lentement. Laurent lui fit un signe de la main pendant qu'elle s'éloignait. Cette femme s'échappait de sa vie d'une manière définitive. Il en avait la certitude, maintenant.

Pour la première fois, depuis la mort d'Hélène, il avait ressenti de l'amour pour une autre femme. Ce soir, il ne cherchait plus à se masquer cette vérité. Cela le consternait et le soulageait à la fois. Il rentra bientôt, monta à la chambre de Pierrot d'où aucun bruit ne s'échappait. L'enfant s'était couché tout habillé et dormait d'un sommeil profond.

Laurent s'approcha doucement de lui, dénoua les lacets de ses souliers, déboucla sa ceinture puis, avec d'infinies précautions afin de protéger le sommeil de l'enfant, le déshabilla. À un certain moment, une détresse effroyable s'empara de son esprit et il sentit le besoin de serrer le corps chaud de son fils contre lui. Il se retint de le faire. On sonna à la porte d'entrée. Ses tremblements redoublèrent. Il remonta les couvertures sur le corps fiévreux de son fils et descendit.

Les salutations d'usages furent écourtées et les deux hommes passèrent au salon.

– J'ai croisé la voiture de Luce, dit Francis. Elle n'a pas semblé me reconnaître. Elle paraissait dans un drôle d'état.

– Elle est venue reconduire mon fils. Elle me semble très malade, Francis, et cela m'inquiète profondément. Aujourd'hui, elle a perdu toute notion du temps. Elle avait le visage émacié, le teint fade. Elle s'était perdue en pleine ville avec mon fils depuis ce matin.

– Où allait-elle maintenant ?

– Rejoindre Paul à son chalet, soupira Laurent. Je n'ai pas su l'en dissuader, ni la contraindre à rester. Elle est allée rejoindre l'homme qu'elle aime. Ce sont ses propres paroles.

Il y eut un long moment de silence, puis Laurent se résolut à changer de sujet de conversation.

– Vous avez des choses graves à me dire, je crois ?

Francis n'omit aucun détail de tout ce qui s'était passé au laboratoire durant les dernières semaines. Il émailla le résumé de la présente journée de précisions fidèles, sans renoncer à fournir des explications sur ses propres défaillances. Il lui présenta ensuite la feuille au bas de laquelle apparaissait la signature d'Étienne. Admettant ne pas avoir de preuve justifiant son accusation, il révéla ses appréhensions selon lesquelles Étienne Pakazian, pour des raisons nébuleuses, avait falsifié la fiche de Roméo.

Curieusement, Laurent ne parut pas surpris par cette nouvelle, comme s'il l'avait attendue. Il composa un numéro de téléphone. Après quelques coups, une voix d'homme se fit entendre et son image apparut sur un petit écran. Le nez d'Étienne était encore enflé et tuméfié.

– Bonjour, M. Dolbec ! J'allais justement vous appeler. L'expérience que vous m'avez...

– Cher Étienne, coupa rudement Laurent, j'ai près de moi Francis qui m'a mis au courant de la situation... C'est très fâcheux, n'est-ce pas ?

– Je vous avais prévenu, monsieur...

– M. Pakazian, intervint à nouveau le directeur avec cette fois un éclat impératif dans la voix, je ne désire rien entendre de plus. Je veux vous voir demain matin, à la première heure, à mon bureau.

– Bien ! J'y serai ! bafouilla Étienne qui raccrocha.

Laurent se tourna vers Francis.

– Docteur Ledoux, la situation que vous venez de me présenter avec autant d'honnêteté est préoccupante et je vous remercie de vous être donné la peine de m'en informer. Vous pouvez être assuré que je prends la situation très au sérieux. La Lorrentz n'a jamais toléré un tel laxisme chez ses employés. L'affaire Roméo est particulièrement inquiétante. Je vous remercie encore de m'en avoir parlé. Mais, vous devez m'excuser, je suis moi-même épuisé et...

On entendit alors un bruit sourd provenant de la chambre de Pierrot. Laurent plissa les yeux et regarda le haut de l'escalier de chêne où il espérait voir apparaître son fils. Rien ne vint. Alors, il monta à l'étage d'un pas hésitant mû par un fâcheux pressentiment.

Francis s'était levé. Un cri venait de l'arracher à son siège.

– Mon Dieu, Pierrot! Pierrot, réponds-moi! Francis! Appelez une ambulance, mon fils gît inconscient dans sa vomisssure.

Francis avait suivi le véhicule d'Urgences Santé à bord duquel avaient pris place Laurent et son fils, jusqu'à l'hôpital Sainte-Justine, où une équipe médicale s'occupa aussitôt de l'enfant.

On procéda à une série de tests. On en vint à établir avec certitude une origine virale aux malaises de l'enfant. Le problème apparut quand on constata l'impossibilité d'identifier l'agent agresseur. Par mesure de sécurité, on isola l'enfant dans une chambre aseptisée et on ne l'approcha plus que masqué et ganté. On fit mander le docteur Pothier, réputé immunologiste, afin qu'il prenne le cas en main. C'est lui qui, deux heures plus tard, rencontra Laurent auprès de qui se tenait Francis.

– Votre fils, M. Dolbec, vient d'entrer dans le coma. Nous avons effectué une série de tests et n'avons découvert aucune lésion qui expliquerait ce coma. Nous ne possédons pas encore tous les éléments, mais nous croyons que votre fils pourrait être atteint d'une maladie virale qu'il nous reste à identifier. Afin de nous guider dans nos recherches, nous aurions besoin de vos lumières. Je vous avoue que le cas est très préoccupant.

– Sa vie est-elle en danger, docteur?

– Il est trop tôt pour que nous puissions nous prononcer sur ses chances de survie. Chose certaine, ses fonctions vitales semblent altérées et laissent supposer que la situation est très critique. Alors, je vous en prie, dites-moi tout ce qui vous revient en mémoire concernant votre enfant qui aurait pu se produire à la maison, à l'école ou ailleurs. Le moindre détail pourrait nous être d'une grande utilité.

Laurent essaya de se concentrer sur ce qui aurait pu être révélateur dans le comportement de son fils durant les derniers jours.

— Ce matin, commença-t-il, je l'ai fait examiner par un ami médecin.

— Pour quelles raisons ?

— Je le trouvais pâle, amaigri et somnolent.

— C'est tout ? Essayez de vous rappeler, M. Dolbec, c'est d'une grande importance. Son appétit ?

— Pierrot n'a jamais eu un gros appétit, mais maintenant que vous m'y faites penser, depuis quelques semaines les repas étaient devenus une vraie corvée pour lui. Je devais le forcer à manger, et il entamait à peine son assiette. Il dort aussi très mal et fait de fréquents cauchemars.

— Vous dites qu'il a maigri. De combien de kilos à peu près ?

— Quatre.

— En combien de temps ?

— En moins de dix jours! C'est ce qui m'a le plus inquiété au départ.

— Saignait-il du nez ? Lui est-il apparu des bleus sur le corps ces derniers temps ?

— Pas que je sache.

— Quel âge a votre fils, M. Dolbec ?

— Neuf ans ! Pardon, dix. Il a eu dix ans hier.

— Excusez ma franchise, mais se drogue-t-il ?

— Ah ça, non ! J'en suis persuadé.

— Vous saviez qu'il était pubère ?

— À son âge ? s'étonna Laurent.

— C'est un peu jeune, en effet, mais le cas n'est pas rare. Ce qui l'est par ailleurs, c'est de devoir procéder à une spermographie afin d'identifier un virus. En général, une prise de sang y suffit. Mais dans le cas de Pierre, les choses sont plus compliquées et nous ont forcés à un examen poussé et à des prélèvements multiples, dont une biopsie de la prostate. Nous avons terminé l'analyse des échantillons prélevés sur différents organes et nous n'avons pas réussi à isoler le virus. Cependant, nous avons pu constater une étrange malformation des spermatozoïdes. Je crains, monsieur, que votre fils ne soit stérile. Nous ne pouvons toutefois pas affirmer que cette déficience soit le résultat de l'action du virus. Mais il n'est pas impossible que ce soit le cas.

Laurent s'effondra dans un fauteuil. Il détacha le col de sa chemise et passa machinalement sa main dans son épaisse chevelure argentée. Le médecin continua son interrogatoire.

Francis, tout près, ne manquait rien des questions et réponses et son visage témoignait d'une étrange préoccupation, comme si lentement dans sa tête se rassemblaient les pièces d'un casse-tête qu'il cherchait désespérément à reconstituer. Ce fut une nouvelle révélation du médecin qui l'incita à intervenir.

– Quoi ? Que dites-vous, docteur ? Pouvez-vous répéter ce que vous venez de dire ?

– Nous avons aussi observé une déformation des lymphocytes B.

– Avaient-ils la forme d'une faucille ? insista Francis.

– Exactement. Mais qui êtes-vous, monsieur ?

– Docteur Francis Ledoux, généticien attaché à l'Institut de recherches en génétique appliquée.

– L'IRGA ! Je connais très bien ! Et votre nom ne m'est pas étranger.

Cette partie de la discussion échappa à Laurent, qui semblait dissous dans un engourdissement qui le soustrayait à ce qui se passait autour de lui. C'est Francis qui le ramena vivement à la réalité en le secouant.

– Laurent, je vous en prie, il faut absolument que vous retrouviez votre lucidité. Écoutez-moi. Vous m'entendez, Laurent ? Il faut répondre à mes questions avec précision.

– Pardon ! Je vous écoute, Francis.

– Laurent, j'ai besoin de réponses précises. Je vais vous présenter une série de symptômes, dans un ordre précis, et je vais vous demander de bien vous rappeler si oui ou non Pierrot en a souffert. Essayez de vous reporter quelques mois en arrière, peut-être au début de l'été. La perte d'appétit est-elle récente ou remonte-t-elle à plusieurs mois ?

– Depuis quelque temps, il est devenu difficile de le faire manger. Mais cela me semble récent. Je n'ai pas le souvenir…

– Essayez de vous rappeler, Laurent. Une vétille, un indice quelconque dans son passé récent. L'été dernier ! Ne s'est-il rien produit de particulier… ?

Laurent fit un effort redoublé pour retrouver le détail qui aurait pu échapper à son attention. Le front plissé, le regard fixe, il balançait la tête, signifiant que rien de précis ne lui revenait en mémoire. Puis, ses yeux s'arrondirent. Quelque part, un souvenir diffus se dessinait… une certitude…

– Cet été, s'exclama-t-il, quand j'ai téléphoné à la colonie de vacances où j'avais placé mon fils pour trois semaines, le directeur m'a prévenu que Pierrot refusait de manger. J'ai d'ailleurs dû écourter son séjour en raison de cette inappétence qui me semblait n'être qu'un caprice. Pierrot n'avait pas voulu partir en colonie.

— A-t-il perdu du poids à cette époque ?

— Peut-être quelques kilos. Je n'ai pas fait attention. J'ai mis cela sur le compte de son abstinence.

— Avez-vous observé chez votre enfant des attitudes bizarres, telles que des pertes de mémoire, une difficulté d'orientation, des retards inexpliqués...

— Vous savez, Pierrot a toujours été un peu distrait, des détails lui échappent volontiers. Sur ce point, nous nous ressemblons. Mais je n'ai rien observé de bizarre... sinon peut-être son rendement scolaire qui a fléchi sensiblement au premier bulletin. Son professeur le trouve distrait, malhabile. Et puis, il y a eu quelques retards à l'école dus au fait qu'il s'était trompé d'autobus. Bien sûr, je ne l'ai pas cru. Voilà deux ans qu'il fait le même trajet matin et soir. Nous avons eu, le mois dernier, une bonne discussion à ce sujet. Les choses n'ont pas semblé se répéter.

— Vous en êtes certain ?

— En tout cas, l'école ne s'en est jamais plainte depuis.

— Votre fils ne vous a jamais fait part de vertiges, ou de difficultés à se concentrer ou à apprendre ses leçons, à retenir des choses qu'il savait déjà et qu'il avait soudainement oubliées ?

Laurent se racla la gorge. De toute évidence, cette question le mettait mal à l'aise.

— Non ! Pierrot ne m'a jamais parlé de ce genre de problèmes, ni d'aucun autre. Je suis bien obligé d'admettre que nous n'avons jamais entretenu, mon fils et moi, de liens suffisamment étroits pour lui permettre ce genre de confidences à mon endroit. Je m'excuse...

Des larmes noyèrent ses yeux. Cet homme perdait toutes ses défenses en prenant tout à coup conscience que, dans cette chambre au bout d'un couloir blanc, se trouvait son fils, un inconnu qu'il n'avait jamais eu le courage d'apprivoiser depuis la mort de sa femme.

— A-t-il fait preuve d'agressivité ces derniers temps ? reprit Francis d'une voix embrouillée.

— Dernièrement, il s'est battu deux fois à l'école. Ça ne lui était encore jamais arrivé.

– Récemment, avez-vous remarqué des faiblesses kinesthésiques ?

– Non ! Cependant, ce matin, le médecin que j'ai consulté
s'est étonné du peu de réponses toniques de Pierrot. Il le
trouvait faible et lymphatique. Le petit a eu du mal...

La voix de Laurent se brisa.

– Il a eu du mal à se rappeler le nom de son école. Il avait
oublié le prénom de sa mère et aussi... le sien !

Cette fois, Laurent s'effondra, les épaules alourdies par une
trop lourde charge.

– Je l'ai engueulé devant le médecin. Je croyais qu'il
cherchait à m'humilier, à me ridiculiser, en se faisant passer
pour un véritable débile. Il avait le regard tellement torturé, ses
joues étaient si creuses et son teint si fade ! Son petit corps
tremblait pendant que je l'abreuvais d'insultes... Je n'ai rien
compris à son désarroi...

Francis resta penché quelques minutes au-dessus de
Laurent, la main appuyée sur son dos voûté. Une réalité d'abord
confuse, puis de plus en plus précise, impitoyable, se creusait en
lui. Peu à peu, Luce s'installa dans cet étrange lieu, découvrant
son mystère et ses douleurs. Les carences récentes de cette
femme s'articulaient ainsi en un démentiel mouvement vers la
mort. Une vérité terrible se superposait à celle de Pierrot avec
une netteté déconcertante. Comment ne s'était-on pas apercu
de la chose plus tôt ? Francis eut un long frisson. Luce était
indubitablement atteinte du même virus.

Sans rien expliquer, il abandonna Laurent, accompagna le
docteur Pothier au chevet de l'enfant et se rendit ensuite à
l'IRGA. Il y fit une vérification microscopique et prit quelques
dossiers. Puis il roula à toute vitesse en direction d'Orford,
espérant que Luce aurait eu la force de s'y rendre.

Il bifurquait sur une route secondaire quand un gyrophare
attira son attention. Un vif émoi s'empara de lui. Il ralentit, et
stoppa derrière une voiture de la police. Une remorqueuse était
sur les lieux ainsi qu'une ambulance.

Francis reconnut tout de suite la voiture de Luce, qui était
dans le fossé en équilibre instable. On en avait extrait la jeune
femme et les ambulanciers l'installaient avec précaution sur
une civière. Francis s'approcha de la victime inconsciente.
Après s'être identifié, il se tourna vers les policiers qui lui expli-
quèrent que la dame s'était sans doute endormie au volant car

aucune trace de freinage n'indiquait qu'elle avait cherché à reprendre le contrôle de son véhicule. La voiture avait dérapé jusqu'au fossé pour ensuite verser sur le côté.

– On n'a diagnostiqué aucune fracture apparente, conclut le policier. Peut-être une commotion cérébrale. Elle est inconsciente pour l'instant.

– Elle n'est pas seulement inconsciente, elle est dans le coma! renchérit Francis.

Puis, s'adressant cette fois aux ambulanciers, il leur demanda de transporter Luce de toute urgence à l'hôpital Sainte-Justine!

– Ce n'est pas notre secteur, riposta celui des deux hommes qui semblait être le conducteur et qui entendait bien ne pas s'encombrer d'une victime d'accident sur un trajet aussi long.

– Écoutez-moi bien! Cette femme est atteinte d'un virus extrêmement dangereux. Elle est dans le coma. Vous me la transportez d'urgence à Sainte-Justine. Sinon je vous dénonce pour faute professionnelle.

– Mais, bon Dieu, c'est à plus de quatre-vingts minutes d'ici! Et puis c'est un hôpital pour enfants.

Francis, qui n'avait pas le temps de tout expliquer, remit une carte à l'ambulancier sur laquelle il avait griffonné un nom.

– Arrivés sur les lieux, vous demandez ce spécialiste. Il est au courant. Dites-lui que c'est le docteur Ledoux qui vous envoie. Il comprendra.

– Le docteur Pothier? articula le conducteur en décodant le nom maladroitement griffonné sur la carte. Vous, les médecins, vous avez vraiment une écriture d'analphabètes.

– Oui, le docteur Pothier! De la part...

– Du docteur Ledoux... Oui très bien! Ça, je l'ai compris! maugréa le gros homme qui s'installa finalement au volant de la camionnette d'un jaune criard qu'il fit démarrer au son des sirènes.

Francis quitta les lieux et gagna à toute allure le chalet de Paul situé à quelques kilomètres de là. Déjà, sur sa droite, se dressait dans la nuit la masse sombre du mont Orford. Bientôt, il pénétra dans un petit chemin de gravier puis stoppa. Il éteignit aussitôt ses phares. Il resta un moment figé au-dessus de son volant, cherchant par quel détour il amènerait Paul à changer d'avis. L'hypothèse qui soutenait sa démarche exigeait une argumentation claire.

Les lumières du chalet étaient toutes éteintes. Francis regarda l'heure. Il était plus d'une heure du matin. Il frissonna autant de froid que d'embarras. Finalement il frappa à la porte.

Paul ne sembla nullement étonné par cette arrivée impromptue. Il avait fait entrer Francis avec beaucoup de gentillesse. Celui-ci s'effondra sur une chaises de cuisine, le regard troublé. Tout de suite, Paul comprit que quelque chose n'allait pas chez son ami.

– Je m'excuse, Francis, pour cet après-midi ! Je veux que tu saches que tu n'as pas à m'expliquer quoi que ce soit. D'ailleurs, ce n'est pas contre toi que j'en avais.

– Ce n'est pas exactement pour cela que je suis venu. Enfin pour cela aussi, mais...

– Oui, bon ! Tu n'es pas venu pour cela, mais presque, enfin juste un peu ! Alors, qu'est-ce qui t'amène à une heure et demie de la nuit ? ricana Paul. Tu veux un café ?

Francis refusa de la main.

– Je reviens de l'hôpital Sainte-Justine où on a transporté le fils de Laurent.

– C'est grave ? demanda Paul presque distraitement en avalant une gorgée du café qu'il venait de se verser.

– Il est atteint d'un virus !

Paul leva un regard déconcerté vers Francis.

– Un virus ? Lequel ?

– Ils ne l'ont pas identifié.

– C'est bête ! Même si je n'ai guère de sympathie pour Dolbec, je suis peiné d'apprendre cela. C'est grave ?

– Il est dans le coma !

– C'est moche, vraiment moche !

Paul déposa sa tasse et regarda les grumeaux blancs qui se formaient à la surface de sa boisson.

– Merde, le lait est caillé, grogna-t-il en rejetant sa dernière gorgée. Que faisais-tu chez Dolbec ?

Francis resta interdit un instant devant l'à-propos de la question qu'il n'avait pas prévue.

– Comment sais-tu que j'étais chez Dolbec ?

– Puisque tu l'as aidé à transporter le petit à l'hôpital... Tu as vu Luce ? Elle va bien ? Tu lui as transmis mes salutations ? Elle était à l'hôpital aussi ?

La voix de Paul était devenue soudainement vindicative et le propos, mesquin.

— Elle y sera bientôt ! rétorqua Francis sans se départir, lui non plus, d'une certaine arrogance. Et s'il te plaît, prends-le de moins haut !

— Comment veux-tu que je le prenne quand tu viens me relancer jusqu'ici pour me dire que Luce couche avec Dolbec et que toi, mon meilleur ami, tu leur sers de chaperon !

Cette fois, Francis se leva, décontenancé par l'étrange interprétation que Paul donnait des faits.

— Je suis allé chez Dolbec pour lui montrer la lettre que tu m'as remise et pour exiger le renvoi d'Étienne. Je lui ai tout expliqué, tout avoué.

— Charmant ! Bravo ! Merci ! Et Luce, elle a applaudi ?

— Luce était partie quand je suis arrivé.

— Bien sûr ! C'était moins compromettant.

— Paul, ne dis rien que tu pourrais regretter !

— Très bien ! Je me calme. Alors tu es allé voir Dolbec pour exiger le renvoi de Pakazian sur la foi d'une signature illisible au bas d'une facture. Tu es allé ensuite reconduire son fils à l'hôpital. Ce dernier est atteint d'un virus. Il est dans le coma. C'est triste, c'est malheureux. Mais rien là-dedans ne me concerne !

— Eh bien ! reprit Francis d'une voix rude, ça risque bientôt de te concerner !

— En quoi ? Pourquoi, où, quand, comment ? Qu'est-ce que cette affaire a à voir avec moi ?

Francis fut incapable de répondre immédiatement à cette question. Les mots lui manquaient. Pourtant, il avait échafaudé un plan avant d'entrer. Cela paraissait si simple à l'extérieur. Il entrait, bazardait à Paul toute l'affaire, lui révélant que Luce était mourante et qu'on avait besoin... Mais là, devant cet homme, en ce moment précis où rien n'avait plus l'apparente facilité que Francis avait prêtée aux choses, il était complètement démuni.

— J'ai questionné Laurent à l'hôpital, commenta-t-il d'une voix étranglée. Pierrot a, depuis le mois de juillet, des pertes d'appétit et de poids importantes. Laurent a observé des signes de somnolence, un sommeil agité de cauchemars !

— Mais, Francis, tous les enfants ont parfois de ces nuits difficiles.

— À dix ans, continua Francis sans désarmer, il est déjà pubère !

— Précoce pour son âge ! railla Paul.

— Il est stérile !

— Pas de chance, ajouta-t-il sur le même ton.

Paul se leva. Quelque chose l'indisposait, à présent, dans les révélations de Francis.

— Dernièrement, il a fait preuve de confusion...

— Et alors ?

— De troubles de la mémoire et de difficultés spatio-temporelles.

— Et alors ? répéta Paul, qui s'agitait autour du comptoir.

— Il a montré des signes d'agressivité. Ce matin, son médecin a observé un affaiblissement du tonus musculaire. L'enfant s'est perdu en plein centre-ville. Il ne se rappelait ni le nom de sa mère, ni le sien. Il se croyait en plein été. Et ce soir, il est dans le coma !

— Et alors, et alors, et alors ! gueula Paul en fracassant au sol une pile d'assiettes qu'il s'apprêtait à ranger dans une armoire. Où veux-tu en venir ?

— Tu sais très bien, Paul, où je veux en venir ! Tu connais les raisons qui m'amènent ici.

— Oh si, je les connais ! Tu es venu ici m'emmerder avec des hypothèses à la noix, qui n'ont aucun sens et qui ne m'intéressent pas.

— Paul, il est atteint du virus...

— ... Roméo ! Oui, je savais que tu allais me la sortir, celle-là ! Je sais aussi où tu veux en venir. Mais il n'en est pas question. Premièrement, nous n'avons aucune preuve que ce soit le même virus.

— Je l'ai, Paul ! En quittant l'hôpital, j'ai demandé un échantillon sanguin du petit, que j'ai ensuite examiné au laboratoire avant de venir ici. J'ai isolé le virus. C'est le même. Je suis formel. Pierrot a été infecté, d'une façon ou d'une autre, par l'une des bêtes.

— Impossible ! clama Paul dont la voix était empreinte de la mauvaise foi la plus navrante. Il n'est jamais venu à l'IRGA.

— À plusieurs reprises ! rectifia Francis d'une voix calme.

— Il n'a jamais été mis en présence des animaux malades. C'est impossible !

— Paul ! Il a sûrement eu un contact direct, ne serait-ce que furtivement, avec Éloïse ou Toddy. Moi, je n'en ai pas le souvenir, mais toi, peut-être...

— Absolument pas ! osa répliquer Paul. Pourquoi aurais-je vu cet enfant auprès des animaux ? Je ne suis pas en charge d'une garderie mais d'un laboratoire de recherches.

– Je suis sûr que tu sais quelque chose ! rétorqua Francis avec impatience.

– Et pourquoi te mentirais-je ? Je n'ai aucune raison !

– Si ! Et une très bonne, car tu sais où je veux en venir.

– Oui ! Et je peux te jurer que vous ne l'aurez pas. Canus est un cadeau du ciel. Et il n'est pas question de sacrifier cet animal pour un enfant qui est déjà condamné.

– Mais, Paul, cet animal est notre seule ressource. Nous pourrions tenter...

– Ne gaspille pas ta salive inutilement ! s'emporta Paul. Je sais très bien ce que tu voudrais tenter. Nous savons que le chien produit des anticorps, et pas le singe. On transmet le virus à Canus, en espérant que la partie canine produira des anticorps que la partie singe transformera de manière à les rendre effectifs en elle. Et ainsi on pourrait espérer que l'anticorps manipulé par Canus serait actif chez les anthropoïdes et fort probablement chez les humains.

– Exactement !

– Ridicule ! fulmina Paul, déconcerté de savoir son ami Francis séduit par de telles fadaises. Tout cela est grotesque et relève de la plus pure fantaisie. La génétique n'est pas une simple alchimie ! Nous ne sommes plus au temps de Merlin l'Enchanteur, bordel !

Francis se leva et s'approcha de Paul. Ce dernier avait plongé son regard tourmenté dans la fenêtre de la cuisine où se dessinaient les ombres du gros chêne.

– Étienne a fait un test sur Canus cet après-midi.

Paul se crispa. Son regard s'embua de colère.

– Il lui a injecté le virus actif de la rage et lui a administré une dose d'anticorps de chien. Il y a eu métabolisme, Paul. Certains anticorps produits par Canus se sont avérés identiques à celui qu'on administre habituellement aux chimpanzés. Canus est capable de transformer un anticorps canin en un anticorps simiesque, probablement effectif chez l'être humain.

Paul resta un long moment immobile. Puis il se tourna lentement et fixa Francis droit dans les yeux. Ce dernier ne se déroba point.

– J'ignorais qu'il faisait ce test, continua Francis sans se laisser perturber par le regard vindicatif de son ami. Je t'assure, je l'ignorais. Par contre, je dois avouer que j'étais au courant pour le laxatif. J'ai négligé de t'en parler par lâcheté. Je m'en excuse. Mais tout cela n'a plus rien à voir avec notre problème.

— Pour moi, Francis, il n'y a aucun problème. Il n'est pas question de risquer la vie de Canus. L'enfant sera mort d'ici quelques heures.

— Non, Paul. La maladie évolue beaucoup plus lentement chez l'humain. Alors que chez Éloïse et Roméo, tout cela a été l'affaire de huit ou neuf semaines, voilà que chez Pierrot il semble s'être écoulé près de cinq mois. Nous avons sûrement devant nous plusieurs jours de sursis.

— Il semble ! Peut-être que ! Il est possible ! Aucune certitude ! Que des peut-être et de fumeuses hypothèses ! Il n'est pas certain que ce qui a fonctionné avec un virus aussi bien connu que la rage fonctionne avec un virus dont nous ne connaissons à peu près rien.

— Tu es donc prêt à sacrifier la vie d'un être humain pour sauvegarder celle d'un animal ?

— Canus n'est pas un simple animal. C'est le seul animal de son espèce. En ce sens, l'humanité, toi, moi et Luce, plus particulièrement, avons une responsabilité envers cette créature. L'être humain a aussi ses limites qui l'ont toujours amené à protéger de toutes les façons une espèce en danger.

— Mais voyons, Paul, tu ne parles pas sérieusement. À plus ou moins brève échéance, Canus mourra et, avec lui, son espèce, puisqu'il n'a aucun moyen de se reproduire. Le canissimius est de toute manière en voie naturelle d'extinction.

— Francis, tempêta Paul exaspéré, n'insiste pas ! C'est inutile. Je suis épuisé, tu es épuisé et cette discussion ne nous conduira nulle part. Je suis désolé, je t'assure, vraiment désolé pour le fils de Laurent, mais nous n'y pouvons rien.

— Paul, il y a quelqu'un d'autre.

L'interpellé croisa le regard lourd de Francis. Paul ne put le soutenir tellement il était chargé de reproches et de mystère.

— Nous aurions dû nous en apercevoir depuis longtemps, nous en douter tout au moins...

— De qui s'agit-il ? s'inquiéta Paul.

— Les symptômes étaient si évidents et nous les avions chaque jour sous les yeux.

— Qui, bon Dieu ? Parle Francis !

— Mais nous étions au-dessus de cette pauvre victime. Il était si facile de ne rien voir. Alors, nous n'avons rien vu. Nous avons continué à jouer avec nos beaux projets. Et nous l'avons abandonnée, jugée, condamnée. Et avec quel mépris ! Pourtant, elle souffrait, s'essoufflait à nier son propre mal, le combattait de ses maigres forces.

Paul leva la tête et la tourna en tous sens. À ses oreilles, dans sa bouche, sur sa peau, dans sa tête et dans son cœur résonnaient les paroles qui, lentement, dégageaient une silhouette si évidente qu'elle crevait la lumière de ce plafonnier vers lequel s'étaient finalement exilés ses yeux secs comme le sable des déserts.

– Elle n'était pas chez Laurent ce soir, parce qu'elle avait décidé de venir rejoindre l'homme qu'elle n'a jamais cessé d'aimer. Quand je suis arrivé sur la route qui mène au chalet, j'ai bien vu sa voiture qui avait versé dans le fossé. Elle est à l'hôpital. Elle n'a subi aucune blessure, n'a aucune contusion ni fracture. Luce est tout simplement dans le coma. Faudra-t-il que je t'en apporte aussi la preuve, avec un échantillon sanguin ?

Paul ne bougeait pas. Il s'était simplement défait en morceaux, émietté comme le sable. Il n'avait pas détaché ses yeux de l'ampoule. Ses larmes restaient cachées dans son crâne, loin, très loin, dans les méandres de son cerveau. Lentement, comme des coups de canon, s'emmêlèrent dans sa bouche deux simples noms qui faisaient un glas sinistre.

– Luce... Canus... Luce... Canus... Il y a quelque chose d'étrange dans la proximité de certains sons : des consonances qui sont parfois redoutables.

Dans la porte de sa chambre en haut de l'escalier, Canus venait d'apparaître. Il était encore tout ensommeillé et traînait derrière lui une petite couverture de laine. Paul le regarda sans rien dire, déconcerté, vaincu et convaincu du pire.

– Pierrot a été abandonné devant la cage d'Éloïse il y a plusieurs mois, avoua-t-il piteusement. Je me souviens aussi d'avoir oublié une éprouvette de sang contaminé sur le bureau de Luce en juin dernier...

Chapitre 24

L'état-major de l'IRGA était réuni dans le bureau de Laurent Dolbec.

L'aube venait à peine de paraître et un soleil maussade se levait quelque part à l'est. Laurent était assis à son fauteuil, engourdi par cette longue nuit de veille qui ne lui avait apporté aucune autre certitude sur l'état de santé de son fils ni non plus sur celui de Luce. La tête en broussaille, la chemise défraîchie, il avait néanmoins l'esprit clair, et aucune des explications que venait de lui fournir Paul quant à l'orientation qu'il voulait donner aux recherches ne lui échappa. Une seule chose sembla l'ennuyer: l'absence d'Étienne dans les projets de Paul. Il le fit remarquer à ce dernier avec une courtoisie qui tranchait avec le ton qu'il employait toujours en pareille circonstance.

— Je ne crois pas, intervint Francis, qu'Étienne soit désormais le bienvenu à l'IRGA.

Laurent ne s'offusqua nullement de cette réponse. Il se leva et se dirigea lentement vers la fenêtre, derrière laquelle un jour neuf prenait de l'assurance. Il regarda les pancartes que les manifestants de la veille avaient abandonnées dans les mailles de la clôture. Ils étaient revenus malgré ses dernières tentatives pour les éloigner. Il se surprit à admirer secrètement leur obstination. S'il avait eu un jour leur ténacité, Laurent devait bien admettre que ce ne fut jamais avec la même générosité ni pour des raisons dépourvues d'égoïsme et peut-être de cupidité. Ces gens étaient là malgré tous les petits mensonges inventés pour les faire taire. Ils avaient l'intelligence de ne pas s'en remettre aux seuls conseils de ceux qui ont un avantage à camoufler la vérité. S'il avait eu leur sagesse, cette tragédie aurait peut-être été évitée. Comment avait-il pu se laisser séduire par de telles chimères ? Les terribles événements qu'il avait vécus, voilà dix ans, n'avaient-ils pas suffi à le rendre prudent ? Il prit une lente inspiration puis laissa l'air s'échapper doucement de ses poumons.

— Il serait pourtant malheureux de se priver des services d'un chercheur aussi brillant !

— Monsieur ! l'interrompit Paul avec respect. Il n'est pas question de travailler avec un homme incapable de respecter un protocole et qui place ses intérêts personnels au-dessus de ceux de la science qu'il devrait servir avec plus d'humilité. Je n'ai aucune confiance en Étienne. Je vous rappelle, sans vouloir insister, que c'est à la suite de son initiative que nous sommes aux prises avec ce satané virus. C'est lui qui a introduit Roméo en ces lieux.

Laurent encaissa ce nouveau coup sans réagir. Son visage, désormais inaccessible à ses hôtes, se crispa pourtant dans un sourire amer. Un mal profond le rongeait qui lui arrachait des douleurs qu'aucune médication ni aucun réconfort ne sauraient désormais atténuer.

— Mon cher Paul, Étienne n'est pour rien dans toute cette horrible situation. Il est, tout comme vous, la victime d'une machination à laquelle il a été mêlé à son insu. C'est un brillant généticien, dévoué et, malheureusement pour lui, beaucoup trop distrait. Il travaillait sous mes ordres, à Toronto, à un virus fabriqué de toutes pièces par une de nos succursales asiatiques afin de circonscrire une bactérie grippale cancérigène. Nous avions reçu ce mandat du Pentagone. En novembre de l'année dernière, a été signée à l'ONU une déclaration bannissant toutes formes d'armes biologiques et bactériologiques. Notre unité de recherche a donc été dissoute en février. J'étais fasciné par les possibilités que nous offrait ce virus artificiel parce qu'il avait un effet réel sur la bactérie grippale cancérigène. J'étais persuadé qu'en poussant les recherches plus loin, nous pourrions mettre le doigt sur un élément qui ouvrirait la voie à de nouvelles ressources dans le combat contre le cancer. C'est pourquoi j'ai cherché une façon de continuer mon œuvre. Alors, j'ai eu l'idée de mêler un de nos mâles infectés à un lot de chimpanzés qu'attendait le Centre de recherches vétérinaires de Trois-Rivières. J'ai donc falsifié une carte de quarantaine que j'avais obtenue après avoir soudoyé un employé des douanes canadiennes. Nous avions déjà entrepris des démarches fructueuses avec le centre en vue de nous associer à lui dans certaines recherches. Pour me couvrir, j'ai fait signer la fiche de quarantaine par Étienne sans qu'il sache vraiment ce qu'il faisait. À ce moment-là, il était débordé de travail. J'ai ajouté cette fiche à une vingtaine d'autres. Étienne ne se douta jamais du subterfuge. Quelques jours plus tard, j'ai appris que le Centre vétérinaire vous avait refilé Roméo. Il était trop tard pour faire marche arrière. J'ai donc amené le conseil d'administration à porter son attention non plus sur un centre vétérinaire mais sur un institut de recherches en génétique de Montréal. Bien sûr, l'idée est passée comme une lettre à la poste. Le reste de l'histoire, vous le connaissez. Ce n'est qu'une fois installé à l'IRGA devant son microscope qu'Étienne a découvert le manège. Mais je le tenais grâce à cette fiche que j'avais réussie à subtiliser dans votre bureau. Les expériences sur Canus étaient mon idée et Étienne ne s'y est soumis que par chantage. Voyez la fourberie d'un homme qui paie cher, aujourd'hui, un orgueil démesuré... Ne craignez pas de vous adjoindre les talents d'Étienne, il vous sera d'un grand secours. Quant à moi, j'ai déjà fait parvenir ma lettre de démission à la Lorrentz et j'ai, sur mon bureau, la carte de quarantaine qui vous faisait défaut... Je veux m'excuser de tous les inconvénients que j'ai pu vous causer, mais désormais les paroles sont superflues.

Il y eut un lourd silence. Paul et Francis ne purent dire un seul mot ni pour confondre l'homme, ni pour le consoler. Ils préférèrent se retirer discrètement, abandonnant Laurent à son désespoir et à son humiliation.

Malgré son antipathie pour Étienne, Paul dut se résoudre à l'accepter dans son équipe de recherche.

Il était neuf heures quinze quand on décida d'entamer la première étape de l'expérience induisant le virus dans le sang de Canus. Les tâches avaient été ainsi partagées: Francis et Étienne s'occuperaient de l'ordinateur, Camille et Paul de Canus et de la manipulation proprement dite du virus.

Pour l'occasion, on avait donné congé à tout le reste du personnel et fermé les grilles de l'IRGA. Seuls deux agents de sécurité parcouraient le périmètre extérieur. Même Laurent avait déserté son bureau et regagné l'hôpital où il était en permanence au chevet de son fils et de Luce réunis dans la même chambre.

Camille attacha la dernière sangle. Canus paraissait très nerveux, mais il était d'une docilité déconcertante. Paul s'approcha de la bête, caressa son visage. Elle lui adressa un regard plein d'appréhension, mais ne réagit d'aucune autre façon. Alors, d'un geste vif, il fit pénétrer l'aiguille dans le bras du canissimius, injecta le contenu de la seringue et la retira doucement pendant que Camille calmait l'animal qui s'agita un instant. À grands pas, Paul abandonna ensuite le laboratoire et se réfugia dans le petit chalet désert. Là, il laissa libre cours à sa douleur. Le visage de Luce se superposait en permanence à celui de Canus qu'il venait de sacrifier. Combien tout à coup lui étaient chers ces deux êtres et combien fort pouvait être son attachement pour cette femme en sursis ! Et comme il regrettait ses humeurs et ses impatiences, ces marques honteuses de l'ignorance qui avaient mis tant d'entraves à son amour ! Il se sentit lâche et ridicule. Il mourait d'envie d'être auprès de Luce, de lui murmurer les mots qu'il n'avait pas su lui dire au moment où elle en avait eu tant besoin. Maintenant qu'il en était capable, la chose lui était impossible.

Paul était encore plongé dans son chagrin quand l'homme en sarrau, accompagné par Francis, entra dans le chalet.

— Nous vous cherchions, monsieur !

— Qu'y a-t-il ?

— Les manifestants s'agitent devant les grilles, répondit Francis.

— Ils sont encore là ?

— Oui ! Et plus bruyants que jamais !

— Monsieur, reprit le technicien de la Lorrentz, les manifestants ont eu vent de l'existence d'un virus mortel entre nos murs. Il semble aussi qu'ils soient au courant au sujet de Luce et Pierrot.

— Merde !

— Que faut-il faire, Paul ? Nous ne pouvons plus laisser les choses se détériorer davantage.

— Appelez les forces de l'ordre et doublez le service de garde.

— Les gardiens refusent de patrouiller depuis qu'ils ont appris la nouvelle, monsieur.

— Les grilles sont cadenassées ?

— Oui, monsieur !

— Très bien ! Francis, tu prends le contrôle de la baraque durant mon absence.

— Que vas-tu faire ?

— Ce que nous aurions dû faire depuis le début: leur parler ! Prépare deux combinaisons de sécurité. Je serai probablement obligé d'inviter deux de leurs représentants à l'intérieur du labo.

– Tu n'y songes pas vraiment?

– Que faire d'autre? Nous ne pouvons plus agir comme si de rien n'était, Francis! Nous avons besoin de temps. C'est la seule façon d'en gagner. Tout se passera bien, tu verras. Nous avons un porte-voix?

Aussitôt qu'il apparut aux grilles, le vacarme et les vociférations reprirent de plus belle. Les hurlements eurent tôt fait de noyer les paroles de Paul qui aurait eu bien du mal à se faire entendre, n'eût été l'intervention de Marc Daigneault. Ce dernier avait tourné vers Paul un visage où mûrissait un œil encore tuméfié.

– Alors, on fait équipe, docteur?

La voix avait un relent de sarcasme que Paul n'apprécia guère. Mais il dut convenir que le journaliste était la seule personne qui lui permettrait de s'adresser à cette poignée d'enragés. Et pourtant, il hésitait.

– Ici, docteur, vous êtes sur mon territoire! Un seul mot de ma part et ils vous bouffent tout cru. Je vous conseille d'accepter la main que je vous tends. Cette petite reddition vous sera utile et elle mettra un peu de baume sur cet œil poché.

Paul eut un petit signe de la tête et Marc Daigneault leva les bras pour attirer sur lui l'attention des manifestants. Peu à peu, il obtint le calme puis, presque miraculeusement, le silence. Une nouvelle fois, il se tourna vers Paul et lui murmura:

– Allez-y, maestro! Sortez les grands violons. Ils vous écoutent.

Longuement, Paul s'adressa à la trentaine de manifestants. Il ne s'encombra pas de détails et aborda carrément le problème. Il parla du virus, de son mode de contagion, des recherches entreprises et du rôle de Canus dans l'histoire. Les visages se firent bientôt moins menaçants. Devant la réalité qui était exposée aux manifestants, les pancartes se baissèrent. Un lourd silence accueillit la proposition formulée par Paul de déléguer deux observateurs.

De toute évidence, aucun des manifestants n'acceptait le risque de s'approcher d'un tel mal qui suscitait une méfiance légitime. Marc Daigneault voulut profiter de l'occasion qui se présentait.

– Si vous acceptez, mes amis, j'accompagnerai le docteur Marchand. Je serai votre bouche et vos yeux!

— Alors, il faudra bien ouvrir le seul qui te reste, ricana une dame qui refusa tout de même de se joindre à lui afin d'annuler son handicap.

En remontant l'allée, Paul et Daigneault constatèrent que derrière eux, le silence persistait. Aucun mouvement n'avait repris dans les rangs des contestataires. La trêve avait donc été consentie sans arrière-pensée. C'était une première victoire pour Paul, mais le trophée qu'il en ramenait n'était pas à la mesure de ses aspirations.

— Décidément, tous les prétextes sont bons pour soigner votre publicité !

— Avouez, docteur, que c'était une occasion à ne pas laisser passer.

Une fois dans les murs, Daigneault fut vite conquis par l'étrange ambiance qui y régnait. Il enfila sa combinaison, posa quelques questions puis, constatant la gravité de la situation, il décida d'adopter une attitude plus discrète; on ne l'entendit bientôt plus. Autour de lui, une partie terrible se jouait, à laquelle il n'était qu'un observateur discret. Se sachant inutile, il veilla à n'être pas, au surplus, encombrant.

Devant le moniteur, l'impatience de Francis se manifestait de plus en plus. Trente-cinq minutes s'étaient écoulées depuis l'injection du virus et celui-ci commençait ses ravages sans qu'aucun anticorps fût produit par les lymphocytes. Les gènes qu'on croyait les plus susceptibles de produire les substances chimiques capables de synthétiser l'anticorps étaient d'une passivité exaspérante.

Après deux heures d'attente, il devint évident que Canus ne produirait jamais d'anticorps. Étienne, qui avait rapidement pris conscience de cette éventualité, était allé chercher, dans un chenil de la ville, un berger allemand femelle de huit ans.

Pendant tout le temps que dura son absence, l'état de santé de Canus s'était nettement détérioré, et ce beaucoup plus rapidement qu'on ne l'avait prévu. Bien sûr, il avait fallu y aller d'une dose massive, mais cela n'expliquait pas que la maladie évoluât si rapidement. Après quelques examens, on constata avec consternation une forte concentration d'éléments génétiques absorbants qui généraient la multiplication du virus qui s'y alimentait. En résumé, la stucture d'ADN de Canus possédait des gènes dormants que le virus activait, tirant ainsi un accroissement énergétique qui favorisait en quelque sorte la propagation du mal.

Quand Étienne arriva avec la bête, au milieu de l'après-midi, on procéda aussitôt à l'injection du virus. Contrairement à ce qui était attendu, l'animal ne produisit aucun anticorps. Plus tard, on répéta l'expérience sur une autre chienne: nouvel échec.

La certitude était maintenant acquise que le chien, contrairement à ce qu'on croyait, ne produisait aucun anticorps.

L'état de santé de Canus continua de se dégrader. On observa une perte de poids de plus de cinq cent dix grammes durant cette seule journée. Quand on sait que l'animal ne pesait que dix kilos, cela montrait bien la virulence de l'attaque. À un tel rythme, Canus ne survivrait guère plus de trois jours. Déjà, il refusait toute nourriture et manifestait des signes d'impatience caractéristiques. Vers vingt heures, on appela en renfort Robert, Lyne et les trois assistants d'Étienne. Après une longue discussion, on ébaucha la seule hypothèse plausible: si Toddy n'avait pas produit d'anticorps, c'est qu'on les lui avait induits accidentellement d'une manière ou d'une autre.

Une fois l'hypothèse posée, on mit en place trois équipes de travail. La première, sous la responsabilité de Camille, devait veiller en tout temps sur Canus. Il fut également décidé, pour éviter toute perte de contrôle sur le virus, que les deux chiennes infectées seraient tuées immédiatement et promptement incinérées. Canus fut rapatrié au chalet, dans sa chambre.

La deuxième équipe, sous la supervision d'Étienne, avait la tâche ingrate de terminer le travail déjà entrepris en vue d'établir la configuration complète et tridimensionnelle du virus. À partir de ces résultats, il lui faudrait reconnaître les facettes virales les plus fragiles, donc potentiellement atteignables par un anticorps. Enfin, et c'était là le plus difficile, l'équipe devait élaborer des vecteurs bactériens, capables d'agir comme anticorps sur les facettes virales déficientes.

La troisième équipe, essentiellement formée de Paul et Francis, s'attarderait à vérifier les hypothèses les plus probables pouvant expliquer l'apparition de cet anticorps chez la chienne.

On ne retint qu'une seule voie de pénétration: la bouche. Toddy avait dû manger ou avaler une substance qui l'avait immunisée. Très tôt, on concentra les recherches sur la nourriture absorbée par la bête, immédiatement avant ou après l'infection virale qu'on situait autour du 16 mai. La piste était tracée. À partir du dossier, on répertoria tous les aliments qu'on avait fournis à Toddy, ainsi que les suppléments vitaminiques. On vérifia aussi les os-jouets que la chienne aimait gruger, les céréales, les différentes viandes séchées. On décortiqua les éléments chimiques contenus dans tous ces aliments qu'on analysa ensuite.

Francis et Paul s'attardèrent aux plus petits détails sans découvrir la moindre information susceptible de les faire avancer. On revint sur les hypothèses réfoulées au départ, et bientôt on se perdit dans un véritable dédale de possibilités.

Vers quatre heures du matin, les trois équipes se réunirent dans la salle de conférences pour faire le point sur l'état de leurs recherches. Francis avait terminé son rapport qui témoignait de l'absence de résultats pouvant offrir le moindre espoir. Il s'attarda sur les diverses hypothèses retenues et on s'entendit pour orienter les recherches vers les possibilités d'une infection indirecte impliquant une combinaison de facteurs à la fois physiologiques et métaboliques.

Par la suite, Étienne présenta à l'équipe une configuration à peu près finale du virus. Il projeta sur écran la structure tridimensionnelle élaborée par l'ordinateur à partir des composantes connues. La structure avait une forme légèrement parabolique avec une excroissance polaire évidente. On pouvait facilement associer la forme oblongue du virus à un ballon de football américain qui serait légèrement enflé à une de ses extrémités. Étienne fit basculer la configuration, dégageant nettement trois formes octogonales diffuses colorées en rouge, bleu et jaune.

– Voilà les trois zones les plus déficientes, la rouge étant parmi les trois la mieux circonscrite et la plus fragile.

Paul écoutait les propos de cet homme qui, pour la première fois, lui paraissait efficace, énergique et presque admirable aussitôt qu'il parlait de ses recherches. Malgré qu'il ne manifestât que très peu d'optimisme quant aux chances de succès qu'il s'accordait, Étienne ne se départait jamais d'une volonté acharnée de poursuivre coûte que coûte. « Cet être, pensait Paul en l'écoutant, est à l'abri du désespoir. »

– Comme nous en avions le mandat, conclut le chef de la seconde équipe, nous avons réussi, en fonction de la zone rouge exclusivement, à élaborer cinq structures bactériennes possibles pouvant s'attaquer à la facette déficiente. Les voici. Chacune offre des particularités évidentes et serait susceptible de détruire le virus. Mais, hélas, aucun de ces vecteurs n'est connu. Nous avons passé en revue tous les catalogues connus à l'aide de l'ordinateur et nous n'avons pas pu en identifier aucun, de près ou de loin. Il n'y a pas de famille bactérienne compatible avec l'un ou l'autre de ces vecteurs. Bien sûr, nous pourrions toujours essayer de synthétiser par manipulation l'un ou l'autre de ces vecteurs mais cela risque d'être long. Très long !

Le silence était tombé lourdement sur les neuf membres de l'IRGA qu'immobilisaient le dépit, la fatigue et le découragement. Les avenues qui s'offraient à eux étaient innombrables et il devenait évident qu'on ne trouverait plus l'anticorps recherché dans le temps requis pour sauver Pierrot et Luce.

Étienne se rassit et chacun y alla de son commentaire. On se servit un café, on échangea sur les conclusions à tirer de l'affaire. Seul Paul était resté devant l'écran, rivé à l'un des vecteurs, comme si celui-ci l'avait hynoptisé. Son corps s'était lentement durci sous l'appel de forces neuves agitées par une concentration intense. Ce vecteur semblait lui parler. L'évidence s'imposait.

Francis jeta un coup d'œil à l'extérieur. Malgré l'heure tardive et le froid de novembre, les manifestants n'avaient pas levé le camp. Ils semblaient inexorablement soudés aux grilles. L'attroupement avait grossi avec l'arrivée de troupes fraîches qui s'ajoutaient à celles déjà installées. À l'aube, ils seraient près de cinq cents à tenir cette vigile et à attendre le dénouement de l'affaire.

Francis se détourna de la fenêtre et observa l'impassible regard du journaliste. Cet homme si bruyant était devenu presque timide, la voix et les yeux éteints. Il était assis dans un coin et regardait le plancher, encombré de pensées qui assombrissaient son visage.

Pendant ce temps, Paul passait et repassait le doigt sur le deuxième schéma apparaissant à l'écran, dessinant et redessinant cette forme qu'il reconnaissait sans pouvoir l'identifier.

Tous, autour de lui, gardaient le silence, impressionnés par l'étrange attitude du directeur de la recherche qui semblait soudé à l'écran par une force que personne n'aurait osé qualifier de spirituelle ou de surnaturelle.

Francis, qui était familier avec cette voix, fut le seul à reconnaître le pouvoir qui contrôlait Paul: son intuition!

Il s'approcha à son tour. Longuement, il observa les gestes presque rituels de son camarade, se laissa contraindre par cette force qui se dégageait de Paul, s'en nourrit. Puis, tout à coup, un frisson le parcourut et il éprouva une joie presque étouffante. Ce vecteur, inconnu... Mais oui, ce vecteur... Il cria.

– Mais oui, Paul. Oui ! Mon Dieu, oui ! Comment n'y avons-nous pas pensé. Toddy l'avait mangé, souviens-toi !

Suivi de Paul et de toute l'équipe, il traversa le corridor, descendit l'escalier et entra dans le laboratoire. Il se rendit à la porte menant au centre environnemental, dont il déclencha le mécanisme grâce à sa carte d'accès, puis se dirigea vers la serre, l'ouvrit et s'arrêta devant l'anémone hybride en pleine floraison. Il détacha une feuille, la plaça sous un microscope, isola une bactérie qu'il grossit plusieurs milliers de fois, puis détacha de celle-ci une partie qui se révéla l'exacte copie du vecteur identifié par l'ordinateur. Paul se pencha à son tour sur le microscope.

– J'avais déjà vu cette configuration quelque part ! s'écria-t-il au bord des larmes. Voilà ce que Toddy avait avalé: le feuillage d'une plante hybride ! Nous n'y aurions jamais songé. C'est ici que se trouvait le secret: sur une plante sortie tout droit du génie génétique tant décrié.

Paul était revenu prestement de l'hôpital. Camille l'en avait enjoint car l'état de santé de Canus se détériorait de façon dramatique.

– L'infusion n'a eu qu'un effet stabilisateur, lui expliqua sa jeune adjointe. Depuis une heure, son état s'est de nouveau dégradé. J'ai peur qu'il ne passe pas l'après-midi.

Camille s'éloigna du lit pour laisser sa place à Paul.

– Pourtant, à l'hôpital, les résultats sont spectaculaires et, ici, rien, constata Paul avec tristesse. Nous avons soumis Canus à une trop forte dose.

Le petit animal respirait de plus en plus mal. Une sudation abondante lustrait son poil. La fièvre voilait son regard. Canus fit signe à Paul de s'approcher. Ce dernier serra très fort la main glacée de l'animal.

Dans la porte de la chambre, s'entassait le reste de l'équipe de l'IRGA, que Francis bouscula pour rejoindre Paul. Celui-ci était silencieux et regardait fixement le chienpanzé qui fouillait sous son oreiller. Il en tira un porte-cigarettes doré sur lequel était inscrit le nom de Paul. L'homme sourit.

– Je savais que tu l'avais deviné. Je le savais! Tu es un petit futé, toi!

Avec difficulté, Canus traça avec ses doigts quelques signes que Paul déchiffra malgré les larmes qui noyaient ses yeux.

– Tu as raison! ricana-t-il. La cigarette n'est pas bonne pour la santé. C'est pour cette raison que tu ne voulais pas me rapporter ce fichu étui?

Canus fit signe que oui. Alors, doucement, il regarda Paul une dernière fois, fit bouger ses doigts qui dessinèrent les mots: «Je t'aime, Paul!» Puis, il mourut sans bruit, tandis que son ami lui murmurait à l'oreille.

– Adieu, petit!

Chapitre 25

Luce était sortie de son bureau pour aller saluer son jeune ami qui l'attendait dans l'entrée de l'IRGA.

— Tu sais, Pierrot, tu me manqueras beaucoup.

Les yeux de l'enfant brillaient, son regard posé sur le ventre de Luce en disait long.

— C'est pour bientôt ?

— Oui, fit Luce.

Elle prit sa main et la déposa sur son ventre.

— Tiens, touche, là ! Tu vois ?

— Il bouge, constata avec ravissement le jeune garçon.

— Oui, il est déjà très turbulent. Je crois bien que je vais l'appeler Pierrot.

— C'est un garçon ?

— Non, une fille !

— Pierrot, c'est pas un nom de fille, protesta le gamin.

— Non ! C'est le nom du petit garçon le plus gentil du monde.

Elle leva les yeux vers la luxueuse voiture qui attendait patiemment devant l'entrée. Laurent était au volant et n'osait pas regarder. Elle y raccompagna Pierrot.

— Comme ça, vous partez en voyage ?

— Oui ! On s'en va en Floride. À Disney World ! C'est moi qui ai décidé de la destination.

Luce embrassa le garçon qui monta ensuite sur la banquette avant.

— Des fois, papa me laisse conduire, s'exclama-t-il avec fierté.

— C'est bien !

Luce regarda Laurent qui lui sourit confusément.

— C'est Pierrot qui a insisté. Quant à moi, je n'aurais jamais osé me représenter ici. Je...

– Chut ! interrompit Luce avec douceur. Il faut oublier tout cela.

– J'espère que vous serez heureuse.

Laurent leva un regard amusé vers deux ouvriers qui retiraient les anciennes enseignes sur lesquelles s'affichait la collaboration mouvementée de la firme pharmaceutique avec l'IRGA.

– Avec douceur, le rassura Luce. Cela s'est fait avec beaucoup de civilité. Nous avons obtenu de l'université tous les fonds de recherche nécessaires à la poursuite de nos expériences en génétique végétale. Alors la présence de la Lorrentz était devenue inutile.

– J'ai pu observer aussi, ricana-t-il, que les manifestants ne désarmaient pas devant l'entrée.

– Il est bon qu'ils y soient. Ils sont en quelque sorte notre conscience.

– Vous avez raison. Alors, c'est merveilleux !

Il quitta le visage de Luce et regarda devant lui. Il démarra.

– Je vous ai aimée, Luce ! Malheureusement, très mal ! Mais je vous ai aimée.

Il démarra en douceur et quitta l'IRGA par la grande allée où les érables bourgeonnaient.

Francis vint surprendre Luce alors que celle-ci saluait de la main une dernière fois son jeune ami qui la quittait pour toujours.

– Il faut y aller si on ne veut pas manquer le premier discours de notre nouveau doyen.

– Étienne ne vient pas ?

– Non. Il s'amuse au laboratoire avec une petite expérience.

– Qu'est-ce que c'est que cette histoire ?

– Oh ! simple curiosité de scientifique ! Tu connais Étienne !

– Oui, justement !

Paul était debout sur l'estrade. Une vingtaine de journalistes s'animaient autour de lui. Ils étaient venus couvrir un événement qui revêtait une importance particulière en raison du retentissement qu'avait eu l'affaire CANISSIMIUS dans la presse nationale et internationale. Marc Daigneault, qui avait tiré sa part de gloire en scoopant tous ses collègues dans cette affaire, n'était pas le plus oisif dans cette masse de reporters.

Outre les photographes, tout le corps universitaire était présent, les responsables des ministères qui avaient décidé de réinvestir dans l'IRGA étaient aux premières loges, et l'amphithéâtre était comble. Paul achevait son discours.

– L'expérience que nous avons vécue à l'IRGA avec Canus me convainc de la nécessité absolue de réglementer plus sévèrement le domaine expérimental de la génétique. Le pouvoir démesuré que renferme cette science reste encore à apprivoiser pour qu'il ne serve pas les seuls intérêts de quelques groupes privilégiés, mais, en priorité, les besoins des plus démunis. C'est là son plus noble objectif, sa plus lourde responsabilité. J'aimerais clore ce discours par une lettre célèbre qu'écrivit, en 1855, le grand chef indien Seattle au Président des États-Unis. Quand nous les écoutons avec les oreilles de la sagesse, ses paroles savent nous transmettre l'exacte dimension des choses.

« Nous savons que l'homme blanc ne comprend pas nos mœurs. Une parcelle de terre ressemble pour lui à la suivante, car c'est un étranger qui arrive dans la nuit et prend à la terre ce dont il a besoin. La terre n'est pas son frère mais son ennemi, et lorsqu'il l'a conquise, il va plus loin. Il traite sa mère, la terre, et son frère, le ciel, comme des choses à acheter, piller, vendre, comme les moutons ou les perles brillantes. Son appétit dévorera la terre et ne laissera derrière lui qu'un désert. Il n'y a pas d'endroit paisible dans les villes de l'homme blanc. Pas d'endroit pour entendre les feuilles se dérouler au printemps ou le frémissement des ailes d'un insecte. (...) Le vacarme des cités de l'homme blanc semble seulement insulter les oreilles. Et quel intérêt y a-t-il à vivre si l'homme ne peut entendre le cri solitaire de l'engoulevent ou les palabres des grenouilles autour d'un étang la nuit ? (...) J'ai vu un millier de bisons pourrissant sur la prairie, abandonnés par l'homme blanc qui les avait abattus d'un train qui passait. (...) Je ne comprends pas comment le cheval de fer fumant peut être plus important que le bison que nous ne tuons que pour subsister.

« Qu'est-ce que l'homme sans les bêtes ? Si toutes les bêtes disparaissaient, l'homme mourrait d'une grande solitude de l'esprit. Car ce qui arrive aux bêtes arrive bientôt à l'homme. Toutes choses se tiennent. (...) Ce n'est pas l'homme qui a tissé la trame de la vie: il en est seulement un fil. Tout ce qu'il fait à la terre, il le fait à lui-même... »

Il y eut une réception au grand salon de l'Université. Les trois ministres s'empressèrent de se faire photographier aux côtés des vedettes des derniers jours. L'affaire du CANISSI-MIUS avait fait grand bruit et toute la presse ne parlait plus que du courage de la bête sacrifiée et racontait en détail les péripéties de cette captivante aventure génétique qui avait eu des résonances partout à travers le monde.

À un certain moment, un garçon vint interrompre Paul qui conversait avec le nouveau recteur de l'Université.

– Vous êtes demandé au téléphone, M. Marchand.

Paul se dirigea vers l'appareil, écouta un instant puis s'effondra, le visage rougi par une étrange émotion. Luce, qui ne l'avait pas quitté des yeux, rattrapa Francis et se dirigea vers le fauteuil où Paul avait dû s'asseoir.

– Que se passe-t-il ? Qui était-ce, Paul ?

– Étienne, bégaya ce dernier. Il vient de féconder une cellule clonée du canissimius.

Ouvrages consultés

BLANC, Marcel. *L'Ère de la génétique*, Paris, Éditions la Découverte, 1986 (la lettre du chef Seattle citée ici est extraite de cet ouvrage).

COHEN, J. et R. LEPOUTRE. *Tous des mutants*, Paris, Seuil, 1987.

COLLECTIF. *La Recherche sur la génétique et l'hérédité*, Paris, Seuil, 1987 (notamment les articles de Claude Hélène, Jean Tavlistzki, Antoine Danchin et Pietr P. Slonimski, Philippe Koulisky et Gabriel Gachelin).

GROS, François. *Le Secret du gène*, Paris, Seuil, 1986.

LOWENTIN, R. C., S. ROSE et L. J. KAMIN. *Nous ne sommes pas programmés*, traduction de M. Blanc, R. Forest et J. Ayats, Paris, Édition la Découverte, 1985.

Ce livre est imprimé sur
du papier contenant plus
de 50% de papier recyclé
dont 5% de fibres recyclées.

Achevé Imprimerie
d'imprimer Gagné Ltée
au Canada Louiseville